惊悚游戏

第一卷④·爱心福利院

壶鱼辣椒 著

Embrace You till the End of the Game

An imprint of Via Lactea Ltd.

Copyright © Hu Yu La Jiao

Author: Hu Yu La Jiao
Editor: Michelle; Ora
Layout Designer: Elizabeth Z

CONTACT:
Customer Support: info@vialactea.ca
Wholesale & Distribution: market@vialactea.ca
Other Cooperation: https://vialactea.ca/pages/cooperation
Discord: https://discord.gg/vialactea

Follow us on Twitter/Instagram/Facebook: @ViaLactea_Ltd
Official Website: www.vialactea.ca

ISBN 978-1-77408-324-6 (pbk)
Printed in Canada

LOCATION:
Shops At Waterloo Town Square
75 King Street South, Waterloo, ON
Canada
N2J 1P2

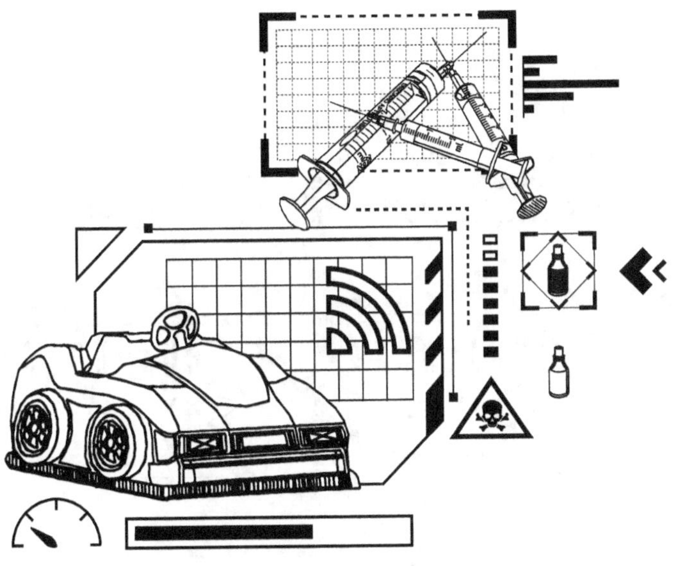

This is an inverted cross, and the figure tied to the cross is not the Jesus statue in Bai Liu's mind, but one teenage boy.
The thorned stems tie and cut through the boy's ankle, his neck, and his face. Bai Liu could almost see the shadow of his long eyelashes on a wounded face—But it is just a white statue without a lot of details in the carving process.

CONTENT

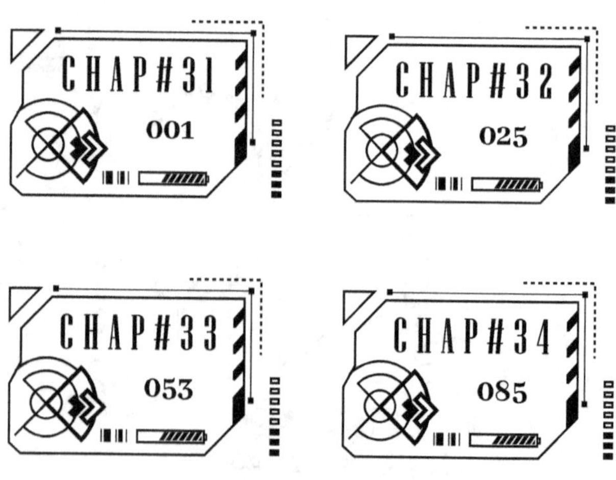

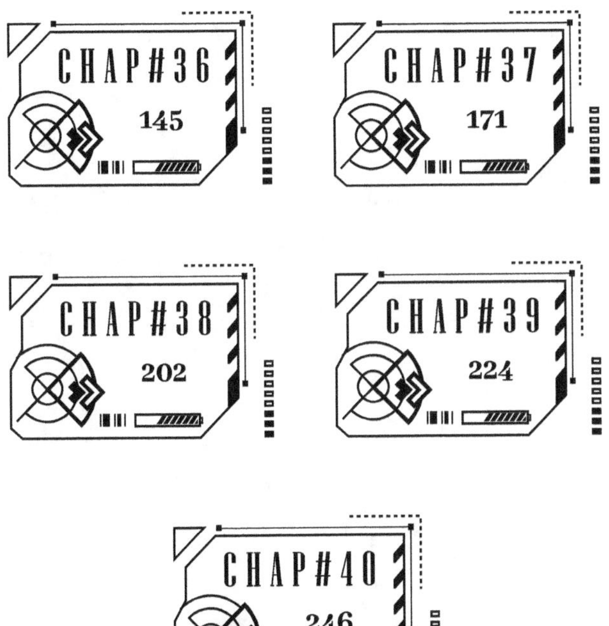

Volume 4
Love Welfare

CHAPTER 31

"我很好奇生活对你做了什么，把你变成了这样一副……"小白六冷冰冰地说，"让我稍微有点讨厌的样子。"

"你从一开始就在骗我，你知道我喜欢钱，知道我会为什么类型的人好奇触动，明白我的动机和心理构建，并且用这个不断地诱使我为你毫无芥蒂地做事，就连我是你的副身份线这一点也是你故意让我现在知道的吧？为了确保我在成功逃离福利院之后还和你保持联系。"

"你需要确保我不会背叛你，确保我继续为你付出超出你给我的金钱额度之外的东西，你很明白金钱无法支撑那么久和我的联系。"

小白六的呼吸声透过信号不太好的电话传来，听着就像是突然卡顿的水流一样，有些粗重和急促："你现在不说话，是在等我冷静下来对吧？"

　　白柳没有说话，他一只手举着电话，一只手抱胸扶肘，神色淡淡地靠在墙上，他的确在等小白六冷静下来。

　　小白六是很理智的小孩，电话对面的呼吸声快速地起伏了两下，像是在深呼吸平复情绪，又恢复了正常的频率，语气平和下来："不得不说，你真的很了解自己，我的确永远都不会背叛自己。"

　　自己是一个要对自己抽血的诡异投资人的半个灵魂这么离谱的事情，十四岁的小白六也仅仅花了十几秒的时间来接受，他很快就清醒地切入了正题。

　　"今晚我遇到的两个困难是老师和畸形小孩，全部受洗过后的孩子的睡房，老师会来巡视，我们也不被允许在外面待到很晚。刘佳仪不知道为什么对这个福利院很熟悉，就好像是曾经在这里住过一样。"

　　小白六用带一点微妙的语调说道："她摸清了老师巡视的规则，告诉我老师一般会在九点十五巡视完我们这个睡房，九点半巡视完她的睡房，那么九点半之后我们五个人就可以离开睡房往外跑，刘佳仪凭借她对这个福利院的熟悉还给我们规划了一条大致的出逃路线。"

　　小白六评价："她制订计划的行动力非常高，虽然一开始我和她交涉要出逃的时候她有些慌张，但很快她确定我是她哥哥派来的之后，就开始向我输出有效信息了，不像是眼睛看不见的八岁女孩能拥有的计划水平，比苗飞齿和苗高僵两个人加起来都有用。"

　　"如果不是她看不见，又有畸形小孩在游走，我觉得她今晚完全可以靠自己摸出福利院。"小白六最后总结。

　　白柳没出声，他沉默地让小白六继续说了下去——刘佳仪了解这个福利院是很正常的事情，她的确在这里待过，而且从现实世界的毒蘑菇事件来看，刘佳仪心理素质和智力都很出色，白柳完全不担心刘佳仪在出逃过程中拖白六后腿。

　　小白六继续往下说："但是这些游走的畸形小孩的确是一个大问题，不过我在查看了你给我的硬币里的道具之后，发现有一

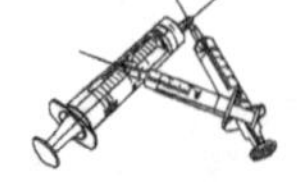

个道具可以在这里起作用。”

白柳和小白六异口同声：“‘乘客的祝福’。”

这个 buff 类型的道具也是白柳把硬币给小白六的主要原因。

“乘客的祝福”是白柳在第二个副本中集齐怪物书所获得的奖励道具，系统给的道具解释是“乘客们感激你解救了痛苦的他们的命运，于是赐予你祝福，只要你坐在交通工具的座椅上，他们的魂灵便会守护着你，不让任何怪物伤害你”。

但交通工具不可为玩家自己强行携带的，必须为原场景原本固有的。而且一场游戏里也只能使用一次。

这个道具在之前白柳假装死亡的过程中并没有掉落给苗飞齿他们，而是留在了硬币，也就是游戏管理器内，因为这是一个 buff 类别的道具，这种道具的使用并不依附于实体，而是依附于玩家，是一种无法掉落的道具，所以苗高僵也并没有起疑。

“我们儿童乐园里有那种玩具车，我认为也算是福利院这个场景内的一个交通工具了，但这个玩具车会在下午六点上锁，钥匙在老师身上。”小白六特别镇定，就像他要做的不是什么为非作歹的事情，而是玩玩具，“刘佳仪说她可以把携带钥匙的老师单独骗过来，然后让我们打晕老师偷走钥匙，开走这个玩具车。”

“但这个玩具车，我记得只能坐四个人。”白柳若有所思地摸了摸下巴，“你们还有一个人坐在哪里？”

小白六诡异地静了两秒：“……我们还准备偷一个大型的学步车，福利院内有，专供残障儿童使用，可以挂在玩具车上一起跑。”

白柳微妙地沉默了一会儿。

学步车是那种像是把开裆裤装在四个轮子上的小型玩具车，速度全靠两只脚在下面跑，并且要叉开腿坐在车里，小白六一行人最小的都有七八岁了，坐这种车别的不说，看起来是真的丢人——宛如正在穿着一条花布棉裤衩放肆奔跑。

“你们准备让谁坐这个学步车？”白柳问。

“刘佳仪看不见，她坐后面太危险了，所以……”小白六顿了顿，语气里有点隐藏得不是很好的恶趣味，"只有我们当中最矮的比较合适，我不是最矮的。"

"木柯才是。"

小白六和白柳交谈间，白柳的病房门外传来护士的高跟鞋嗒嗒踩在地面上远去的声音，但在护士离开后不久，很快门外又传来新的脚步声，听着不止一个人——白柳眸光微沉，这种沉稳的快速移动的脚步声，应该是苗飞齿他们。

苗飞齿很明显是卡着护士巡逻离开的点来到了白柳的门前，这就是玩家移动速度比 NPC 快的好处，可以抓住这种 NPC 移动速度的空隙，不像白柳昨晚那样被追得要死不活。

"嗒嗒嗒。"白柳的门被敲响了，木柯颤抖的声音响了起来，"我、我是木柯，我来了。"

白柳眼神移到门上，他对着电话低语了一声："我挂了。"

"等等。"小白六顿了一下，问，"那我下次什么时候打给你？

白柳漫不经心地说："九点半之后吧，你随时可以打给我，通话依旧按照分钟计费。"

"如果我还可以活着接你的电话的话。"

小白六静了一秒："从金钱角度上来看，我希望你活着，但鉴于你告诉我的计划和你的身份，你活着我会很麻烦，而且你最有价值的东西已经在我身上了，从这一点看，我还是比较希望你死了。"

说完之后，小白六干脆地挂断了电话。

白柳无所谓地、习以为常地笑笑，把电话背到自己身后，他拿着电话的手是一只猴爪子，白柳垂下眼帘看向自己这只猴爪子——他在离开福利院的时候，在系统界面中操作，把牧四诚的灵魂纸币面板固定在了自己身上，这让白柳在把游戏管理器给白六之后仍然可以使用牧四诚的技能。

但也只能使用牧四诚的技能了。

他无法再切换回其他人的灵魂纸币，小白六那边也无法操纵白柳这个主身份线的面板，只是因为白柳的游戏管理器硬币同时

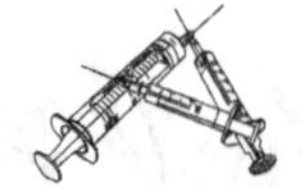

绑定了他主副两个身份线，让小白六可以大致看到他的生存状况和个人属性面板，能够接收到白柳这边的系统提示，知道白柳这个主身份线是死是活。

从刚刚听到脚步声开始，白柳一直保持着猴爪技能半激活的状态，他的体力也在昨晚被耗尽了，所以白柳之前是没有办法使用牧四诚的任何技能的，他只能抛出木柯这个诱饵，迂回地把苗飞齿他们引到病房来，拖延时间不正面对决。

不过……白柳看了一眼挂在病房墙壁上的钟，九点十五恢复体力槽的玩家，可不止苗飞齿一个。

有队友配合的玩家，也不止苗飞齿一个。

白柳缓缓抬眸，他看向屏住呼吸静静站在门后的刘怀。

刘怀这个刺客两只手紧握匕首，就像一个真正的杀人的刺客那样带着孤注一掷的冷厉和决绝，安静地站在门后的阴影里，在得到白柳的眼神示意之后，刘怀轻点一下头，他深吸一口气，轻轻一跳跃，悄无声息地用双腿悬吊着挂在了天花板的灯上。

看着下面的白柳，刘怀现在心情前所未有地复杂，他的目光放落在白柳已经装备好的猴爪上——刘怀想不到，那么久之后他居然还会以这种方式和牧四诚的这个技能合作。

这可能是"盗贼和刺客"最后一次合作了。

刘怀闭了闭眼睛，他摸了摸他放在胸前那个和他长得很相似，但是制作很粗糙的娃娃——那是刘佳仪今天送给他的礼物，也是送给"投资人"的礼物。

一个自己摸索着制作的，她想象的刘怀的样子的手工娃娃。

刘佳仪很喜欢各种娃娃，虽然看不见，但她很喜欢用手去触摸然后制作娃娃，好像是弥补她看不见这个世界的一种方式，虽然刘佳仪制作出来的娃娃都很丑。

也是因为刘佳仪喜欢娃娃，刘怀才会笨手笨脚地也给刘佳仪做小熊娃娃，当然做出来也很丑，这对兄妹在这点上还蛮相似的，但好在刘佳仪看不见这小熊娃娃到底有多丑陋，她还挺喜欢的。

或许这也是刘怀最后一次看到刘佳仪做的丑哥哥娃娃了。

刘怀深吸一口气，他宛如没有重量般的身形一晃，就用手轻轻一带，拉开了病房的门。

门在寂静的黑夜里缓缓打开，发出吱呀的声音，门外站着的人在完全显现在白柳的眼中之前，突然两柄弯刀闪着弧光从白柳的正对面横滑过来，伴随着木柯的一声惊叫："白柳！！"

还在外面游荡的小白六看了一眼被挂掉的手机，他神色微凝，胸前的硬币一直在振动，小白六点开胸前的系统面板，看到很多提示——

系统提示：玩家白柳主身份线体力槽恢复，可使用体力恢复剂恢复体力，是否恢复？

系统提示：玩家白柳主身份线体力恢复至满格。

系统提示:玩家白柳主身份线是否使用个人技能"盗贼猴爪"？

小白六深吸一口气关上了系统面板，他看着黑夜中逐渐向他的睡房靠近的老师，小白六在外面逛了一圈，和白柳打完电话，踩完出逃的点之后，他蹑手蹑脚地回去了，假装什么都没有发生一样躺在了床上，呼吸均匀得就像是熟睡一般。

在躺在床上确定老师巡视完他们这间睡房过后，装睡的小白六手脚轻快地从床上跳了下来，同时，小苗飞齿、小苗高僵和小木柯也从自己的床上跳了下来。

他们看向了走到睡房门边的小白六，彼此心照不宣地对视了一眼，然后轻手轻脚地跟在小白六的身后出了睡房，走入了不见光的走廊中。小木柯看着被黑暗吞噬的一间间睡房和走廊，他情不自禁地咽了口唾沫，给自己打了打气，紧张地跟在小白六的后面走入了茫茫夜色中。

白六所在的睡房的楼正对的楼的一层，就是刘佳仪所在睡房

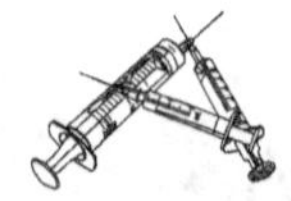

的位置，两栋楼的中间是个儿童游乐场一样的小广场，上面已经有畸形儿童在游荡了，白六他们不可能直接从这个游荡着畸形儿童的小广场上横穿过去，只能另找路。

从那边的女厕所的窗户翻出去，然后从楼的背面可以绕到刘佳仪所在的楼的一楼，而且这样可以有效避免被畸形儿童看到追上——这条路还是刘佳仪告诉他们的。

白六闯女厕所的动作很利索，左右看了一下，就直接进去了，利落地从女厕所最后一个隔间旁边的通风窗口翻出来落到草丛里——他们的楼的背后都是生长得很茂盛的灌木草丛——白六摸着墙，顺着墙的边沿往另一栋楼那边走。

他们走的时候还能听到从楼里传过来的，若隐若现的小孩清脆又缥缈的笑声。

这笑声越来越近，最后变成如影随形地跟在白六一行人的身后，就好像是有什么东西从楼里翻了出来，跟在他们这些摸着墙往另一栋楼走的人的后面，也在摸着墙跟着他们走，在和他们一起玩这个好玩的游戏。

走在最后的木柯时不时就要因为那个靠近的小孩的笑声回头，他脸已经快被吓得煞白了——他总觉得有什么东西在跟着他们。

"别回头。"在木柯又一次听到有人踩在草地里的脚步声忍不住回头的时候，小白六突然冷静地开口了，"的确有东西跟着我们，但它可能觉得我们在玩游戏，快走，别被它追上了。"

草丛里那些畸形小孩的面容终于在惨白的月光下显现出来，它们抬起残缺或者不残缺的面容，露出那种天真过头反而显得阴森的巨大笑容，举起在泥地里爬动之后被深红色的泥土沾染得发红的双手，嘴里断断续续地说："玩！陪我玩！留下来玩！"

木柯看得心脏都快吓爆了，一群人一个劲地狂跑，终于在被背后的畸形小孩撵上之前，成功从另一栋楼的女厕所的窗户里翻了进去。

苗高僵心有余悸，满脸苍白地跌坐在地，他是最后一个翻进来的，鞋子都被那几个追赶他们的畸形小孩扯掉了一只，好在白六反应迅速回头给他抢回来了。这些畸形小孩大多肢体不便，不太能做出从一个小口翻窗子进来的高难度动作，此时，这些无法翻窗进来的畸形小孩都簇拥在女厕所那个小小的通风口旁。

几张近似人类但又十分离奇的惨白面孔，在月光下拥挤堆叠在那个通风窗口，几双大大的、死气沉沉的眼睛一动不动地盯着白柳他们，它们还在不断地试图攀爬伸手进来，嘴里念念有词："我要玩！你们要陪我玩！出来！"

白六把他抢回来的鞋子递给了苗高僵，余光淡淡地扫了一眼这些畸形小孩："它们暂时进不来了，穿上，等下好跑路。"

苗高僵神色复杂地接过，他道了一声谢，白六可有可无地应了，转身出了女厕所——他们终于到了刘佳仪睡房所在的这栋楼。

小白六他们从走廊走去刘佳仪睡房的时候，正听到刘佳仪细声细气地缠着一个老师撒娇说："老师，我好像不太舒服。"

她语调十分虚弱，口吻演得逼真，还带着一点轻微的呛咳声，作为一个明天就要被领走的"商品"，在头天晚上生病对于这个福利院的老师可不算是什么好事。

在老师反复询问了刘佳仪的症状之后，刘佳仪又是磨磨蹭蹭地演了一会儿，在白六在外面学着猫轻叫了两声之后，刘佳仪才对老师说"好吧，我们去看医生"，老师牵着她的手从床上下来，走到门口的时候，刘佳仪突然又是一声"哎哟"倒在地上，老师吓得下意识回头，就把背面暴露给了早在门口等候的白六一行人。

小白六领着一群小孩一拥而上，求生的意志让苗飞齿和苗高僵这两个已经初具成年人身形的儿童下手勒老师的时候分外卖力，很快老师就一翻眼白晕倒在地。

"虚弱"的刘佳仪瞬间松开了老师的手，从地上爬了起来，她迷蒙的眼睛有点焦急地"看向"小白六他们："我看不见，你们快找她身上的钥匙！等会儿会有其他老师过来巡逻的！今晚逃跑的时间很紧！"

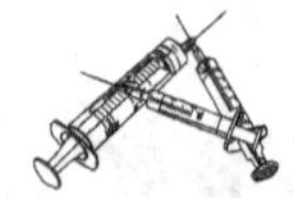

　　小白六他们很快就从这个老师的腰间找到了一串钥匙，刘佳仪看不见，跑路很麻烦，小白六让苗高僵这个身形相对健壮的男生背着刘佳仪，他们跨过这个被勒得两眼一翻正面朝下趴着的老师，飞快地往外跑了。

　　除了木柯，没有任何一个小孩回头看这个被他们勒得生死不知的老师。

　　他们好像都是小孩中天生的犯罪者，对于谋害别人这件事有一定天赋，是不会对被谋害的对象产生负罪感的坏孩子，而木柯这个相对三观正常一点的小孩格格不入地跟在他们身后，回头用惊恐的眼神看着那个躺在地上的老师，但很快他就收回了自己的目光，忐忑不安地跟着跑了。

　　毕竟今晚，他们没有浪费给同情被害者的时间了。

　　苗飞齿苗高僵这两个跑得快的先冲了出去，进入了广场把那些畸形小孩引开了一会儿，小白六趁这个机会打开了锁在儿童乐园边沿的儿童车，苗高僵背着刘佳仪过来了，这两人跑得气喘吁吁地上车了，而小木柯……

　　小木柯两腿叉在学步车上屈起来奔跑，眼睛飙泪地嘶吼："白六你开车开快点！！别他妈打电话了！我后面的小孩要追上来了！"

　　小白六坐在驾驶座上，这个玩具车本来速度就不快，加上上面硬塞了四个小孩，除了刘佳仪算是轻一点的，其他的都是十几岁的少年人了，也不轻，开得就更慢了，几乎是在苟延残喘地挪动。

　　他们背后的畸形小孩很喜欢这个追逐的游戏，嘻嘻笑着，拖着在地上的双脚，或者是四肢着地地爬动着，眼看就要追上小白六他们，但是在这些喜形于色的畸形小孩伸手要去触碰这辆玩具车上的小白六的一瞬间，玩具车上猛地冒出一股火焰般的黑烟。

　　黑烟沸腾滚滚而上，翻腾出无数嘶吼张牙舞爪的焦尸，像是烟雾又像是真实，虚实交错间，它们大吼，口中喷出熊熊烈火地驱赶跑过来的畸形小孩。

　　系统提示：玩家白柳的副身份线使用道具"乘客的祝福"，乘坐在交通工具上时，这些乘客的灵魂会帮助你们驱赶其他怪物。

　　畸形小孩被吓到了，它们目露惊恐，叽叽喳喳地一哄而散，但依旧隔着一段距离，警惕、好奇又不甘地追随着小白六他们。

　　叫得撕心裂肺眼泪汪汪的小木柯看到这个场景惊奇地打了个哭嗝，小白六一只手举着儿童手机，一只手握着玩具车的方向盘，目光沉静淡然地对着听筒里说："喂，白柳，你那边还好吗？"

　　那边悄无声息——没有人接他的电话。

　　小白六还在不停地拨打电话，他已经十五分钟没有听到白柳的声音了，从九点十五分那次简短的通话过后。

　　小白六目光沉冷，他迅速地点开了系统面板，发现白柳的生命值已经在刚刚他坐上车出逃的几分钟间从 6 下滑到了 3，还在以一种触目惊心的速度持续下滑着，各项数值也眼花缭乱地跳着。

　　尤其是体力值，几乎只有全满和全空两种状态，个人技能更像是不要命一样疯狂地使用着。

　　系统硬币不停地振动着，弹出着各种红色的警告框和提示。

　　从福利院这边是可以看到对面那栋私人医院的，小白六抬头看向那栋黑沉沉的仿佛要吃人的建筑，他漆黑的眼珠子映着那栋另一个他所在的建筑，嘴唇紧紧抿着。

　　突然，小白六背后的福利院亮起了灯光，有老师惊慌失措的尖叫声："有孩子打晕老师跑了！"

　　全福利院的灯就像都是声控灯般，被这一声尖叫喊得亮起，老师们脸色沉郁恐怖地站在窗户边上，他们的影子被灯光拉长映在窗户上，就像是"瘦长鬼影"那般隔着窗户阴森森地注视着这些不听话的逃跑的孩子。

　　在这一刻，这些老师好像褪去了白天和善可亲的外衣，变成了和医院投资人一样的怪物。

　　"把他们抓回来！"院长的声音透过广播喇叭在整个福利院

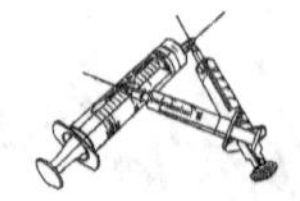

内阴沉地响起，四处回荡，她就像是一个歇斯底里的、控制欲爆棚的家长那样咆哮着，"把这些想要跑出去的孩子抓出来狠狠地惩罚！把领头的孩子淹死在受洗池里！"

那些老师和护工从一个一个从亮起来的房间里跑出来，在夜幕里变成一条条看不清人脸的阴影，扭动着向着小白六奔跑过来。

这是一个有两百多名护工的私立福利院，一个成年人的脚步速度足以追上一辆超载还负荷了一辆学步车的儿童小汽车，他们怒气冲冲又面目狰狞地从教室里走出来，在夜色中看着甚至比那些傻笑的畸形儿童更可怕。

这些追逐着白柳的畸形儿童似乎也害怕这些老师，它们看到老师就像是遇到了天敌，叫唤着远远地就散开了。

小白六佩戴的硬币振动了一下。

《爱心福利院怪物书》刷新——畸形小孩（1/3）

怪物名称：畸形小孩（非抽血顽皮版）

特点：喜欢深夜出没和其他人玩耍，并且带走和它玩耍的小孩

弱点：福利院的老师（1/3）

攻击方式：注射抽血（A+），电话定位（A+），吹笛小顽童（A）

畸形儿童跑走了，而那些老师越跑越近。

这些老师很明显不是怪物，那么就不能被"乘客的祝福"这个 buff 道具拦在外面，而福利院的大门已经离他们很近了，小白六抬头看向那扇在夜色掩映下的大铁门。

门外有着晃动的月光，能听到草被风吹过的声音，就像是有人在门外的草丛里走动着诱惑他们往外跑，跑出去。

小白六当机立断地下令："下车跑！"

顿时几个孩子慌乱地就从车上跳了下来，木柯还差点没办法从学步车上下来，在小白六的帮忙下才慌慌张张地跨出来，但这种集体分散跑的方式就会出一个弊端，那就是跑得快的会不管跑得慢的。

苗高僵一下车就把刘佳仪给丢下了，苗飞齿和苗高僵这两个最年长、最高、体力最好的跑得最快，很快就把后面的人抛下了。

刘佳仪和木柯就跑得很慢，这两个人一个看不见一个是先心，年龄又小，被小白六拽着跑，但小白六的体力也不算很好，很快这三个小孩的步调就慢了下来。

小白六咬着牙气喘吁吁，他迅速冷静下来，拿出灵魂纸币命令苗飞齿和苗高僵："过来背他们两个。"

苗飞齿和苗高僵不想背，但迫于灵魂纸币的那种任务般的压制力，他们不得不回头背。

这两人很快背上了刘佳仪和木柯，现在两个人背着小孩，白六一个人跑，五个人的速度基本算是持平，但这个速度并不快，后面奔跑的老师越追越近，小白六都能听到这些人咬牙切齿地咒骂他们这群肮脏的小崽子的声音，还有人在大叫着关门。

小白六不顾一切地奔跑着，他肺部就像是生吞了一根正在燃烧的火炬那样疼痛，这迫使他张嘴大口地喘着气。

汗水染湿了小白六病号服一样的睡衣，从他死死盯着渐渐闭合的大门的眼睫毛上滑落，月光照在他汗湿苍白的侧脸上，氤氲出一层星辉般散落的光泽。

风从他的耳朵旁擦过，好像有人在低语。

——离开这里，离开这里。

你这个不被神明眷顾的坏孩子，你要快点离开这里，这里没有人喜欢你。

小白六深呼吸，他跑得越来越快。

苗高僵突然叫了一声，小白六锐利的目光瞬间扫过去，他以为这人又要闹什么幺蛾子了，结果看到刘佳仪在苗高僵的背上捂住嘴巴大口大口地吐血，黑色的血液从这个脆弱的女孩子雪白的手指指缝间漏出来，她瞬间就衰弱了下去，脸色苍白得像是一张白纸。

刘佳仪像是害怕打扰到奔跑的其他人，她蜷成一只小虾米那

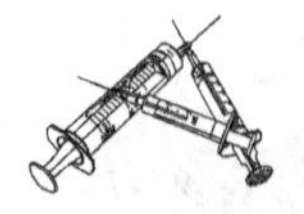

样，竭力小声地呛咳着，死死捂住自己的嘴巴，但血液还是从她的手指间溢出，同时流下的还有她一直在忍耐的眼泪。

"好痛啊……"刘佳仪忍不住开始呕吐，她没有聚焦的眼睛流着眼泪，大口大口地吐着黑色的血液。

刘佳仪一边咳嗽，一边神色恍惚地轻声念着，呼唤着并不在这里的，属于她的保护神："我好痛啊，哥哥，哥哥。"

温热的血液瞬间就润湿了苗高僵的背部，苗高僵惶恐地看向他们的主心骨："白六，她在吐血！"

小白六很快反应过来这刘佳仪今晚和老师说的不舒服不是在说谎，也不是在演——这小女孩是真的不舒服，只是为了配合他们才一直忍着不说。

他想起白柳白天和他聊过的关于刘佳仪这个小盲女的事情。

"你们小孩当中有个玩家叫刘佳仪，她有点奇怪，初始生命值不是 100，而是 50，我怀疑可能是她中了某种延迟发作的蘑菇类毒物导致的，但是也只是我的猜测的可能性之一，你注意一点这小女孩，她很特殊，会很危险。"

很快刘佳仪吐到没有力气，她开始缓慢地从苗高僵背上滑落，苗高僵根本兜不住她，但小白六一定要苗高僵背着刘佳仪，很快苗高僵就崩溃了，因为不断地固定背上的刘佳仪让他的速度减缓。

眼看就要被追上了，苗高僵呼哧呼哧喘着气，双目赤红地大吼道："白六！放弃她吧！她没有用了！跑出去她也活不了的！她吐了好多血！让她留在福利院内说不定还有医生给她看病！"

背着木柯的苗飞齿也要跑不动了，他满头都是汗，龇牙咧嘴地吼："白六！你他妈哪里来的这种好心！放弃他们吧！不放弃这两个累赘，我们就要被追上了！"

如果是以前的小白六他一定毫不犹豫地就放弃这两个拖油瓶，所有的事情都要以自身的利益为先，这是他的准则。

当然这个准则现在也没有变过，但现在有两个他。

而这两个拖累他的人很明显是和另一个他的利益挂钩的。

小白六的目光落在惴惴不安地看着他，小声呼唤他名字的木柯脸上，然后缓慢移动到痛到已经快失去意识的刘佳仪脸上。

他用一种毫无情绪的眼神在这两个人的面孔上巡睃着——他在衡量这两个人的价值，要怎么取舍他和另一个自己的利益。

丢掉小木柯和刘佳仪，小白六可以顺利跑出去，他的利益可以得到保护。

而不救，很有可能他们就跑不出去，但另一个他的利益会得到保护。

刘佳仪终于失去所有力气，从苗高僵的背上滑落，她的小脸上沾满血污，求生欲让她下意识地抓住了苗高僵的脚，苗高僵被绊了一跤，正好摔到了苗飞齿身上，这两个人摔了一跤之后，苗飞齿顺势就把身上的木柯给甩了出去，骂骂咧咧拉着小白六就想走。

"没有用处的人你带着干吗！"

"快走吧白六！他们跟我们根本不是一类人！"

一切在小白六的眼中都变得像是慢镜头一样缓慢，他听见急促的呼吸声，脚踩在沙地上的沙沙奔跑声，背后越发靠近的老师的大声叱骂，他们挥舞着手上不知道什么东西靠近了他们。

被扔在地上的木柯惶恐害怕地伸手向他求助的脸，刘佳仪全都是血，仰着头看向他无意识叫哥哥的脸，和苗飞齿和苗高僵阴沉冷漠，咒骂这两个拖油瓶的扭曲的脸在小白六的眼中被一条奇特的分界线分开，就像是他曾经看过的卡顿的露天老电影的画面般，在他的眼前不断地以一条"好孩子"和"坏孩子"的界限反复播放着。

如果他停下，那么小白六应该就是个好孩子；如果他逃跑，小白六应该就是坏孩子。

按照世俗的定义来讲，似乎就是这样界定孩子的好坏——小白六有些恍然地想道。

但他本来就是一个坏孩子啊。

不过另一个他好像不是这样觉得的，哦，还给他起了一个奇

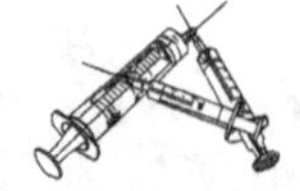

怪的新名字——白天的白，柳暗花明的柳。

"等你成年之后，能为自己行为承担责任了再决定自己要不要做一个坏人吧。"

"现在坏人让给我这个成年人来当吧，小朋友。"

……我……答应了会帮他救刘佳仪和木柯，并且他给过我报酬了——小白六的右手握住自己胸前的那枚硬币状的游戏管理器，这就是白柳给他的报酬。

"我的身份是流浪者，作为一个流浪者，你需要做的就是遵守和任何人的交易，包括和我的。"

小白六的意识从很远的地方飘落回来，这些似乎很长的思考片段在他脑中似乎只用几个毫秒就完成了，小白六刚被苗飞齿扯着走，他就顿住了。

苗飞齿惊诧地回头看小白六。

"停下。"小白六无比冷静地说，"回去把木柯和刘佳仪背起来。"

苗飞齿以一种惊愕到不可思议的目光看向小白六："你疯了吧白六，我他妈——"

"我说回去把他们背起来。"小白六的语气毫无波澜，"我是在下命令，不是在和你商量，懂吗？"

小白六抬眼："回去，把他们背起来。"

"操！！！"苗飞齿和苗高僵彻底疯了。他们回去背起号啕大哭的木柯和已经痛得不行的刘佳仪，抱着对方像是被狗撵一样疯跑，大声辱骂着小白六："你他妈真的是有病，白六！我以为你和我们一样是一个脑子清醒的人！结果是个圣父！要是跑不出去我看你怎么办！"

"跑不出去——"小白六忽然笑了一下，他像一个真正的小孩那样，毫无顾忌地在风中和夜色里飞跑，他就像是要蹦起来那样跑着，喘着粗气，很顽劣任性地笑起来，"反正有人说帮我收拾残局，这是他的事了。"

又是折返又是背木柯和刘佳仪，三个孩子的脚力明显比不过成年人，但好在小白六他们九点半一过就开始跑，还是有一定时间优势的，后面的老师们短时间内追不上他们。

眼看他们就要靠近大门，苗飞齿和苗高僵的脸上都露出了那种欣喜欲狂的表情，但是很快这表情就像是滴在冷水里的蜡一样凝固在苗飞齿的脸上。

他僵立在了原地，停在了打开的门口边缘，没有再往外走。甚至还后退了两步。

门外影影绰绰地徘徊着的，是无数戴着帽子，脸上缠满了绷带的"瘦长鬼影"般的投资人。

它们的嘴嚼烂了用来束缚它们的绷带，赤裸地露在外面，嘴里长满了尖利的牙齿，就像是笑着一直咧到了耳根，仰头用鼻子在空气中不断嗅闻着将要靠近它们的新鲜儿童猎物，嘴里滴出黏稠的口水。

它们浑身都是黑的，在夜里根本看不太清楚，一直跑到跟前苗飞齿才看清门外面影子般飘动的白色斑点不是什么月光。

而是这群东西缠满绷带的脸。

它们被福利院半开半合的大门拦在了外面，伸出细长的手穿过栅栏般的门想要来够门里的小孩，嘴里尖利的牙齿咔嚓咔嚓上下闭合，就像是在模仿咀嚼什么东西一样，不断地往下滴落口水。

看着门外的怪物，所有的小孩都不动了，背着木柯和刘佳仪的苗飞齿和苗高僵脱力地跪坐在地，满脸恍然。

小白六也坐在了地上，他调整着呼吸，很平静地扫了一眼门外："……失败了啊，果然没有这么简单就能逃出去。"

这些怪物应该就是那些没有得到合适儿童血液而病重惨死的投资人，深夜的时候在儿童福利院外面徘徊，逃出去的孩子很有可能被这群投资人给拆分了。

后面的老师追了上来，他们唾骂着这些胆敢逃跑的孩子，小白六被一个老师的耳光给扇到了地上。

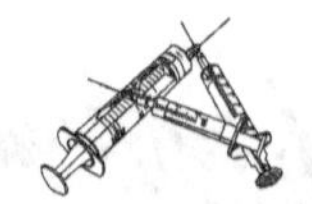

他被摁着狠狠地用扫把捶打了几下，但他脸上一点表情都没有，似乎也早就料到了这些行为，紧跟而来的院长锁上了大门，转身阴森地、居高临下地审视这些调皮的孩子。

她面色阴沉得快要滴出水来，转身看向这群孩子，语气森森："现在给我交代逃跑是谁的主意，交代的孩子可以不必受那么严厉的惩罚，不交代的话——"

还没等院长的威胁说出口，跑得七荤八素的苗飞齿和苗高僵就含恨地看向了小白六，毫不犹豫地指认了他："是他！"

院长的目光移到了被打得趴在地上，正缓慢爬起来的小白六身上，她顿了顿，语气不明地开口："看来今天白天那样的受洗还没有洗去你的罪恶，白六。"

"你需要被洗涤得更干净一点。"院长和蔼地微笑起来，但是她的眼睛里一点笑意都没有，"就在今晚，在你周三被送去医院和其他投资人进行配对之前，我会彻底洗干净你身上的罪恶。"

"其他小孩关在一起禁食一天，白六我单独带去教堂关禁闭。"

小白六刚刚站起来，就被院长单独拎着了后领子，粗鲁蛮横地拖曳着朝着教堂的方向走了。

他跑了一晚上，现在已经没有什么力气了，毫无反抗之力地任由院长拽着，跌跌撞撞呼吸凌乱地被甩进了教堂里。

好在院长也只是故技重施地惩罚他，就是把他摁进受洗池里让他反复窒息而已，折磨小孩子的把戏这个院长好像就这么多。

但是这次因为白六带着小孩出逃这件事似乎彻底触碰了这个院长的底线，她不厌其烦地把他的头摁入受洗池的水中，絮絮叨叨地念着一些小白六其实听不太真切的咒骂他的话。

"恶心的小畜生。"

"你能活到现在全靠投资人好心的施舍，你怎么敢做出这种事？！"

小白六无力地半睁着眼睛，睫毛上挂满水珠，他一次又一次地挣扎着，从溺水的感觉里爬出来又被摁进去，鼻腔里涌入的水让他想呛咳，但小白六常常是还没来得及呛咳，就又被愤怒至极的院长给摁了下去。

"你知道你跑出去会给我们惹多少麻烦吗？！"她歇斯底里地咆哮着，拽着小白六的头发在水中摇晃着，"你这种没有人性的小怪物，你的父母丢掉你真是给我们添麻烦，就该在你出生的时候就淹死你造福社会……"

小白六的眼皮渐渐耷拉了下来，他开始对这样的"打水中地鼠"游戏失去兴趣……也失去了力气。

在又一次小白六浮上来吸气被摁入水中的时候，他换气没有换够，呛了一声。

院长面无表情地隔着水面把小白六的头摁在水底，气泡从小白六的口鼻里逸出，他表情没有溺死之人的扭曲恐惧，是很平静的，尽管他现在觉得自己真的要被淹死了，但是他已经有点习惯这样痛苦的溺水感了。

白六眼睛完全闭合了，他彻底地松开了抓在受洗池两边的手，滑落掉入水里，整个人就像是昏迷一样漂浮在受洗池清澈晃动的水中，胸前的那个硬币从他的衣服里漂浮出来，在水波里泛着闪闪发亮的光。

"好啊！"院长恶狠狠地拽住那个硬币一扯，她尖叫着，"你居然还敢偷投资人的东西！你这个罪恶的、魔鬼生的孩子！"

在她还要继续折磨小白六的时候，在小白六也真的以为自己就要这样无聊地被淹死的时候，教堂外面猛地传来了一阵惊天动地的爆炸声，小白六的面前蹦出了鲜红色的系统警告——

系统警告：警告！警告！玩家白柳主身份线生命值急剧下降中！请迅速远离危险场景！

……玩家白柳主身份线生命值降低为 2……降低为 1……**警告！玩家白柳主身份线即将死亡！！！**

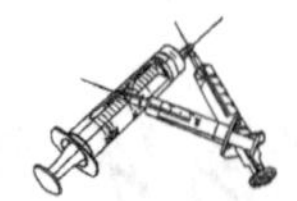

教堂也被爆炸震动得摇晃了几下，院长终于停止了折磨小白六，她转身骂骂咧咧地朝着教堂外面走去："出什么事了这么大的动静？"

小白六艰难地从受洗池里爬起来，他脸上什么表情都没有地坐在受洗池内，一边虚弱地呼吸着，一边仰头望着受洗池旁边奇异又年轻的神像，眼睛里却映着系统不停弹出的红色警告界面。

没过多久院长又回来了，她脸色阴郁："私人医院那边爆炸出事了，明天的匹配礼要取消，是不是你拿着从投资人手里偷的东西搞的鬼？！"

她一边说着，一边又暴躁地扼住小白六的喉部把他给摁回了水里。

小白六没有挣扎，他的确没有挣扎的力气了。

他躺在水底，半张着眼睛，脸色惨白嘴唇发紫，黑色的因为窒息和缺氧有点涣散的瞳孔轻微地收缩了一下。他眼睛里红色透明的现代数据化面板后面是那个被荆棘绑在逆十字架上的奇怪神明睡着的了脸。

这个诡异的场景让被摁在水底的小白六的思维有点发散。

这个世界上真的有神明吗？那个他不是说改过名字，改成"白柳"，神明就会眷顾他吗？

他今晚，大概勉强可以算是个好孩子了吧，神明为什么不保佑他？

神明的眼皮突然动了一下，他睁开纯白的、没有瞳仁的眼珠子看向水池中正在被迫受洗的小白六，身上泛出一种温润洁白的光，荆棘在他的身体上奇异地滑动，似乎想把他捆得更紧，但那种圣洁的辉芒依旧让小白六恍惚了一下，好像他在一瞬间被什么东西庇护了一般。

系统警告：玩家白柳的生命值持续下降……玩家白柳的生命值停止下降，剩余生命值为 0.5，玩家白柳主身份线存活。

系统警告：NPC 院长试图在教堂中扼杀孩童触发神明禁忌。

神明降下惩罚

院长就像是被一种无形的空气波动给弹开，狠狠撞在了教堂的柱子上，发出一声惨叫。

但惩罚还没有停止，逆十字架上的荆棘茂盛生长，从地面延伸出无数枝条包裹住院长，她被带刺的荆棘包裹着全身，只剩一双眼睛透过荆棘交织成的网惊恐地看着从受洗池中爬出来的小白六，和小白六背后那个睁开眼睛的神明。

她恐惧地浑身颤抖起来，跪在地上祈祷求饶。

"不，神，我没有要淹死他的意思，我只是在教导一个罪恶的孩子，不，神，请不要这样惩——啊啊啊啊啊啊啊！！！"

下一秒，荆棘缠紧。

院长的鲜血溅落在教堂的大理石地面，她仰着头发出刺耳无比的尖叫声，荆棘从她的肌肤和大张的口腔钻进去，就像是绞肉机一般在她的身体内部剧烈翻滚着，很快她就浑身抽搐着歪着头被绑在了荆棘上。

血污就像是小白六身上的水滴一样，从她的身上滴答滴答地滴落地面，汇合在一起。

她瞬间变成一具尸体，荆棘条缓慢地把尸体放在了地上，这具尸体的存在也不过几秒钟，很快又变成了数据光点消失在了教堂内。

系统提示：院长 NPC 被攻击死亡，数据回收中……

那些沾着血的荆棘条迅速地从地面上收拢，有几条还从小白六赤裸湿漉的脚背上滑过，但是力度很轻，完全不痛，就像是一个人在对他安慰性地抚摸。

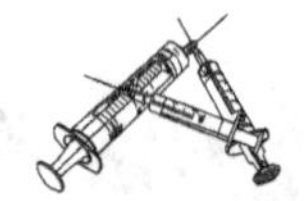

最终这些荆棘回到了十字架上，但是上面的神明也被荆棘包绕得更紧密了，他之前还能露出整张脸，现在只能露出半张脸了。

荆棘下的神明睁开了眼睛，安静地看着小白六，然后又像是困倦般缓缓地眨了眨眼睛。

小白六看着自己被那几条荆棘轻轻滑过赤裸的脚背。

荆棘还绕了绕小白六的脚踝，就像是一种很亲昵的撒娇，让人感觉有点痒。

小白六翘了翘自己脚的大拇指，视线有些诡异地从自己的脚背抬到了这个神明被荆棘掩盖住的脸上，小白六微妙地看着这个像是又要陷入沉睡的神明。

……这家伙应该就是白柳说的那个和他亲了两次的，什么神级 NPC 吧？

但是这个 NPC 看着只有十六七岁啊……未来的他就这样和比自己小那么多的人搞在一起吗……

他四肢都被越发茂盛的荆棘绑在十字架上，走下来就像是从十字架上被强硬地扯下来一样，动作特别迟缓，小白六有些警惕地后退了几步——虽然在白柳的叙述中这个神级 NPC 对他似乎敌意不重，是个还算守信并且很厉害的 NPC。

但系统的提示还是让小白六保持了危机感。

系统警告：玩家白柳副身份线触发神级 NPC！

《爱心福利院怪物书》刷新——荆棘神明

怪物名称：荆棘神明（神级 NPC）

特点：会惩罚在他面前扼杀孩童的人

弱点：暂无（不要求玩家探索该怪物弱点）

攻击方式：鱼尾击打，咬脸（2/？？？？）（注：因为无法确定攻击方式上限，集到一个就判定玩家集齐）

神情青涩的年少的脸藏在漆黑染血的荆棘里，他似乎感受不到十字架上的荆棘拉扯他的疼痛，而是执着地、好奇地靠近了小白六，歪着头用一种很纯粹好奇的目光打量着他："白柳，你变成了……一只人类幼崽。"

他伸出手似乎是因为好奇想要去触碰白六的脸，被小白六警觉地躲过了。

他好像恍惚地想起："对，你的生命值只有 0.5 了，禁不起我的触碰了。"

"但是……就算你的生命值只有 0.5 了……"他的手指动了动，直勾勾地看着小白六，那双眼睛里写满了"想捏"两个字，"白柳，你的幼崽时期，脸比你成年时期膨胀好多，我可以……"

小白六知道自己脸有点肉嘟嘟的婴儿肥，他身上其实没什么肉，就是脸上有肉。

但是从这家伙的嘴里说出来，小白六感觉他的脸都变得奇怪了起来。

——这位神级 NPC 的用词好诡异。

小白六面无表情地迅速回绝："……不可以捏。"

他仿佛极其失落地垂下了眼皮："……之前你让我咬过你的脸的，现在捏都不行了吗？"

小白六："……"感觉自己好像欺负了对方。

这家伙看系统警告明明是个攻击力爆表的怪物，怎么是个这种设定？白柳你到底对这个神级 NPC 怪物做了什么？

小白六脸上又忍不住露出那种很微妙的表情。

小白六的生命值还有 50，但他抿着嘴还在打量着这个神级 NPC，没告诉他自己的真实生命值——他还在衡量这个突然出现的神级 NPC 的危险性。

但白柳告诉过他，要尽量集齐所有怪物书……

小白六犹豫挣扎了很久，他微微侧过脸，把自己还有一点婴儿肥的脸颊对准了被困在荆棘里的塔维尔，有点僵硬地说："喂，

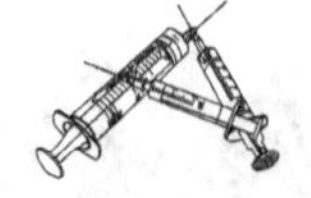

你想捏也可以，这也算是一种攻击方式对吧？你用不要太伤害到我的方式捏就可以了，我需要你攻击我。"

塔维尔抬起眼睛，有点微微地发亮，他审视般地看了小白六的侧脸很久，似乎在测评要从什么地方下手，那种特别专注的凝视的目光几乎都把小白六给看僵直了。

最终他缓缓伸出自己被荆棘包裹的食指，很轻很轻地，在小白六有点嘟起的脸颊上戳了一下。

荆棘在小白六的脸上轻到不可思议地擦刮了一下，留下的是塔维尔指腹冰凉的触感——那是一种真的很轻，轻到让人不敢相信是藏在荆棘之后的手指可以点出来的感觉，小白六完全没有任何刺痛感。

系统警告：玩家白柳副身份线受到神级 NPC 荆棘缠绕攻击，生命值下降……因过于微小正在计算中……计算完毕，生命值下降 0.3。

解锁新攻击方式：鱼尾击打，咬脸，戳脸（3/？？？）（注：因为无法确定攻击方式上限，集到一个就判定玩家集齐）

恭喜玩家白柳集齐"荆棘神明"页怪物书。

"是温热的。"塔维尔轻声说，"白柳，你小时候也这么温热吗？你的脸，比我之前碰过的你的唇，都还要温热。"

小白六眼睫轻颤，他忍不住抬手摸了一下自己被戳的地方。

"我并不热。"他刚刚才从受洗池里出来，小白六垂眸看向塔维尔冷得过分的白皙手指，"是你太冷了。"

"我一直是这样的体温。"塔维尔抬眸看向小白六，"但你是第一个靠近我，让我知道我是冷的的人。"

他脸上露出那种仿佛疲倦的，但又带着满足的很轻微的笑意，塔维尔的眼帘又缓缓垂落了下去，他喃喃自语着："醒来违背了系统困住我的规则，我会被强制进入沉睡……"

"但我感受到你的呼唤了，所以我醒来见你了。"

塔维尔蜷缩手指握住了那根沾上了小白六体温的手指，他终于完全地闭上了眼睛，声音也渐渐消失了："白柳，每次醒来见到你都很开心，下次见。"

"我很喜欢你的体温，希望下一次见到你，你能给我多一点。"

让我一个没有热度的怪物在冰冷的沉睡里，抱着你每次在我苏醒时赠予我的那一点体温，过得暖一点。

荆棘越缠越密，最终完全掩盖了塔维尔的面容，他被那些狰狞的荆棘条捆绑回了逆十字架上，荆条就像是惩戒塔维尔般捆得越来越紧，而塔维尔又陷入了沉睡。

年少的神明珍惜地握着自己掌心的食指，歪着头睡在了沾满血的荆棘丛中，没有呼吸，但睡得很沉，看起来似乎因为攻击了人有些说不出地疲惫。

而且这家伙一副很熟练于攻击他还不能太大力的口吻……

白柳一直都在和他玩这种强迫他这样攻击自己的游戏吗？想到白柳之前谈起塔维尔那种"随便玩玩，只是个游戏，只是个NPC"的滥情口吻，小白六看着那个只是戳了一下脸就心满意足地被绑回十字架上的神级NPC……

这NPC看脸也就十六七岁，和白柳年龄差又大，被白柳骗得团团转还给他办事，每次就出来攻击一下让白柳领怪物书道具，被白柳占了便宜又是亲嘴又是贴贴……现在看来，人家还在期盼下次见面。

作为意识到自己同样是个NPC的小白六心情极其微妙，他看着塔维尔的眼神有种奇异的怜悯。

——这活生生的未成年被老谋深算的人渣诱拐恋爱的感觉……

"哇。"小白六面无表情地吐槽，"我真是好恶心啊。"

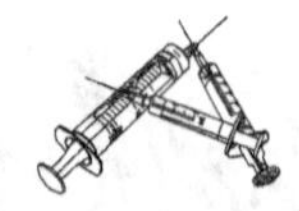

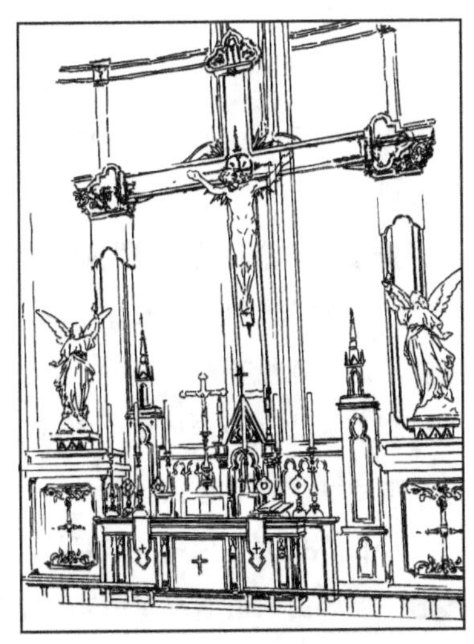

CHAPTER 32

　　小白六从受洗池里爬出来的时候因为头脑昏沉，在受洗池边沿上撞了一下膝盖，他一瘸一拐地往外走着，费力地推开教堂的大门。

　　外面是奔走尖叫惶恐不已的老师在奔走逃跑，这些刚刚还在追小白六的老师一个个脸上都是惊愕不已的害怕神色，惊惧地看着那栋还处在爆炸余波里的建筑，燃烧物的火星从私人医院里，就像是夜幕里的萤火虫，闪烁着，发光发热地飘过来。

　　"私人医院七楼突然爆炸了！那一楼的所有投资人都重伤了！"

　　"……医院那边通知这一批孩子明天无法进行匹配了，投资人需要恢复，要让我们多等一天，等到周四……"

　　"没办法了，这批孩子要周四才能送往医院了……"

　　小白六扶着教堂的门，他远远地看着在夜幕中燃热起来的那栋建筑，就像是落在煤堆里的一块还在燃烧的炭那么明亮。

火星盘绕上升，宛如在地面上绽放的烟火般耀眼、温暖、炫目，好像站在这个冷冰冰的福利院教堂内的，刚从受洗池里爬出来的冰凉的他都被那样肆意的亮度和温度烘烤，变得没有那么想要颤抖了。

那是另一个自己，用生命给他制造的多一天的机会。

小白六掏出被水淹没了的电话抖了抖，稍微迟疑了一下，也不知道这玩意儿还能不能打。

院长本来要收走他这个电话和那个硬币管理器的，但还没来得及她自己就被收走了。

小白六拨打了白柳的电话，一遍、两遍、三遍，对面都没有接通，但小白六依旧没有放弃，他执着地拨打着，终于在不知道多少遍的时候打通了。

"喂。"小白六没什么语气地问，"还活着吗？"

对面带着笑意的声音被烟雾熏得呛咳了两下，懒懒地回复他："我以为我要被炸死了，但居然还活着。怎么，你们果然没有跑出去吗？这么早就给我打电话了？"

"没有。"小白六一点失败情绪都没有地平静回复，"大门外有死掉的投资人怪物守门，我就放弃了。"

白柳也不觉得惊奇："毕竟是个二级游戏嘛，那么容易就跑出去卡不住死亡率。"

他说完咳嗽了两声，又慢悠悠道："不过看到有怪物就放弃不是你的风格，我还以为你会拿着游戏管理器里的道具试试突围之类的呢，毕竟是个难得的跑出去的机会。怎么，出现了其他的意外情况让你放弃吗？"

小白六的嘴唇张了张，他顿了顿，回答了白柳："嗯，我考虑过用'乘客的祝福'突围。我的计划是可以让苗飞齿他们冲出去，试试能不能在福利院外面的新地图里找一个移动速度更快的交通工具——也就是车。"

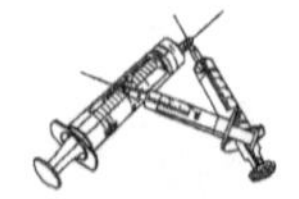

“今天来了这么多有钱的投资人，私人医院又这么近，明天他们又要过来接走我们，很有可能有投资人把车停在外面没有开走，有了交通工具就可以用'乘客的祝福'屏退外面的投资人怪物，这样虽然冒险，但也能试着跑出去。”

白柳似笑非笑地“哦”了一声：“然后还可以在探路的过程当中不留痕迹地牺牲掉苗飞齿和苗高僵，这样你既帮我杀死了这两个人，又完成了和苗飞齿他们的交易——你的确帮苗飞齿他们跑出去了福利院大门，你没有违背和他们的'带着你们跑出福利院'的交易，最后还成功地带着我要你救的小朋友跑了出来。”

“一箭三雕，的确是个不错的思路，值得一试。”白柳客观地、带着赞赏意味地点评。

听到点评的小白六嘴角翘了翘，但很快又抿直了。

“所以呢，你为什么放弃了这个不错的方案？”白柳轻声询问，“出了什么事？”

小白六这次静了很久才开口：“刘佳仪出事了，她在跑出去的过程当中吐血，我们跑出去她得不到及时救治，我感觉很快就会死。”

“但福利院里有医生，所以你为了她留了下来。”白柳的声音有些微的惊诧，“哇哦……这居然是你会做的选择，我以为你会立马扔下她然后跑出来，因为很明显这个选择你的既得利益更高。”

小白六攥紧了拳头，他嘴唇紧抿，对白柳好像有点嘲讽的话难得没有出口反驳：“……我留下来，是做了错误的选择吗？”

“这倒没有。”白柳的声线又缓慢地柔和了下来，“从普世价值观来看，你做的这个选择应该算是正确的选择。”

小白六声音很低，有种说不出的郁闷：“但是你和我都没有得到任何利益，普世价值观的正确好奇怪。”

“因为普世价值观的正确意味着为他人奉献——得到东西的是别人，不是你和我。”白柳轻笑着说，“刘佳仪得到了生命，她的哥哥得到了一个活着的妹妹，现在他正在感谢我，也在感谢你。”

"你干得真的很棒，小白六。"

小白六嘴唇微张，他的脸上难得出现了近似于迷茫的愣怔表情，很快又恢复成毫无表情："哦，那你转告她的哥哥，我不做免费的事情，你记得收费，至少要高于你和我的既得利益才行，但总的来说这对于我来讲是一个错误的决策。"

"——我没有顺利跑出福利院。"

"这个没什么，我预估到了你们今晚有可能跑不出去，提早为你的出逃失败准备了容错方案。"白柳不疾不徐地说，"医院这边明天无法接收你们，你们还有一天可以逃跑的机会。"

小白六抬头看向那个还在熊熊燃烧的私人医院："你用爆炸和差点死掉换来的这个机会吧？"

"对。"白柳微笑着，"但我也不是会做免费付出的人。"

他散漫地说："接下来就轮到你来为我付出了，小白六。"

小白六又静了一会儿，这次他静得久一些，好似在回想沉思什么东西。

最终他睫毛颤了颤，避开了白柳的问题，反问："我很好奇你怎么做到的，苗飞齿和苗高僵的主身份线看起来很不简单，系统商店也在我这边，是禁止购买大型爆炸道具的。"

"你是怎么在十几分钟内对抗这两个比你高不止一个级别的玩家，还成功地用不知道从什么地方弄来的炸弹把医院给炸了的？"小白六没什么情绪地问。

白柳躺在被炸得漆黑一片的地面上，他的脸和身体上都有被扎伤和烧伤的痕迹，衣服也被炸得破破烂烂，病号服下摆还被烧了一点，一只手臂已经没了，断口血肉模糊，看起来狼狈到一种地步了。

但是这人的脸上却带着那种好似计划得逞一般满足的笑，他艰难地用手拿着这个没有被炸烂的电话——系统给发的这个电话道具还蛮神奇的，这种情况下都没事也没有掉落。

炸也没有炸碎，泡也没有泡烂。

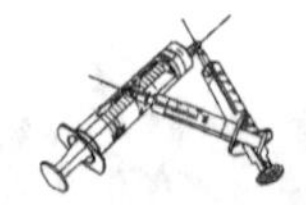

"这个啊，这是一个很复杂的计划了。"白柳慢悠悠地说，这话的意思就是不想再细说了。

"我俩聊天按分钟计时收费。"小白六很平静地说，"你可以慢慢说。"

白柳："……"

十七分钟前，906 病房内。

两道正面的弧光冲着白柳直直劈来，刘怀自上落下，双手握住匕首咬牙挡了这一下，他直接被苗飞齿的双刀砸进了墙里，白柳开了"盗贼潜行"的全速从直接攻进来的苗飞齿旁边俯身滑过。

苗飞齿斜眼愕然地看着白柳从他脚下以一种伏趴的姿势，就像是燕子点水般贴地而过，直直地向着他背后的木柯冲去。

"操！！"苗飞齿抽刀就想往下砍从他脚边溜过去的白柳，但是他的刀被刘怀的匕首死死钩住，刘怀用尽了全身的力气，他面目狰狞地用匕首卡住了苗飞齿的双刀，匕首在双刀上滑动狠狠割了苗飞齿一下。

但同时他的手也被苗飞齿的双刀狠狠割了一下。

系统提示：玩家苗飞齿受到玩家刘怀的暗影匕首全开攻击，精神值下降 43，进入幻觉危险值！

系统提示：玩家刘怀受到苗家苗飞齿的上弦双刀攻击，生命值下降 13。

刘怀仰头忍住了惨叫，他的胳膊上被弯刀钩下了一块皮肉掉在地上，但他取得的效果也很明显——苗飞齿有些恍惚地后退了两步，他之前之所以不喜欢牧四诚就是因为他抵抗力属性不高。

这种抵抗力不高无论是对牧四诚这种技能高判定的玩家，还是对刘怀这种攻击精神值的玩家来说，都是一样的。

"盗贼和刺客"本来就是一对针对低抵抗力玩家的高判定组

合。只是随着时间的流逝，所有人都忘记了站在暗处的，变成傀儡的刺客刘怀，只能看到那个闪闪发亮的嚣张盗贼。

"飞齿！白柳联合了刘怀！我们被埋伏了！快喝精神漂白剂！！"苗高僵对着苗飞齿吼道。

看到白柳向他手上的木柯冲过来，苗高僵瞬间清醒，他扭转自己手上的木柯的脖子试图弄死这个玩家，但白柳在地面上就像是一阵飞快的风，他赤着脚用一种肉眼看不到的速度，只在地面上简单地踩踏几下，留下了几个间断的残影，就来到了苗高僵的面前。

白柳右手高高抬起，苗高僵下意识伸手格挡白柳的攻击，但白柳只是虚晃一招，他平静的目光瞬间定格在苗高僵手里被掐昏过去的木柯身上，左手的猴爪一伸一抓，以一种诡异的扭曲角度从苗高僵的怀里扯住了木柯的后领子，再一甩手用力把他扔在了湿滑的走廊上。

系统提示：玩家白柳使用个人技能"猴爪盗贼"成功从玩家苗高僵手中窃取了玩家木柯。

被掐昏的木柯就这样被白柳摔出去，在走廊上滑了一段距离后撞在了走廊尽头的电梯门上，硬是活活地把自己给撞醒了。他呛咳着爬起来愕然地看着和苗高僵战场一团的白柳，脑袋昏沉还有点搞不清楚状况。

苗高僵想要冲过来杀死木柯，白柳从侧边的墙壁上侧跑着宛如一阵风一样飘过去，拦在了苗高僵的面前，他双眼冷静地直视着惊愕的苗高僵，举着手攻击了过去，同时嘴里对木柯下命令。

白柳冷声："坐电梯下去叫在其他层巡逻的护士过来！"

虽然还没有搞清楚这是什么情况，但被白柳摔到了电梯门口的木柯迅速地理解了白柳的命令，他手忙脚乱地摁开了电梯爬进去，死死摁着一楼的按钮。苗高僵被白柳拦住，最终木柯看着闭

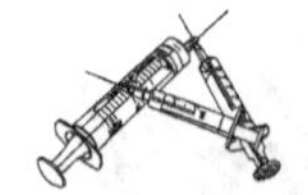

合的电梯门，虚脱地靠在了光滑的电梯墙壁上。

但很快木柯意识到了白柳在干什么，他猛地坐了起来，满脸惊愕——

白柳疯了吗！居然和刘怀合伙想要对攻苗飞齿父子！

苗高僵看着面前不断地从各个角度向他攻击过来的白柳，也是和木柯完全一致的想法。

让刘怀一个 A 级玩家靠着偷袭拖住苗飞齿这个高攻击玩家之后，白柳自己一个残血的玩家来攻击他一个皮厚的坦克类型玩家？！

这是什么乱七八糟的作战计划？！白柳疯了吗？！

苗高僵惊疑未定的混乱思绪在看到白柳伸到他面前的那只黑色猴爪之后凝固了。

这是牧四诚的技能——"盗贼猴爪"。

"这是牧四诚的技能，为什么你可以用？！"苗高僵猛地看向白柳，他无法置信地看着向他攻击过来的白柳，他明白自己遇到了什么情况，"你的个人技能，居然真的是规则技能？！不光可以共用背包，甚至可以跨越维度和时间共用技能？！"

白柳没有回答苗高僵的话，他毫不留情地持续快速地进攻着苗高僵，苗高僵一边咬牙应付着白柳的进攻，一边侧头看着被刘怀拖住的苗飞齿。

……这种眼熟的战队运作，苗高僵终于意识到了白柳的作战计划。

这是一个非常简单的作战计划，白柳根本不是想和他们对战，他用的是非常老的套路了。

一个简单无比的"盗贼和刺客"的套路。

白柳是想从他们身上偷东西，他在利用刺客刘怀埋伏苗飞齿之后取得了先手，然后让刺客拖住高攻击度的玩家，相当于把风，同时白柳作为盗贼趁机从另一个玩家，也就是苗高僵那里窃取赃物。这是早期牧四诚和刘怀在游戏里经常用的一个套路，用于对公会组队玩家下手。

刘怀这个刺客埋伏偷袭之后引开组队玩家当中攻击力相对较高的，然后牧四诚偷盗其他玩家身上的道具。

苗高僵又一次躲过白柳擦过他脸颊的猴爪，他咬牙伸出手握成拳头恶狠狠地向白柳揍过去，但被白柳很敏捷地躲过了。

操！

他们不想遇到牧四诚这家伙的原因就是这个！

这个盗贼的技能油滑无比，非常难缠。

白柳的技能伤害不了苗飞齿和苗高僵这两个 S- 级别的玩家，但他们也没有办法那么轻易地抓住白柳这个高移动速度的家伙，就会达成一种僵持——但白柳锲而不舍不要命的偷盗行为很快就让苗高僵警惕起来，他意识到白柳想从他身上偷一样很重要的东西。

为了这样东西，白柳这家伙甚至押上了他们所有人的命来拼凑这一场偷袭。

苗高僵想到这里，他又忍不住在心里爆了两句粗口——这他妈哪是正常玩家会走的游戏路径！这家伙居然把所有的筹码都押在了那群游戏生成的小孩 NPC 身上！用命来拖住他们给那群小孩 NPC 制造机会逃跑！

……但是什么道具能拖住他们两个 S- 级别的玩家呢？

这样道具一定是具有决定性的，一击必杀类的道具，不然白柳打"盗贼和刺客"的速攻战略这张牌就没有任何意义，因为如果这个道具不能立马攻击他们让他们丧失反击能力，等苗飞齿恢复了之后，以他的高攻击和高移速就能瞬间击杀这三个苟延残喘的玩家。

但是这样的道具，根本就不存在。

苗高僵并没有自负，而是在客观陈述——他身上根本就没有可以突破他抵抗力面板的武器道具。

所以白柳到底要从他身上偷什么东西？！

但无论白柳想从他身上偷什么东西都是偷不到的。

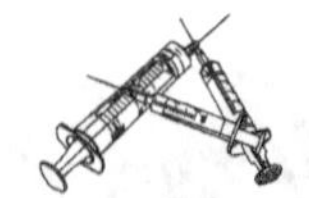

苗高僵大脑飞速运转着，他侧头看向被刘怀拖住的苗飞齿，想到这里他现在已经完全不慌了，反而彻底镇定了下来——白柳这个计划对于苗高僵和苗飞齿来说有一个很大的漏洞，那就是在刘怀引开苗飞齿之后，白柳对上苗高僵并不能那么容易地偷到东西。

白柳一个 F 面板的玩家能发挥出来的"猴爪盗贼"这个技能能力太有限了，虽然苗高僵攻击不到他，但是白柳也无法简单地突破苗高僵的防御偷到东西。

尤其是在苗高僵开了个人技能之后，他的防御更是会高到一个匪夷所思的地步。

系统提示：玩家苗高僵是否全开个人技能"腐肉僵尸"？全开之后该个人技能会升级到 S- 级别，但玩家的体力槽会因为透支而受到影响，24H 无法使用体力恢复剂恢复。

苗高僵："确定。"

系统提示：玩家苗高僵确定使用，身体转化成僵尸，防御 +8037，体力极速下降中……

苗高僵的身形开始变得诡异地高大，他的皮肤变得青紫厚实，嘴边那两颗牙齿越来越长，眼珠子透出一种诡异的青色。

白柳猴爪伸过去碰到苗高僵的皮肤的时候，甚至能听到自己的指甲在苗高僵的皮肤上击打出的金属碰撞声，好像抓在一块铁板上那般坚硬。

系统提示：玩家白柳的"猴爪盗贼"攻击判定过低，无效。

苗高僵手掌变大，指甲变黑变长，他向白柳转过身来。白柳一击不成，侧身轻灵地踩在了墙壁上，他利用速度避开了苗高僵的一次攻击之后，苗高僵的指甲抓在墙壁，抓碎了白柳身后的墙，但苗高僵突然变化的形态并没有让白柳的攻势产生丝毫动摇。

他目光冷淡，似乎毫不介意自己无效的攻击，前脚掌在墙壁上轻点了一下，极速翻身又伸出猴爪，再次突击苗高僵。

苗高僵已经彻底冷静了下来，他定在了原地，不再追着白柳周旋，而是像一个耐心的老猎人那样等着猎物耗尽体力。

从各项数据上来说，只要他开了技能，白柳根本就不可能从他的身上偷到任何东西，只要他这边不轻举妄动，拖住白柳，等到苗飞齿那边弄死刘怀之后，他们两个再配合击杀白柳也不过就是几分钟的事情。

白柳自己似乎也知道这张速攻牌不成功便成仁，如果不能迅速成功，那么他们必死无疑，所以让木柯去楼下叫护士，这是白柳上的一道保险栓。

如果他们这边短时间无法结束战局，那么陷入颓势是必然的事情，白柳试图让护士这种对玩家有一定约束能力的 NPC 来制止苗高僵和苗飞齿他们的反击。

但……

"我觉得在护士赶来救你们之前，"苗高僵轻蔑地冷笑道，"我们这边的战局已经结束了，护士赶来只能收尸而已。"

蹲在图书柜上的白柳掀开眼皮，他居高临下地看着下面的苗高僵，淡淡地说："我赞同你的观点。"

苗高僵很快就意识到白柳的意思是收他们的尸体，他脸色不好看地低骂了一句："死鸭子嘴硬！"

的确，之前白柳偷袭这一下占了先手，让苗高僵慌了一瞬间，但他冷静下来之后，很快意识到他们根本不可能输。

苗高僵耐着性子就像是耍猴一样慢悠悠地吊着不断攻击他的白柳，时不时用眼角余光扫一眼他后面的苗飞齿和刘怀的战况。

刘怀的确是个很适合偷袭的刺客，但奈何白柳不是一个称职的盗贼。

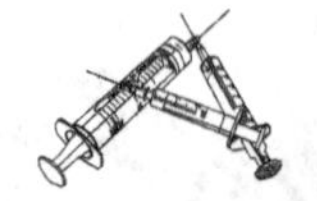

白柳这边没有偷到东西让他们及时撤退，刘怀这种不擅长正面对决的玩家很快就在苗飞齿的紧密攻击下败下阵来。

苗飞齿嘴角撕咬开一袋精神漂白剂，咬住吮吸着，被攻击和精神值下降这两件事都让他十分狂躁，他手中的双刀舞出了一片绵密的刀光。

刘怀要应付苗飞齿这个暴走的高级玩家显然十分吃力，而苗飞齿也没有太多心思和他玩来玩去，他干脆利落地双刀横划，切掉了刘怀使用技能的双手，就转身要去和苗高僵会合在一起。

系统提示: 玩家苗飞齿使用"上弦双刀"攻击刘怀，攻击成功，玩家刘怀生命值下降 17，玩家刘怀剩余 20 点生命值！

卸掉对方的攻击器官在游戏中是非常常用的有效攻击手段，换言之砍手相当于粗暴版本的缴械，可以有效地避免玩家和玩家自己的技能武器再产生粘连，这也是当初刘怀会砍掉牧四诚双手的原因。

也是之前的白柳和现在的苗飞齿会砍掉刘怀双手的原因。

刘怀的肩膀喷出大量的血液，他手中的匕首和双手一起落地，手握住匕首朝上掉在地面上，砸出"丁零"的清脆碰响。刘怀跪在地上脸色白得像一张浸水的纸，他大口大口地喘着粗气，很明显已经丧失了任何的攻击力。

他已经尽力了，他只能拖苗飞齿这么长的时间。

系统警告: 玩家刘怀的精神值产生剧烈震荡，下降至 57，即将产生幻觉，请玩家迅速恢复精神值！

一般来说苗飞齿会直接弄死刘怀，但现在时间紧急，弄死刘怀这个面板为 A 的玩家还要一会儿，并且有更让他火大想弄死的人。

苗飞齿咬牙切齿地挥刀转身："白柳——！"

他一个蹲地起跳，刀划过墙壁，双刀带着一种摧枯拉朽的破坏力狠狠向正在向苗高僵偷袭的白柳攻击过去，在他双刀挥舞下墙纸和石膏层被破坏至爆裂，整个房间都是飞舞的碎屑，白柳在碎屑尘土中，在空中翻转侧身，用爪子挡了一下跳起来的苗飞齿面目狰狞地对着他砍下的双刀。

苗飞齿的刀被白柳用牧四诚的猴爪技能格挡了一瞬，卸去了大部分攻击力，但最终还是没有被挡住，还是在因为愤怒而彻底爆发的苗飞齿牙关紧咬的挥舞下斩了下去，白柳的一只手被苗飞齿齐臂斩断，鲜血喷涌而出。

系统警告：玩家白柳的生命值从 6 下降至 3 ！！！ 正在持续下降中！请迅速远离危险场景！

只需要一刀，苗飞齿再来一刀，白柳就死亡了。

躺在血泊里的刘怀呛咳了一下，精神值的下降让他眼前的一切都开始变得奇异飘浮，好像是放慢了千万倍的慢镜头，刘怀一点声音都听不到了，他只能看到在半空中手臂喷血缓慢下落的白柳，白柳无波无澜的眼神似乎和刘怀对上了一下。

这个眼神瞬间把刘怀从那个慢镜头世界里猛地拉了出来，刘怀摇晃了一下自己的脑袋，他艰难地蠕动着爬了起来。

还没完，一切都还没完。

在白柳的计划里，这一切才刚刚开始。

为了佳仪，白柳绝对不能死！！！

刘怀努力地把视线聚焦在地面上寻找，最终他看到了那对他被苗飞齿砍下来的握住匕首的双手。

匕首正面朝上被他还没有完全松开的手松垮地握住，刀尖闪着一点血光，刘怀的目光凝聚在那点血光上。

白柳正在和苗高僵、苗飞齿两人缠斗，没有人注意到这个流了一地血的小角落，刘怀的目光终于凝实，他跪在地上跟跟跄跄

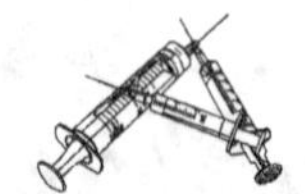

地膝行两步，爬到了自己被砍下来的手面前，刘怀看着那把正面朝上的匕首，深吸一口气闭上眼对着刀尖倒了下去。

系统警告：玩家刘怀被"暗影匕首"攻击，精神值下降至……正在计算自身技能武器攻击玩家自身导致的精神值下降……计算完毕，玩家刘怀精神值下降至 7！！

系统警告：玩家刘怀进入狂暴阶段！！！

玩家刘怀个人面板（狂暴状态）

精神值：57 → 7

体力值：39 → 319

敏捷：1140 → 1510

攻击：731 → 2200

抵抗力：1003 → 2100

综合防御力攻击力上升，面板属性点总和超 5000，被评定为 A++ 级玩家，玩家刘怀等级上升，从 A 上升至 A++ 级别

系统提示：玩家刘怀是否全开使用技能"一击必杀"？全开之后该个人技能会升级到 A++ 级别，但玩家的体力槽会因为透支而受到影响，24H 无法使用体力恢复剂恢复。

刘怀爬起来，他浑身是血，双臂落地，只有口中衔住一枚匕首，心口插入了一枚匕首，目光透着一种无机质的冷，又带着一种因为绝望哀伤而雾霾沉沉的孤注一掷，这让他看起来就像是一个真正的、被培养来不顾一切刺杀别人的死士刺客。

而白柳是这个刺客的使用者，很有可能也是最后一个使用者。

刘怀无神的眼不知不觉间流下了眼泪。

"确定。"

系统提示：玩家刘怀确定使用，匕首攻击 +6037，综合面板

原攻击数据为 2200，现总攻击数据为 8237，玩家刘怀体力极速下降中……

苗飞齿高举的双刀就要狠狠落下，他的背后就像是被阴风靠近一样，好像突然出现了什么让他感到危险的东西在他背后极速靠近他，苗飞齿多次作战的警觉性让他迅速回头。

嘴中紧咬着匕首没有双臂的刘怀眼含阴狠决绝，向来不及闪躲的苗飞齿刺去。

"飞齿小心！！"苗高僵把苗飞齿扯过来，但刘怀反应速度极快，他压低身体，在苗高僵试图去保护苗飞齿的一瞬间转换了攻击对象。刘怀咬着匕首，以一种扭曲又狰狞不已的表情，无声嘶吼着，恶狠狠地、流着眼泪地把匕首扎入了愕然的苗高僵的腰腹中。

"你怎么能……"苗高僵无法置信地看着扎入了自己腹部的匕首，"突破我的防御……"

系统提示：玩家刘怀使用个人技能"闪现一击"，技能暴击突破玩家苗高僵的防御，造成玩家苗高僵三十秒的僵硬，精神值下降至 51，即将出现幻觉。精神值震荡，玩家苗高僵的防御值下降中……

同时，在苗高僵陷入僵直并且精神恍惚的这一瞬间，白柳清晰地感知到苗高僵原本坚硬无比的皮肤柔软了一些，他抓住这几秒的空隙，迅速地用他仅有的完好的那只猴爪，冷静地向苗高僵抓去。

而被苗高僵扯过来的苗飞齿看到白柳的动作，他眼眶发红目眦欲裂地嘶吼了一声："你们他妈的休想动我爹！！"

苗飞齿双刀高举，一把划向正准备攻击苗高僵的白柳，一把横着划向刘怀。

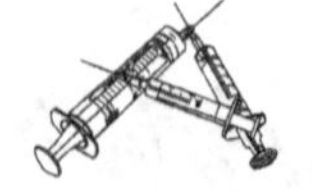

刘怀咬住匕首从苗高僵腰腹里拔出，他体力耗费得差不多了，已经没有力气再使出刚才那种暴击了，只能勉强躲开苗飞齿的攻击，但根本不可能再攻击一次苗飞齿让他停止攻击了。

但白柳根本就没有管苗飞齿要往自己身上砍下来的刀，他目光专注到近乎不在意自己的生死，猴爪子还在往苗高僵那边伸，他把自己的后背完全托付给了没有双臂的刘怀。

这也是他们一开始就说好的。

"……我觉得我做不到在刺了一次苗高僵之后，又挡住苗飞齿对你的攻击，这个方案风险太大了白柳，你把后方完全交给我，你会死的！我也会死的！"

"但你和牧四诚合作那么多次，他把后方完全交给你，你不也没有让他死吗？"

"……但是我让他失去了双臂。"

"你的确用你的手中的匕首背叛了牧四诚，但你那个时候多半已经没有手可以背叛我了，刘怀，我做事情的风格是在事情发生之前，先假设对方能做到，你的确能，对吗？"

精神值的下降让刘怀的目光有些涣散和恍惚，他顺着白柳那只伸出去的猴爪往回看，最后定格在白柳的脸上。

那种无比熟悉的合作攻击的感觉让刘怀在精神值略有下降的世界里，看到牧四诚的脸和白柳的脸在他面前反复交叠着，面前这个和他一起熟练偷盗，没有丝毫怀疑地把后方交付给他的人好像是白柳，又好像是他久远的，再也没有联系过的朋友。

四哥。

刘怀无声地喃喃自语着。

背叛像一只匕首扎在刘怀的心口。

刘怀撞开了苗飞齿，他脸上全是无意识的时候流下的眼泪，他挡在了白柳面前，但他已经分不清他背后的人是白柳还是牧四诚，他只是做了一个"盗贼和刺客"组合里的刺客应该做的事情。

——站在后方，用尽一切为那个放肆偷盗的卷尾猴盗贼，清扫一切障碍。

收刀不及的苗飞齿愕然地把双刀砍进了义无反顾地嘶吼着挡在白柳身前的刘怀的身体里，几乎是同时，白柳侧过头，他的猴爪终于钩到了苗高僵的身体。

系统警告：玩家刘怀受到玩家苗飞齿的上弦双刀攻击，生命值下降 17……16……13，剩余 4 点！请尽快离开危险的场景！！生命值正在持续下降中！

系统提示：玩家白柳使用个人技能"盗贼猴爪"成功从玩家苗高僵的仓库中窃取了塞壬的鱼骨、鬼镜（已拼凑完全）等物品。

白柳从僵直不动的苗高僵的身体里扯出一根泛着白色莹光的鞭子，还处于僵直期的苗高僵眼睁睁地看着白柳抽出了鞭子之后毫不犹豫对着还在往下砍的苗飞齿的刀，反手就是干净利落的一鞭。

"塞壬的鱼骨"在白柳这个 F 面板的玩家手里发挥不出多大的攻击力，但这道具有个特别 bug 的地方——攻击判定奇强无比。

攻击判定强的意思是无论这个道具的攻击是否造成伤害，它都是判定成立的，白柳的鞭子"啪"一声抽在了苗飞齿的嵌入了刘怀身体的双刀上，直接打飞了这对高攻击力的双刀，被双刀砍到濒死的刘怀双腿一软，双目涣散地跪在了被自己的血染红的地面上。

系统警告: 玩家刘怀仅有 2 点生命值! 请尽快离开危险场景!

苗高僵三十秒的僵直期很快就要过去，他却陷入了一种莫名的不安中，看着已经完全没有任何反应的刘怀和也快要耗尽生命值的白柳，只要苗飞齿到位就能很快解决白柳和刘怀这两个人。

这两个人虽然成功偷到了东西，但依旧是不可能翻身的，那

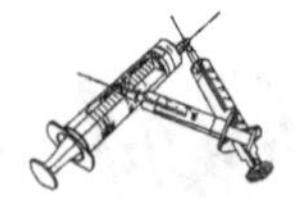

堆东西里没有可以让他们彻底反败为胜的道具。

但是这种让他呼吸不畅的危机感到底是从什么地方来的……

苗高僵迅速在脑中回想了一遍白柳拿走的道具——都是之前白柳装死的时候自己爆出来的道具。

这家伙搞这么大周章就是为了拿回自己玩鬼把戏的时候丢给他们的道具？！

不！等等！

苗高僵的目光僵直了，他想起了一个很奇特的道具——这里面有个道具不是白柳的，或者说不全是白柳的。

那面鬼镜。

昨晚他们拿到了那面鬼镜的碎镜片之后就拼好了，但是这面鬼镜没有任何其他的用处，系统给的说明也没有具体的功用，只显示属性不明需要自行探索，而且每个副本只能使用一次。

但这面镜子被他们拼好了之后什么反应都没有，只是一面看起来很普通的可以放东西进去的镜子。

苗飞齿还吐槽了好久，就这？一个镜子样子的储存器？是系统背包不够好用吗？鬼才会用这面镜子存东西，谁知道会不会存着存着东西就不见了。

但是那面可以储存的鬼镜里，原本就是储藏有东西的——《爆裂末班车》里的炸弹，就储藏在里面。

苗高僵没有在意过这个炸弹，因为他全开技能的情况下，这个炸弹不会那么容易炸死他，而在他的保护下，苗飞齿自然也不会那么容易死亡，他之前的推断是正确的——他的背包里的确没有可以对他们一击必杀的道具。

但苗高僵没有想过这个副本里竟然有人可以让他僵直不动足足三十秒。

他僵在原地不动，在开了技能的情况下也不会被炸死，但苗飞齿这个对伤害抵抗能力很低的玩家，在近距离的爆炸下是绝对会被炸死的！！

苗高僵之前根本没有想过白柳会用炸弹，因为这玩意儿用了苗飞齿和他不一定会被炸死，但是白柳和刘怀，这两个人生命值很低的玩家是绝对会死的。

这两个疯子搞的不是什么盗贼和刺客的偷袭类合作，而是一次彻头彻尾不要命的自杀式袭击！！！

白柳玩的这是二换二的把戏！！！

从头到尾，白柳根本不是要偷袭，而是要杀了他们！！！

"飞齿！别过去攻击了！！！离他远一点！！"苗高僵突破一切桎梏，双目赤红声嘶力竭地大吼，"躲到我身后来！！！"

白柳一只脚踩在图书柜上，另一只脚踩在他偷出来的，拼凑完成之后足足有一个书柜那么高的巨大鬼镜的镜框上，他蹲在书柜和镜子的上头，仍留下的那只手，或者说是伤痕累累的猴爪随意地搭在他屈起的膝盖上，鲜血往下滴落砸在镜面上。

他这只手握着一根发着温和白色莹光的鱼骨，额头因为在斗争的过程中被擦伤，血流了下来染湿他的眼睛和长睫，但他依旧睁着眼睛，脸上流满鲜血，带着很平和的笑意，看着下面还没有回过神来的苗飞齿和惶恐大吼的苗高僵，他的手已经探入了镜面，似乎在用力地扯什么东西出来。

"晚了哦，苗爸爸。"白柳微笑着说，"看着儿子死的感觉很不错吧？但是我要告诉你：我不干这种让父子分离的坏事，所以你和你儿子不会分离，你们会一起死，哦，准确来说不是一起，你的抵抗力比你儿子强，所以你会看着你儿子先死，然后再去陪他。"

苗飞齿此刻已经躲到了苗高僵的身后，他还没有反应过来到底发生了什么，但苗高僵刚刚的怒吼不像是小事，所以他还是听话地过去了。

苗高僵此刻仰着头看着赤脚踩在镜子上方的白柳，他竭力保持着镇定："这个炸弹的爆炸威力杀不死我。"

准确来说，正常情况下要五次大型爆炸才有可能杀死苗高僵。

白柳掀开被染成鲜红的眼皮，他无波无澜地垂眸看着这对父

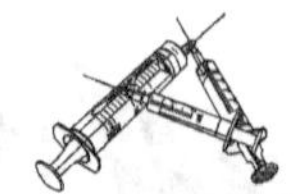

子，就像是因为无聊而随意制裁别人性命的神明。

"你或许以为这个炸弹杀不死身为玩家、抵抗力很高的你，但是你忘了吗，你现在不仅是一个玩家，还是一个怪物。"

"——一个吸儿童血的绝症怪物，你是有弱点的。"

苗高僵的呼吸停顿了两秒，瞳孔缩成了一个小点。

是的没错，玩家有怪物身份的时候，是会受到怪物本身自带弱点的影响的，这影响不大，但的确会有，而这平时不轻不重的影响将是压倒他们的最后一根稻草。

这里的病人的弱点……这个潮湿不见光的培育蘑菇的地点，这里面的病人的弱点其实从一开始就很明显，只不过系统不贩卖给他们任何相关道具。

"你们见不得光。"白柳伸手探入那个镜子，镜子表面散开波纹状的水纹路，他从镜子里面扯出来一个巨大的、黑色的炸弹，扔在地上，他笑得波澜不惊，"也见不得火，或者说，干燥。"

炸弹在地上爆发出巨大的热度和光芒。

站在镜子上的白柳的脸，和躺在地上刘怀空洞的双眼，渐渐地被炸弹爆发出来的红光淹没。

苗高僵目眦欲裂："给我停下来！！！"

整栋楼在砰的巨响中摇晃了一下，爆发出巨大的烟尘火光。

《爱心福利院怪物书》刷新——植物患者（2/3）

怪物名称：植物患者

特点：移动速度 500，生长需要大量水分，喜欢潮湿的环境

弱点：血灵芝，干燥，光（3/3）

攻击方式：吮吸体液，毒雾污染

恭喜玩家白柳主身份线集齐"植物患者"页怪物书。

系统提示：玩家白柳使用一次鬼镜道具，该道具在《爱心福利院》副本进入 CD 重置状态，在该副本中无法再次使用……

"所以呢？你是怎么活下来的？"小白六罕见地提起了点兴致，他一边看那个怪物书的界面一边开口询问，"我听你之前说的话，刘怀，那个刘佳仪的哥哥也活了下来，你们是怎么在爆炸里活下来的？"

白柳懒懒地说："在爆炸的最后一刻，我用鞭子拖着刘怀躲进了镜子里，鬼镜这个道具是我确认可以抵抗爆炸的，所以我们很侥幸地活了下来。其实我也以为会死，因为我和他生命值都太低了，被爆炸擦一点边就会死，但最后运气好，只是被炸昏迷了，刚刚才醒。"

"那苗高僵他们死了吗？"小白六问。

"很不幸的是，他们也没有死。"白柳计划失败了也没有任何沮丧的情绪，而是很客观平淡地评价，"是我计算失误，苗高僵最后不知道用了什么办法自我攻击让精神值下降到 20 以下，利用面板狂暴扛住了这次爆炸。"

"但他们的生命值也受到了一定损耗，爆炸之后护士很快上来把他们俩拖下去了，现在正在手术室抢救，我感觉至少明天这两个人要对你们动手会比较困难，护士不会允许，福利院那边也不开放。"

"很多投资人本人，和他们的床都因为这次爆炸受伤了，床上的血灵芝也是，现在也在抢救，因此医院取消了明天的匹配，总的来说我的目的还是达到了。"

小白六静了很久没说话，他只能听到那边白柳渐渐虚弱下去的呼吸声。

其实有点恶心的是，他还挺想问白柳的情况怎么样，但是问出来他又觉得好恶心，所以就这样沉默地僵持着。

"喂？你再不说话我要举报你消极陪聊骗钱了。"白柳闲散地开口了。

"你怎么样？"所以还是问出了口，小白六面无表情地快速说，"稍微有点恶心，但是我觉得我还是有必要了解一下你的情况，

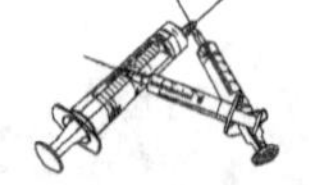

毕竟你为了给我制造机会都要死了。”

　　断了一只手，躺在地上动弹不得的，很困难地用另一只被炸得破破烂烂的手接电话的白柳，仰头看着被他自己炸出了一个大洞的天花板。

　　外面的夜空没有星星，只有沉沉的夜色，他躺着的地面和眼前的天空都是这种被火焰肆意灼烧之后的颜色，这让他一瞬间感觉自己好像已经死了，他已经变成了飘浮的灵魂，在没有星星的天空上给十四岁的另一个自己打电话。

　　“还好吧。”白柳笑着收回目光，他有些疲倦地说，“所有人都还活着，今晚我们都干得不错。”

　　挂了电话之后，白柳侧头看向旁边艰难地喝精神漂白剂的刘怀——这哥们儿两只手都被砍断了，现在就跟讨口一样艰难地缩成一小团叼着瓶子在喝，呛得到处都是。

　　之前白柳想喂刘怀，但是他自己也只有一只手，小白六电话一过来刘怀就让他先接电话，现在白柳接完电话了，伸手把瓶子拿起来喂刘怀，刘怀看了白柳一眼。

　　白柳脸上什么表情都没有地把瓶子往前递了一下。

　　刘怀还是伸头去喝了。

　　刘怀觉得自己现在一定很狼狈，满脸灰黑，像条流浪狗一样从别人的手上喝水。他知道有很多观众正在看着他这一幕的丑相，随着精神值的恢复，他感到前所未有地难堪，情绪的激荡让他脸上大滴大滴地流下眼泪。

　　“你哭什么？”白柳举着瓶子淡淡地问，“不是活下来了吗？”

　　“……我也不知道我在哭什么。”刘怀的精神值还没有完全恢复，他就像一个好面子的，这个年纪很容易觉得自己丢脸的男大学生一样偏头遮脸，不让白柳看他。

　　刘怀缩着脖子，低着头嗓音沙哑：“……我好像一条无家可归的流浪狗。”

　　“是有点像。”白柳不带任何情绪地点评了一句，他抬眸看着刘怀，另一只手臂被切断下来的伤口还在渗血，"我们两个现在都很像流浪狗，但至少我们是活着的流浪狗，所有人都活着，你妹妹也是。"

刘怀死死咬住白柳手上那瓶精神漂白剂的瓶口，忍了又忍，还是忍不住呜咽着痛哭出声。

没有手臂的刘怀哭着弓起了身子，他弯下腰，头抵在白柳的手上一直深深地弯到地面上，就像是在给白柳磕头，含糊不清地哽咽着道谢："……谢谢你救我，谢谢另一个你救我妹妹。"

离爆炸还有几秒的时候，刘怀以为自己会死，因为没有双手，用尽体力的刺客可以说对于白柳这个利益至上的人来说没有一点作用。

但是白柳冒死从火光里冲过来，用鞭子把他拖进了镜子里。

"其实我也没有想到另一个我会救你妹妹，他的理由我不太清楚。"白柳垂下眼帘，他平举手臂，把抵在他手腕上弯腰的刘怀给扶直，不冷不热地直视刘怀泪流满面的脸，"但我救你是有理由的，因为你也救了我，这是我们之前就商议好的交易合作的内容，如果你成功拖住了苗飞齿，那么我就会尽力救你。"

"一定要说的话，我是个守信的流浪……"白柳看着刘怀不停流泪的眼睛，他很平静地说，"流浪狗吧。"

三十七分钟前，906 病房。

刘怀不安、焦躁地来回踱步，他时不时转头去看坐在床边的白柳，他深吸一口气："你真的要埋伏击杀苗飞齿和苗高僵？！这两人是 S- 级别的玩家，如果我们不能一次成功，那我们都会死！"

"所以我们必须要一次性成功。"白柳不疾不徐地说，"他们应该对木柯这个身份起疑了，这个点，我觉得他们应该去病房里找过我了，但我现在不在病房里，那么他们就会搜寻其他的地方来抓我这个'木柯'。"

"他们应该都猜不到木柯会在病案管理室里，所以他们在医

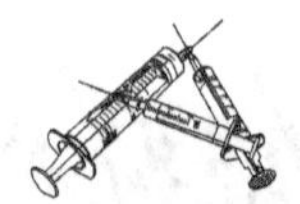

院里是找不到木柯的，但是木柯在九点十五之前肯定要回病房，因为医院的其他地方护士会出来清场，我猜他们会守株待兔。"

"守在哪里？"刘怀紧张地问，"木柯的病房里吗？那他们岂不是不会过来了？"

"守在木柯的病房里面太蠢了，一旦木柯不回自己的病房，而是回了'白柳'的病房或者其他的空病房内，那么这两个人就会被困在木柯的病房里，因为护士会巡逻，当然他们可以钻护士巡逻的空隙出来在其他病房找木柯，但是这样麻烦就翻倍了，并不是一个很明智的方案。"

白柳看着刘怀："如果我是苗高僵，我觉得更有效可行的方式是守电梯。"

"木柯不可能走安全通道，因为他的个人面板完全不足以抵抗那边的怪物，他们猜的木柯更有可能的方式就是走电梯，苗高僵他们只需要在九点到九点十五这个空隙等在电梯的门口旁边，看电梯动了就摁下按钮就行了，因为这个点所有的护士都在交班，会坐电梯的只会是偷偷跑回自己病房的病人，也就是木柯。"

"抓到木柯之后，苗高僵一定会想弄清楚木柯和我的计划，但木柯不会轻易开口，他自然就会想到在那个我和木柯用来交流的键盘上下功夫。"白柳神色平缓地继续说，"我会从这个键盘透露一些他可以理解的信息过去，比如'9''0''6'，在这种情况下，苗高僵不会怀疑自己得到信息的真假。"

"并且因为明天就要领养小孩，为了避免我们在明天关键的时刻造成影响，苗高僵一定会今晚来杀我。"

"而这种他们主动来杀我的情况下，主动权在他们那边，他们不会对906房间内的人有过多心理防备。"白柳抬眸看向苗飞齿，"这为你偷袭成功创造了有利条件，刘怀，这次计划的主要人物是你，虽然表面上看起来是一个你之前和牧四诚玩的'盗贼和刺客'的常规套路，但这次是你这个刺客完成主要任务。"

"……我知道。"刘怀也坐在了床边，他旁边坐着白柳，刘怀低下了头，他双手握成拳抵着额头，"但白柳，我从来没有担任过主攻手，一直都是四……牧神做的这个事，你把计划的所有筹码押在我身上，风险太大了。"

"这个计划有三步。"白柳轻声说，"第一步，苗飞齿苗高僵前来突袭，打开门你偷袭拖住苗飞齿，我从苗高僵的手上偷出木柯，让他下去找护士，那么在木柯下去找护士的情况下，苗飞齿必然就会缩短进攻你的时间，转而来进攻我。"

刘怀没有抬起头，他的声音越发嘶哑："这种情况下，如果苗飞齿想要缩短与我对决的时间，并且不想被我这种时不时找机会就能扰乱他进攻刺客打扰攻击，他最好的办法就是把我缴械。"

"直白来说，也就是砍断你的双手。"白柳毫无情绪起伏地说道。

刘怀的头埋得更低了："……是的，这是最快的制裁一个……很善用双手的玩家的办法。"

"但这也有好处，在砍断你双手之后，他绝对不会怀疑你还有攻击能力，会放松对你的监管，这就进入了计划的第二步，我会拖住苗高僵和苗飞齿给你面板爆发的时间。"白柳把同时拖住两个 S- 级别的玩家说得极其轻描淡写，似乎根本没有考虑过自己做不到这件事，"在你面板爆发之后，你可以使用你的那个技能'闪现一击'，使苗高僵陷入僵直状态。"

"那这样就进入了计划的第三步，你挡住苗飞齿的攻击，只需要一两秒我就会拖出炸弹——"

刘怀猛地抬头打断了白柳的话，他脸上全是惶恐："白柳……我觉得我做不到在刺了一次苗高僵之后，又挡住苗飞齿对你的攻击，这个方案风险太大了白柳，你把后方完全交给我，你会死的！我也会死的！"

"但你和牧四诚合作那么多次，他把后方完全交给你，你不也没有让他死吗？"白柳的眼神平静得就像是激不起波澜的湖面。

刘怀哑然无声许久，闭了闭眼睛："……但是我让他失去了

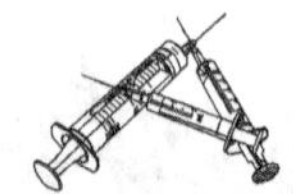

双臂。"

"你的确用你的手中的匕首背叛了牧四诚，但你那个时候多半已经没有手可以背叛我了。"白柳好似在询问意见般看向刘怀，"刘怀，我做事情的风格是在事情发生之前，先假设对方能做到，你的确能，对吗？"

刘怀轻声说："我不知道。"

白柳毫无波动地收回目光："那就先试试吧，做不到再说。"

"如果……死了怎么办？"刘怀声音有些发颤地问。

"你挡住了苗飞齿，我就不会轻易死，我不死，我就不会让你死。如果你没有挡住苗飞齿，死了……"白柳很平淡地说，"那我多半会跟着你一起死。"

刘怀愣怔地看着白柳，白柳斜眼看他："怎么，我给你陪葬还不满意？"

居然真的没有死。

刘怀从镜子里被白柳拖出来的时候，他恍惚之间甚至以为自己已经到了地狱，直到看到自己依旧断裂的双臂才有些恍然地反应过来他还活着，白柳很迅速地就准备给他灌精神漂白剂，很快小白六的电话就来了。

在白柳挂断电话之后，刘怀被他喂得精神值恢复了，才跟跟跄跄站起来。苗飞齿和苗高僵被护士抬下去之后，他和白柳才敢从镜子里出来，这样导致了护士以为上面没有人，现在还没有护士来救治他们。

白柳倒是不怎么着急地躺在还在发烫的地面上："等下木柯会上来找我们的。"

白柳这个"投资人"的壳子皮十分地厚，在这种刚刚爆炸过后的地面躺着都不觉得有什么特别烫的，他的稻草床也被炸了个稀巴烂。刘怀盘腿坐在地面上，靠着也被炸得漆黑的残墙，仰头看没有光亮的天空，不知道看了多久，刘怀突然低下头看向白柳，犹豫踌躇片刻。

"我现在把灵魂卖给你，你要吗？"

"要。"白柳毫不犹豫地答应了，"但是我现在游戏管理器在小白六那边，等他还给我再拿你的灵魂。你开多少钱？"

刘怀怔了怔，他似乎被白柳这副放在眼前的便宜一定要占的模样逗得笑了一下，很温柔地弯起了眉眼："我以为你不会要，毕竟我多半会死在这个游戏里，死掉的我的灵魂对你是没有什么价值的东西吧，应该。"

"但如果你真的要买的话，"刘怀轻声说，"四哥卖给你，你给了多少啊？"

白柳略有些警惕地看向刘怀："你不要想开牧四诚那个价钱，那个太高了，那个价我就不买了。"

"……我不要那么多。"刘怀真的被白柳弄得有点哭笑不得，他刚刚也是鬼使神差地随口一问，没想到灵魂交易这种听起来很邪恶的事情在白柳这里居然变成了讨价还价的普通交易，他沉重的心情也散去不少。

刘怀垂下脏兮兮的眼皮，声音很轻微："卖给你 1 积分吧，1 积分就行。"

"我只是想给我的灵魂找个可以托付的人，我听公会里有个人告诉我，死在游戏里的玩家灵魂会被系统回收。"

他静了静："我不想那样。"

系统提示：玩家刘怀提及关于灵魂交易内容涉及违规，小电视播放中会自动屏蔽消音处理，请玩家刘怀减少提及次数，否则系统会考虑封锁玩家刘怀的小电视。

刘怀静了静。

"除了灵魂，我还有东西可以给你，白柳。"刘怀抬起泪水干涸的眼睛，"这个东西比我的灵魂有用，毕竟我要死了，我的

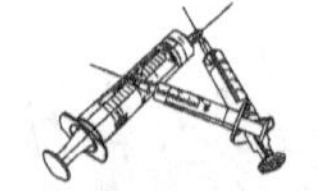

灵魂对你来说就是一张纸币而已，你没有办法从我身上得到什么价值，但只要你和我签了这个，在我死后，你就可以随便使用我的个人技能，就像是这个个人技能是你所拥有的一样。"

刘怀面前浮现出一张很奇异的泛黄羊皮纸质地的纸张。

纸张像一张没有燃烧完的灰烬，飘飘摇摇地下落，白柳伸手去够，羊皮纸便落在了白柳的手里。

白柳抬眸看过去——

《关于玩家死亡前个人技能转让的甲方乙方的二十四项相关通知及各项说明协议》

甲方玩家死前自愿将自己的欲望衍生物——个人技能转让给乙方玩家，如若乙方玩家同意继承甲方玩家的个人技能，那么乙方玩家同时也要继承甲方玩家的欲望，成为甲方玩家欲望的承载，替他实现他的欲望……

若乙方玩家已经拥有欲望较为强势的衍生个人技能，因乙方玩家欲望饱和，无法承载过多欲望，签订协议获得甲方玩家个人技能作为第二技能会出现一定的效用缩减；若继续获得第三技能，使用效果会持续缩减。乙方玩家使用转让获得的个人技能时如若效用不佳，非系统缘故，望转让双方玩家了解……

签订协议前，甲方玩家有义务告知乙方玩家自己的欲望由来，希望乙方玩家在听取并深思之后，再决定是否要签订协议……

该协议签署单位为双方灵魂，一旦签署后在灵魂泯灭之前双方不可反悔，该协议涉及欲望和灵魂，需要双方发自内心地自愿签署，无法强迫签订。

协议一式一份，签署后即可录入双方系统，协议原稿件由公正公立机构——系统代为保管。

甲方：＿＿＿＿＿＿＿＿＿　　　　　乙方：＿＿＿＿＿＿＿＿＿

在简单浏览过之后，白柳看向刘怀："我现在签不了，系统不在我这边，签完了我也无法录入，并且从各种层面上来讲，你的这份协议对我限制都太大了，我需要继承你的欲望，获得的你的技能作为我的第二技能也并不可以完全发挥作用。"

说着，白柳看向了刘怀被斩断的双臂，刘怀的一对匕首被他召回放在他的脚边，纯黑反光的刀面上浮凸雕刻着"blood"。

白柳顿了顿："你的技能的确很有意思，的确是你最有价值的东西了，但是在我身上发挥不出最大的功效。"

"而且你的主要目的是想让我继承你的欲望——保护刘佳仪吧？"白柳不冷不热地说。

刘怀惶恐地抬头看向白柳，他已经拿出他压箱底的筹码了，但白柳并没有表现出热切的想要得到的欲望，这让他有些慌张。

"你不要我的这个技能吗？"刘怀发颤地问。

"也不会不要，你的技能很有用，但不是在我身上，这份协议有比我更适合的人选，他比我更适合你的欲望，也更能发挥你的技能的能力。"白柳掀开眼皮直视着刘怀，"看你愿不愿意改变转让人了。"

刘怀有些迷茫地问："是谁？"

白柳说："木柯。"

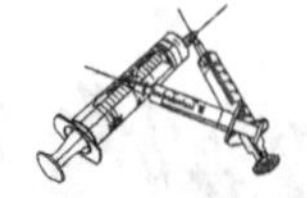

CHAPTER 33

　　木柯满脸黝黑咬牙切齿地从被炸成一片废墟的下层楼往上层爬，一边爬一边被还滚烫的水泥断面烫得咝哈咝哈。

　　木柯因为疾病原因不算体能很好的类型，爬这种东西很花他时间，但好在护士都去抢救被炸得半死不活的病人了，他拥有足够的时间往上爬。

　　他费了吃奶的力气，终于爬上了白柳他们所在的九楼，一上去木柯就疯狂地飞奔到906病房，跑得自己都摔了几跤，眼泪花都给摔出来了，当看到断了一只手的白柳面色寻常地在和刘怀交谈着什么的时候，木柯没忍住跪地哇的一声就给哭出来了。

　　他担惊受怕一晚上，下去喊护士的时候看到九楼爆炸的时候差点魂都飞了！连忙连滚带爬不要命地往上冲！

　　幸好白柳没事！

　　木柯一边擦眼泪一边往白柳身边蹭："你吓死我了！"

“先别哭，谈正事。”白柳用那只手捏住木柯的肩膀把他往刘怀旁边一转。

眼泪汪汪的木柯有点蒙地看着一脸严肃正在审视他的刘怀，刘怀的那目光盯得木柯有点发毛地止住了眼泪，他往后缩了一点，声音也小了不少：“……什么正事啊？”

白柳拍拍木柯的肩膀：“简单介绍一下你自己，几岁了，家里条件怎么样，未来对婚姻家庭是怎么安排的，准备要几个孩子，有没有什么不良嗜好，什么学历，交过几个女朋友男朋友。”

“？？？”什么东西？！我是要和这个叫刘怀的相亲吗？！

木柯越发摸不着头脑，但白柳目光平静地扫了一眼木柯，示意他开始。

木柯虽然还一头雾水，还是很顺从又拘谨地开始自我介绍了：“哦、哦，我家里条件还不错？反正几百个亿应该有吧？我也不算很清楚，你需要了解我回去帮你问问，我今年快二十一了，不抽烟不喝酒没有任何不良嗜好，未来的婚姻……这个我还没有想过，没有交过男朋友女朋友，学历的话是本科，但是想念硕士我随时可以考。”

说完，木柯用一种求救的目光看向白柳，使眼色问他——这到底是什么情况？！

白柳扬了扬下巴：“你也介绍一下自己吧，刘怀。”

刘怀沉沉地深吸了一口气，他用一种略微挑剔的目光从上到下打量着木柯：“我内心满意的人选其实不是你，我更想要白柳来，但没办法他不接，你看起来也还可以。”

木柯惊愕未定地看向面不改色的白柳，眼神里透露出巨大的信息量——你已经和他相亲相过一轮了？！你不要让我来？！

白柳把羊皮纸递给木柯，示意他看，木柯低下头看了起来，等再抬起头看向刘怀就是满眼复杂了。

……这人是要把他的个人技能转让给他吗？虽然很早之前白柳定计划的时候他就知道刘怀的死是一个不可逆转的定局，但没

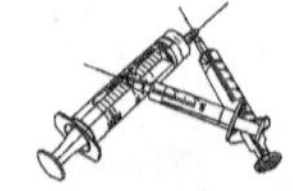

想到……

"我有一个妹妹……"刘怀絮絮叨叨地和木柯念了一会儿刘佳仪的一些事情。

白柳耐心地等他念完，然后才开口，他用一种近乎洞察一切的目光凝视着刘怀："你欲望的核心是什么？刘怀，你要让木柯来承担你的人生欲望和妹妹，你就要对他坦陈一切，不然我不会让他轻易签这份协议。这份协议是镌刻在他灵魂内的，而他的灵魂完全归属于我，我需要对我手中的灵魂负责。"

"我需要知道一切。"

刘怀张了张口，又闭上了。

系统提示：玩家刘怀是否花 200 积分购买消音服务？

"确定。"

系统提示：购买成功，接下来十分钟内你说的话会被消音，小电视观众无法听到，请开始无所顾忌地畅言吧！

刘怀侧过了头，眼眶发红，声音干涩地开口了："……我和佳仪是同父异母的兄妹。"

"……我们的家在很小很偏僻的乡下，你们可能想不到这种乡下有多偏，下车之后要穿简胶鞋走一个半小时，下大雨之后甚至会封路，路上全是泥巴，里面的人出不去，外面的人进不来。"

刘怀闭上了眼睛，他想起了那个泥泞的、黑漆漆的小乡村。

"我小时候有过姐姐，但后来在一个下雨天淹死在堰塘里了，我爸就站在那个堰塘旁边等我姐姐挖鱼给他，他没有下去救在泥巴里挣扎的我的姐姐，我那个时候也不明白为什么……我爸虽然有送我去读书，但他别的事情什么都不管，之前是我姐姐养我，后来他偶尔会养我，我爸说我妈很早就跑了，我也不知道她跑什么地方去了，我从来没有见过她。"

刘怀脸上流下眼泪，他目光游离而空洞。

"我很想离开那个地方，我很努力地念书，但我并不聪明，所以念得不好。

"后来有一天我们村出了一个名牌大学生，是我姑姑的女儿，村里给发了两万块钱的奖金，那对于我们来说是一笔天文数字。

"从那天开始我爸就变了，他之前从来不关心我的成绩，从那之后他会每天每天地问我的成绩，只要我考得不好他就开始打我，面红耳赤地骂我说都是我爷爷的种，怎么我一个男的就考不过我姑姑的女儿，她一个女的除了能怀孕到底比我这个正经刘家的根强在什么地方。"

"但是他打得越厉害，我就越害怕，我一考试拿笔手就开始抖，我的成绩越来越差，他终于有一天觉得我可能真的就是个窝囊废，他放弃了打我，我松了一口气。他说要找我表姐，也就是那个考上名牌大学的表姐来给我辅导几个月，我当时很开心。"

刘怀静了特别特别长时间，久到白柳以为他的故事就这样结束了，但他突然像是完全接受不了一样弯曲着腰，咬着牙关深吸一口气，最终凄凉地惨笑了一声："你们知道为什么佳仪生下来就看不见吗？"

白柳明白了，他也静了几秒，目光看向夜空，语气很淡："很多畸形儿的先天缺陷是近亲生育导致的，刘佳仪也是，对吗？"

木柯猛地意识到了白柳的话的意思，他惊疑未定的目光停在刘怀身上，背上起了一片鸡皮疙瘩："我操……不是吧？！这么无法无天？！没有人管吗？"

刘怀就像是一根被残酷的重担压垮的骨头，他的头深深、深深地垂了下去。

刘怀声音嘶哑干裂，好似嗓子里含了一块木炭，他好似嘲讽地又哭又笑："不会有人管的，因为太脏了，脏到没有人愿意管，所有知道的人都当作是丑闻遮遮掩掩，不被允许说出去。表姐怀

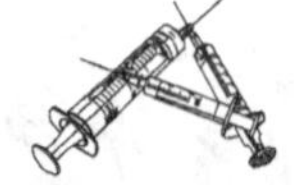

孕之后想要报警堕胎，但是我爸说她肚子里的一定是个新大学生，各种耍泼皮无赖，他又是刘家的唯一的儿子，在我爷爷的协调下，最终他得逞了。"

刘怀的眼睛闭了闭："……而我的表姐在几个月之后没能回去继续上她的大学，在早产生下佳仪之后不久，她就像是我的姐姐一样自己去挖鱼，然后淹死在了堰塘里，而我的爸爸也站在堰塘边，看着表姐在泥泞里挣扎，没有去救她。"

"我开始发了疯一样地学习，我考上了名牌大学，拿着那两万块带着佳仪从那个小乡村里跑了出去。但很快我爸爸找上了门来，要求我给他钱赡养他，折磨佳仪折磨我，我千万次在暗处窥探着这个男人，恨不得一刀杀了他，但我又不敢，我舍不得好不容易考上的大学，舍不得佳仪。"

刘怀哽咽着，他眼泪砸在地上，压抑地、沉闷地嘶吼号哭着，就像是一头被刺伤却依旧不敢明目张胆反抗的懦弱野兽，跪在地上，头颅点在地上，眼泪肆意迸流。

他的头旁边是那把镌刻了"blood"的匕首，仿佛从血液里自带的罪恶进入了他的欲望和灵魂，让他变成一条在泥泞里不断挣扎却无法逃离的痛苦的鱼。

"你就像是一个想要杀人却不敢下手的刺客。"白柳垂下眼帘，很平静地评价，"最后生成的个人技能都是砍掉人的精神值，而非伤害技能。"

"是的。"刘怀的额头撑在地上，他睁着没有神采的眼睛，"……我是一个懦夫刺客。"

系统提示：玩家刘怀的技能身份——"懦弱的暗杀者"背景故事线以及携带欲望已激活，是否开启转让个人技能？

"开启。"

刘怀缓慢地直起身子，他看向木柯，泪眼蒙眬："你能替我勇敢地活下去，拿起我的匕首好好地在这个游戏里保护刘佳仪吗？这是我唯一的欲望，你有承担的觉悟吗？"

木柯侧头有些无措地看了一眼白柳，他没有做好承担这么沉重的东西的准备，他在下意识地寻求白柳的建议。

白柳神色很淡然地看着木柯："木柯，如果你是想问我的建议，那我现在的态度已经很明显了，我建议你接受，拥有一个技能对你来说只有好处没有坏处，但接不接受是你自己的事情。"

"能力和欲望都是挂钩的。"白柳说，"当你选择拿起刘怀给你的匕首，你就要成为和他一样的刺客。"

"……我可以拿起你的匕首试试吗？"木柯略有些小心地问。

刘怀点头同意了。

木柯看着躺在地面上的那两把镌刻了"blood"的黑色匕首，它们的表面流动着就像是不祥的禁忌黑色血液一般的光泽，木柯伸出手去握住匕首的柄，入手的瞬间他忍不住颤了一下。

这对匕首的柄在他的掌心轻微地搏动着，温热得就像是人的脉络和血管在他的手上生长，木柯虚弱的心脏因为匕首里强烈的欲望开始忍不住急速地跳动起来，勃勃生机和仇恨从匕首里沿着木柯的手掌一路回溯至心脏。

一瞬间，木柯感觉自己好像能感受到刘怀的一生里所有激荡的怨恨和极端的感情。

他怔怔地和没有双臂的、狼狈不已的刘怀对视着，刘怀的脸上沾满块状的泥土，他呼吸微弱，奄奄一息，就像是一条在干涸的堰塘里没有被捞起来的鱼。

泥泞里挣扎的鱼的一生，原本是住在水晶盒子里的名贵的猫不会理解的东西，但这一瞬间木柯和刘怀前所未有地强烈共鸣着，他们虚弱的心脏以同一个频率扑通扑通地跳动，似乎要从嗓子眼跳出来。

他们都只不过想活下去而已。

可惜不被世界允许。

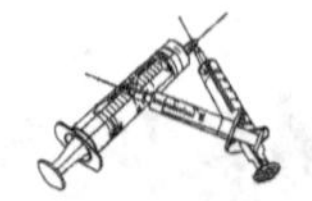

"我同意。"木柯攥紧手中的匕首，他嗓音沙哑地说，"我要继承你的技能，做刺客。"

刘怀头颅和眼皮都疲惫地垂下去，他嗓音轻得像烟："……谢谢你。"

系统提示：玩家木柯与玩家刘怀正式签署《关于玩家死亡前个人技能转让的甲方乙方的二十四项相关通知及各项说明协议》。

该协议于玩家刘怀死亡后正式生效。

第三方见证者：白柳。

白柳和刘怀终于被姗姗来迟的护士给抬了下去。

这注定是一个混乱的夜晚，木柯跟在后面慌乱地跑，医院里那些小孩怪物似乎也被这场动静很大的爆炸吓到了，纷纷消失不见了。

在经过短暂又不专业的治疗过后，白柳和刘怀这两个没有受到什么爆炸伤，只是单纯失血过多的患者很快又被抬出了手术室，送回了原来的病房。

其实本来护士们也想把他们两个送进重症病房的，但现在重症病房已经被其他的病人给填满了，白柳和刘怀这种伤势相对较轻的，只能待在自己的普通病房。

比如受到了重伤的苗飞齿和苗高僵，现在就待在二楼的重症病房，目前还都处在昏迷当中，眼看短时间是不会醒了，白柳当然也生出过现在就下去刺杀这两位的想法，但可惜的是重症病房里全是护士，他们根本混不进去。

并且他们现在也没有主要攻击手了。

刘怀双臂没了，白柳的体力和生命值也几乎耗尽了，碰一下就能死，只有木柯还好点，但也只有 6 点生命值。

再者，木柯就算是拿着匕首下去砍，苗高僵躺在那里不动，木柯平砍一个小时都不见得砍得破苗高僵的防御。

要是把这两人搞醒，先死的可能是他们。所以目前按兵不动是最好的选择，反正他们的目的已经基本达到了。

白柳和木柯的病房都被炸烂了，他们回不了自己的病房，病房被白柳这次爆炸搞得极其稀缺，他们又不可能和其他怪物投资人住一个病人，在协调之后这三人如愿以偿地被护士安排在了同一个病房——501，刘怀的病房。

刘怀躺在床上，木柯和白柳用书撕成一张张的纸垫在地上，准备凑合着过一晚上。

白柳布置完自己晚上的床之后，他并没有躺下来，而是拿着抽屉里的笔，把撕下来的纸张铺在膝盖上，似乎在随意地写写画画着什么。

木柯好奇地探头过去看：“白柳你在写什么？”

白柳说：“我在整理目前的线索，游戏内和游戏外的。”

“哦！说到线索，白柳！”木柯好似突然想起了什么，开始向白柳认真汇报起来，“我在下面翻病历档案的时候发现了一件事，虽然‘续命良方’里说挑选小孩的‘血缘纯正’的意思应该是有血缘关系的孩子最好，但我在下面看病案资料的时候，发现大部分的投资人病人挑选的取血儿童——”

“和他们毫无血缘关系，但最终也取得了比较良好的治疗效果，对吧？”白柳目不斜视地在纸面上写着一些东西，“像我们一样靠系统设定直接和自己的‘儿童’有血缘关系的毕竟是少数。”

“按照常理和现实里的情况推断，大部分的投资人是不可能拿和自己有血缘关系的儿童来搞这种偏方的，而且他们找福利院里的小孩也不是为了找和自己有血缘关系的儿童。”

白柳随手画了一个福利院样子的小房子，又画了两三个瘦长鬼影样子的“投资人”，在福利院和“投资人”之间写了一句“大概率不存在血缘联系”。

白柳若有所思地拿笔在纸上点点：“所以血缘关系只是‘续命良方’里‘血缘纯正’的一重意思，很有可能是只针对于我们

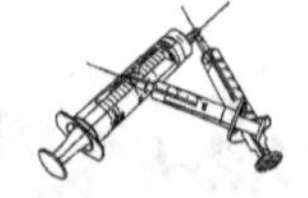

这种系统给我们捏了和我们有血缘关系的 NPC 儿童的玩家而言的，而对于这里的其他投资人和现实里的那些企业家，这个'血缘纯正'明显还有别的定义。"

"也就是说符合这个'续命良方'里'血缘纯正'的标准的儿童不只是有血缘关系的儿童，还有别的儿童，我在下面翻病历资料的时候也是这么想的。"木柯点头赞同白柳的说法，很快他又有点迷惑，"但我其实不太明白投资人挑选这些抽血小孩的'血缘纯正'的具体标准是什么。"

"如果'血缘纯正'是要求孩子的血型和'投资人'标准一致的话，我记忆里的他们挑选的小孩血型无论是以 ABO，还是以 RH 来分型，投资人和抽血儿童都有不一致的。"木柯按照自己的记忆，条理非常清晰地阐述分析着。

"并且我根据所有被挑选的小孩的查血指标做了粗略的记忆分析，但无论是生化指标，还是血红蛋白的含量，我连这些小孩的背景信息和地域都记下来了，也看不出'投资人'挑选'儿童'的标准，我其实搞不太清这个'血缘纯正'的定义。"

木柯的眉头越发困惑地紧锁："并且在大量地阅读记忆那些病案资料后，我发现一个很奇怪的点，那就是大量被挑选用来抽血的儿童都不太健康……"

"都有各种不同的缺陷，或者说先天性疾病对吧？"白柳的眸光定在自己纸面上的某个点上，"你是不是觉得很奇怪，为什么投资人不挑选健全的儿童，而是偏爱这些更加虚弱看起来有各种先天性疾病的儿童？"

"对。"木柯飞快点头，他有点惊奇地看向白柳，"你怎么知道？这还是我在看了很多病例资料之后发现的一个规律。"

"其实之前我有想过这个点，但我以为是我这种脑子不正常的人才会想出来的方向，太匪夷所思了，但刚刚刘佳仪的身世验证了我的想法。"白柳眸光沉沉地在福利院上画了一个小女孩，用铅笔把她的眼睛涂黑了，语气莫名，"这个'血缘纯正'和血型、生化指标、血红蛋白的含量这些生理上的指标都没有任何关系。”

刘怀听到刘佳仪的名字，艰难地翻身坐了起来，他看向白柳。

而白柳垂眸看向那个纸面上的小女孩：“这个‘血缘纯正’指的是这些小孩在伦理上保持了血缘的纯正。”

“他们都是近亲繁衍出来的儿童，所以充满了先天的缺陷。”

系统提示：恭喜玩家白柳主身份线解锁隐藏支线信息——血缘纯正的真正含义。

系统提示：在所有的儿童当中，有一位特殊的儿童，ta 一个人的血就足够救助一位投资人玩家，不需要更多的血液浇灌，也不需要血缘关系的对应，ta 是《爱心福利院》此游戏当中的万能解药儿童哦！猜猜 ta 是谁呢。

白柳这句话一说出来，病房里安静了好几分钟。

木柯才脊背发凉地轻声问道：“……不会吧？这些投资人是在故意寻找存在先天残缺的儿童？”

白柳在纸上随意地画了一个方框和一个圆圈，中间用一道代表交配的直线连接起来，然后在上面又写了一个“Aa”和一个“Aa”——木柯一眼就看出来，这是一个生物遗传图谱。

“常规来讲，我们每个看似正常的人都有携带一定不正常隐性基因的概率，而近亲繁衍会加大这些隐性基因集中的概率，也因此导致先天性畸形儿的产生，这个概率叫近婚系数。”白柳神色淡定地说，“我的医学常识一般，但为了做游戏看过一些相关书籍，据说近亲繁衍也会增大染色体畸变的概率。”

木柯心情复杂地想，白柳平时为了做游戏都在看些什么东西啊……难怪做出来的游戏大部分过不了审……

“这些投资人要的‘血缘纯正’的儿童和‘畸形儿童’并不是直接对等的，近亲繁衍的确会加大畸形儿产出的概率，但不代表畸形儿都是近亲繁衍的，这两者之间的条件既不必要也不充分。”

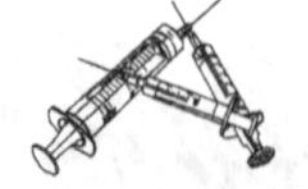

木柯陷入了思索，他撑着下巴问，"而且这些小孩到福利院的时候，很多都是无名无姓的，投资人并不知道他们的具体家庭背景，只知道来的地点，这些投资人是怎么确定这些小孩就是'血缘纯正'呢？"

"这里面还存在一个筛选机制。"白柳缓缓抬眸，"他们先选择特定疾病的畸形儿童来收养，比如白化病、先心，包括刘佳仪的这种情况，然后从剩下的小孩里再次筛选出'血缘纯正'的小孩。"

木柯有些迷茫："但是在小孩的父母之类的相关信息都不知道的情况下，怎么从这些小孩里筛选出'血缘纯正'的小孩？近亲这种标准根本没有筛选的办法啊……"

"有办法的。"白柳淡淡地说，"你不是已经看过一遍这种筛选过程了吗？"

木柯一怔："我已经看过……"

他猛地意识到了什么，偏头看向了白柳手上的纸张，白柳刚刚画了一个血灵芝状的大蘑菇。

木柯有些无法置信地恍然开口："……福利院毒蘑菇中毒事件……"

"血灵芝是吸儿童血生长的真菌菇类，它需要'血缘纯正'的小孩的血才能正常生长，血灵芝是一个很好的筛选工具。"白柳在蘑菇上漫不经心地涂涂画画，"食用它之后能被它寄生，不会出现明显中毒迹象，而是轻微贫血迹象的小孩，就说明血灵芝在吸这些小孩的血，那这个小孩就是符合'血缘纯正'的标准的。"

"现实里的福利院时不时就会出现儿童菌菇类中毒的事情，我觉得很有可能就是在筛选符合标准的儿童，但之前可能因为控制了食用的含量，这些小孩并没有大规模地中毒死亡，而吃了之后没有出现中毒的小孩，也就是符合'血缘纯正'标准的小孩，我猜测很有可能在六一儿童节前后，在和投资人简单核对确认过后，这批小孩就'离家出走'逃离福利院失踪了。"

白柳懒懒地说："但是这些小孩到底是自己跑了，还是被投资人挑选好了之后，被福利院偷偷运送到这些投资人的家里当成血包，这可就说不定了。"

木柯起了一身的鸡皮疙瘩，他搓了搓自己的双臂，迟疑地开口问道："……但是这样的话刘佳仪这次的中毒案件就说不通啊……"

"对！！"刘怀面色黑沉地加入了讨论，他的脸上还有恐惧，"佳仪出事的时候，这个福利院已经没有投资人来筛选他们了啊！为什么还会出现这么大规模的中毒事件？！"

白柳掀开了眼皮，他淡淡地看向床上的刘怀："现实中的福利院濒临倒闭，没有人愿意接手这些被抛弃的'儿童商品'，但这些'商品'的实际价值却是很高的，等同于生命的价值，如果你是这堆商品的保管人，你会怎么做？"

坐在床上的刘怀惊愕未定地看着白柳，似乎畏惧这个人如此冷漠地把儿童比作商品。

白柳无动于衷继续说了下去："如果我是这个福利院的院长，为了进一步从这些'商品'上获取更多利益，我会自主地开始筛选程序，挑选这堆商品里最有用的，并且销毁那些无用的浪费资源的商品，并且以这些被筛选出来的优质商品作为'筹码'，开始进一步接触新的投资人。"

说着白柳看向了木柯，木柯猛地想起自己的爸爸似乎准备投资这个福利院，他疯狂摆手："虽然我爸不是什么大好人，但是如果福利院的院长向他提出这种……这种建议，他不会接受这么丧心病狂的提议的！他是个有道德底线的人！"

"真的吗？"白柳骤然放低了声音，他前倾身体靠近了木柯，木柯被白柳的目光看得下意识地后退了几步。

白柳漆黑的眼珠子在蒙眬昏暗的病房里显得鬼魅，又充满一种很奇异的专注，他那样看着你，似乎要用眼神从你的大脑深处勾出你最见不得人的想法。

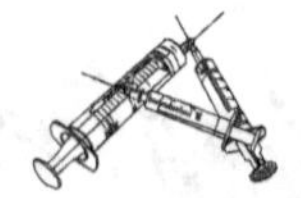

"如果我告诉你父亲，这五个孩子已经马上就要被身体里的血灵芝吸血吸干了，你不要他们也会死，你去报警我就现在立马杀死他们，你这样做真的是在浪费这些孩子的命……"

"你年纪这么大了，有个癌症三高什么难免的，不准备为自己准备点什么后路吗？你的孩子也是先心吧，这个血灵芝可以治百病，包括你的孩子……"

"这些孩子你死前让他们过够好日子就行，反正也都是畸形的孩子，长大之后也没有办法进入社会，活着就很辛苦，只能一直活在这个狭隘的福利院里……"

"有些孩子其实有很严重的抑郁症和自杀倾向，我们用了各种办法都无法缓解，因为是先天的，你也知道近亲所生的，活不了多长时间。他们都是自愿的，对，怎么会强迫这些孩子呢？我们都是好好和孩子说的，说未来一段时间给他们蛋糕、糖和玩具，然后他们都高兴得不得了……"

"你让他痛苦地过二十几年，越长大越痛苦，还不如给他充足的物资，让他简单快乐地活这几年，而且有些就算不这样做，也活不了多久了……"

"我们是福利院，是做好事的地方……"白柳垂下眼帘，用一种就像是在勾引人堕落的声音对已经吓得瑟缩到墙角的木柯轻声说，"我们比你更爱这些孩子，怎么会害他们呢？而且你这样做是在救他们，让他们这辈子过得好点，然后送他们下辈子投个好胎。"

白柳缓缓抬起眼皮，用一种早有预料的眼神很平静地看着木柯："现在呢，你的爸爸会怎么选？"

木柯被白柳那个眼神看得心脏一阵一阵地发麻，他张了张嘴，最终一个字也说不出来。

"不要奢望用人的道德去约束他们获取利益。"白柳淡淡地收回了自己的目光，坐回了自己原来的位置，"因为这只会导致获取利益的方式最终以道德的样子呈现。"

刘怀瘫坐在床上，他愣怔了好久，他感受到了很久违的抓心的恐惧，缓慢地开口："……白柳，如果佳仪现在被这个蘑菇选中吸血的话，那是不是不尽快通关找出解决这个血灵芝的办法，佳仪会被……"

白柳静了静，他没有回答刘怀的话，而是退回了他原来坐着的地方，双眸沉沉地看着他手中纸面上那个被他画出来的小女孩。

黑白线条勾勒出的小女孩蜷缩着双腿，白柳在她身上写了一个血量——50（？）。

这代表了刘佳仪的血量未知并且处于持续消耗中。

爱心福利院，周三凌晨，三点四十五分。

手工教室。

除开白六之外的另外四个小孩被关进了福利院后方的一个手工教室里，老师将这四个孩子反锁在这里关禁闭。

这个手工教室在福利院很里面的位置，三面墙都没有窗户，唯一一面有窗户的墙正对的也是走廊，对面就是厕所——护工和老师时不时地过来上厕所，这导致这个手工教室非常适合用来做一个小型监狱，锁住一些想要跑出福利院的不乖的儿童。

教室内有一些画布、涂胶、布头等等可以用来做手工的东西，随意地散落在地面上，这也是他们之前给投资人做礼物的地方，但这些东西散落在地面上显然不是因为儿童们昨天做了礼物，而是因为暴怒且焦躁的小苗飞齿。

他疯狂地把所有东西都扫到地上，在教室内走来走去，苗高僵一言不发地看着他作，苗飞齿突然转身对着苗高僵怒吼："你他妈倒是想想办法！明天我就要被抓去抽血了！那我们就都完了！死了！"

苗高僵刚想开口，教室的门突然开了，老师牵着刘佳仪和木柯这两个脸色苍白的孩子从医务室回来了。

刘佳仪和木柯刚刚因为都出了问题被送去检查，刘佳仪吐血，

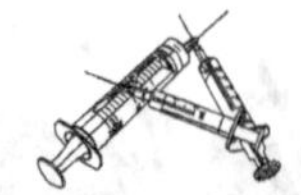

木柯心口痛，检查完了之后为了避免他们逃跑，还是被老师送到了这个小型监狱一般的"手工教室"。

老师对着木柯和刘佳仪说："你们两个没有什么大问题，老老实实在这里待着，等明天投资人来了，带你们去私人医院看病，我不希望再看到有人逃出来了。"

说完她转身离开，关上了门。

木柯奄奄一息地捂住自己的心口蹲在了地上休息，刘佳仪蹙眉靠在了墙上深呼吸，她的唇一点血色都没有，这两个小孩看起来都不像是老师说的一点问题都没有的样子。

苗飞齿一见这两个拖油瓶就火大，手高高举起，向前冲过去，嘴里骂道："妈的，不是你们我们也不会没跑出去！"

眼看巴掌就要落到他和刘佳仪的身上，木柯下意识地站起来挡在了刘佳仪的前面，伸手接住了苗飞齿落下来的手，嘴里辩解了一句："没有我们你们也跑不出去啊！外面都是怪物！"

刘佳仪一脸虚弱，靠在墙面上缓缓滑落至地面，她浅色的唇在自己捂住嘴的指缝间因为用力呼吸轻轻开合，看着比木柯的情况还要差一些。

苗飞齿看着这样虚弱的刘佳仪忽然吞了一口口水，他一把抓住挡在他前面的木柯，扯开木柯一步一步地靠近了墙角的刘佳仪，眼睛都有些发直了，喉结因为不停地吞咽唾沫而上下滑动着："妈的，明天我就要被人吃了，我还没有吃过一口我想吃的……"

被苗飞齿推开的木柯又想挡在刘佳仪面前，他在这个年龄受到的家教就是要保护女孩子，并且苗飞齿很明显不对劲，他警惕着，壮着胆子张开双臂又护到了刘佳仪的面前："苗飞齿，和你说过了！你没有跑出去和我们一点关系都没有！你要是敢对佳仪做什么，你信不信我告诉白六！"

一起逃跑又被抛下的经历让小木柯迅速地单方面和刘佳仪缩短了心理距离，他现在就把刘佳仪当成一个和自己一样弱，但又需要自己保护的小妹妹。

在知道自己没有反抗苗飞齿的能力的情况下，小木柯虽然不清楚这两个人和白六达成了什么协议，但很明显白六可以控制住苗飞齿，所以木柯这位小朋友无师自通地搬出了告状大法。

木柯瞪圆了眼睛，语气却冷静又有说服力："你不敢违抗白六的对吧？要是第二天白六看到你这么对我们，你以为你会有什么好下场吗？"

苗飞齿往这边走的脚步一顿，很快他的表情就狰狞了起来，他一把挥开木柯："我现在也没有什么好下场！给我滚开！我今天非要拿这个小瞎子开开荤不可，你他妈再挡在我面前，我连你一起吃！"

木柯看着双目猩红的苗飞齿，没忍住打了个哆嗦，而刘佳仪突然大声呼喊起来："老师！老师！"

走廊里偶然过来上厕所的老师听到了刘佳仪的呼喊，她有些不耐烦地推门进来："你们又怎么了？"

眼看木柯要指着苗飞齿告状，苗飞齿眼珠子一转，抢先开了口，他大剌剌地站了起来，对着老师嘻嘻一笑："老师，我和木柯和苗高僵起了一点冲突，我们打了一架。"

小木柯听到这句话一怔，但很快他的脸色就沉了下来，木柯站了起来猛地大声说道："我和苗高僵没有和苗飞齿起任何冲突！是他想要欺负——"

"就是起冲突了！"苗飞齿猛地拔高了声音打断了木柯的话，他眯着眼睛，一边嘴角邪性地勾起，慢悠悠地转头看向老师，"老师啊，要是把我和他们俩继续关在一起，我们说不定还会继续打架，打坏了谁也不好对吧？我下手又没轻没重的，木柯我记得是有心脏病吧？我给踹两脚要是给踹出事了怎么办？"

这就是明目张胆的威胁了，木柯气得脸都涨红了，还想继续反驳，但老师听了这话以后眉头一皱："事真多，那把你们分开关吧。"

苗飞齿终于满意地笑了起来："老师，苗高僵在刚刚打架的

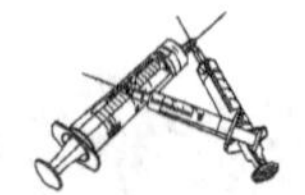

时候也欺负刘佳仪，不过我是不欺负女孩的。"

木柯气得眼球都要凸出，人急得蹦了两下："屁！！"这是他这个年纪的时候能说出来最脏的脏话了。

"几个小屁孩还闹内讧。"老师简单地扫了一下全场，下了定论，"那就把你和刘佳仪关一起，都给我老实点，不要再闹出岔子了。"

木柯终于找到机会插嘴了："老师，是他欺负——"

苗飞齿皮笑肉不笑地看了木柯一眼："你想好了再说啊木柯，我不和苗高僵一间房，要么和你关一起，要么和刘佳仪关一起，你想好和我关一起的下场了吗？"

他的眼神里带着极其赤裸血腥的食欲，那眼神看得木柯鸡皮疙瘩一身，连退两步，但木柯看了一眼刚刚喊了老师现在都还在喘气的刘佳仪一眼，他咬了咬牙，就要说"我和你一间"。

刘佳仪这个时候忽然缓缓站了起来，她的手摸索了两下，放在了老师对她伸出的手掌上，低着头看不清表情："老师，我们过去吧。"

木柯急得跳脚了："佳仪！你别过去！"

刘佳仪听着声音，转头"看"向木柯笑了一下，眉眼弯弯，语气轻缓，似乎有些愉快："不用担心我，我有办法的。"

木柯怔了一秒之后，他下意识地后退了半步。

刚才刘佳仪那个笑，让他觉得很奇怪地背后一凉——他觉得刘佳仪好像早就料到了苗飞齿会这样做，故意让他们关在一间房里。

而她纵容了苗飞齿的做法。

木柯想起了这女孩在提议离开福利院的时候杀死老师，这样可以拖延被发现的时间，但最终被白六否决了，说不能轻易处死福利院里的 N 什么 C，木柯听得不是很懂，但刘佳仪很自然地说，如果出事可以推苗飞齿他们去顶吧？

刘佳仪身上有种近乎天真的残忍感，她聪慧、机敏、行动力绝佳，除了看不见，她简直是个和白六一个等级的谋划家。

夜逃福利院的这个计划是她和白六一起做的。

所有老师的查房规律、钥匙的位置以及出逃的大致方位等信息都是刘佳仪这个盲女在短短一天之内就摸清楚了的，骗老师出来只花了她短短一分钟的时间，甚至这个小姑娘还想在出逃的路上弄死老师，防止老师醒来之后追上来，但小白六沉默一会儿说，虽然我也是这么想的，但是不行，杀人对我们来讲太费时间了。

木柯看着苗飞齿和刘佳仪两个人被老师带着远去的背影，心情还是忍不住忐忑了起来。

刘佳仪再怎么聪明，毕竟是一个小姑娘，她现在这么虚，和苗飞齿体力上的差距也不是可以靠智力抗衡的。

啊啊啊啊怎么办啊！木柯有点崩溃——要是白六在就好了！

老师把苗飞齿和刘佳仪关进了另一个手工教室。

刘佳仪默默地蹲在手工教室右边的一个角落，她昨天就在这个角落里做娃娃，所以这个角落的箱子里还装着一些碎布头，她正蹲着一片一片地整理这些碎布头，整理着整理着她的手突然被针扎了一下，涌出了一滴鲜血来。

"啊！流血了。"刘佳仪轻呼了一声，她把手指放在自己的嘴里，垂下眼皮遮盖住雾蒙蒙的眼睛，似有些可惜般含糊不清地说，"……有点浪费，这是可以救哥哥的血。"

苗飞齿从进来之后就不断地在吞口水，他一步一步地从背后靠近了刘佳仪，脸上的表情狰狞而狂热，就像是一个饿到了极致第一次看到大餐的饿汉。

在看到刘佳仪把自己扎了一下，白嫩的指尖渗出了一滴艳红的鲜血时，这样极具色彩冲击力的"摆盘"更是让苗飞齿的心跳和呼吸都加快了不少，他走到了刘佳仪的后面。

"你在看什么啊佳仪妹妹？"苗飞齿准备给自己的进餐一个友好的开头，他探头去看刘佳仪的布箱子。

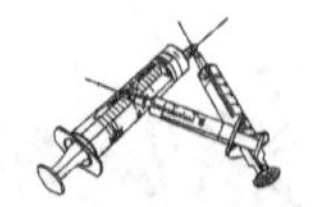

昨天刘佳仪就一个人缩在角落里带着微笑鼓捣她这个箱子鼓捣了一整天，但最后只拿出了一个丑兮兮的娃娃，针脚粗大简陋，简直不像是正常的针缝出来的娃娃，感觉四肢一扯就能掉……

不过说起来昨天他看到了刘佳仪向老师要针，但老师说不能给她一个盲人这么危险的东西，所以是没有给她的，那她缝娃娃的针是从什么地方拿来的……

苗飞齿终于看到了那个布箱子的内部，他的瞳孔忍不住一缩。

刘佳仪笑意烂漫地回过头来，她歪着头："没有针的话，只好用针头缝哥哥娃娃了呀。"

箱子里扎在各种布料上的，是各种样式的还染着血的针头，其中有一个扎在一个半成品娃娃的头上，几乎扎到贯穿的地步。

而那个娃娃和现在的苗飞齿穿的衣服一模一样。

"好看吗？我做的娃娃。"刘佳仪缓缓地站起来，她苍白的脸上是天真无邪的笑，把娃娃背在身后靠近，手上拿出了一个注射器，一步一步靠近了苗飞齿，"按照二级游戏 50% 的死亡率，至少需要 1.6 个小孩的血才能救一个玩家，我一个人的血应该救不了哥哥呢，麻烦苗飞齿哥哥爱心献血一下啦。"

苗飞齿后退半步屁股砸落在地上，他一边蹬动双腿疯狂后退一边歇斯底里地大吼着："老师！！老师救命啊！！！"

系统提示：玩家刘佳仪使用道具"寂静无声"，无人可以听到你所在的空间的任何声音，请玩家尽情造作！

道具时效：一个小时

系统提示：玩家刘佳仪使用道具"魔术空间"，这是你的专属空间，只有你允许进入的人才能进入，只有你允许离开的人才能离开，你就是主宰这片空间的魔术师！

道具时效：一个半小时

系统提示：玩家刘佳仪使用肌肉松弛魔药，玩家苗飞齿副身份线失去全身力气肌肉松弛中……

刘佳仪漫不经心地在自己的系统面板上使用着道具，系统不断弹出一些新的标签和指令——

系统提示：玩家刘佳仪，因你的个人技能在《爱心福利院》内较为特殊，进入游戏之后为了游戏平衡性，对你做以下限制——

一、将你和你的欲望核心人物玩家刘怀的生命值绑定。

二、你处于毒蘑菇中毒 buff 中，生命值会一直下降，请注意及时恢复自己的生命值（注：该 buff 不为系统强加，为玩家从现实中自带的中毒 buff 效果，系统将 buff 效果轻微扩大作为限制使用）。

三、你的个人技能解药的 CD 时间从一小时延长至六小时。

四、你的血液是游戏所有玩家儿童中最符合血灵芝养育的血液，无须血缘关系的保证，你的血液也可以培育出治愈任何投资人绝症的血灵芝，你的血是这个游戏里的"万能血"，可以充当任何投资人血灵芝的核心血液使用（注：在其他投资人玩家解密得到该游戏背景线索之后，系统会为该玩家做一些适当的信息导向，让他们知道你的血液才是最佳的养育血液——当然是在保护你隐私的前提下，我们不会完全透露你的身份）。

五、……

在刘佳仪收回面板前的最后一刻，能看到她的个人属性面板上有一个银光闪闪的皇冠 logo。

国王公会高级成员：新星榜排名第一的玩家
技能身份名称：被诅咒的禁忌女巫

刘佳仪收回面板之后，她垂下眼帘，看向在地上不停挣扎的

苗飞齿。

苗飞齿就像是一摊烂泥那样瘫软在地上，他后仰着脖子竭力地呼哧呼哧地发出一点细碎的声响，眼泪从眼角流下来。

"没有人可以听到你的求救声哦，飞齿哥哥。"刘佳仪蹲了下来，她歪着头眨巴眨巴眼睛，"看着"吓得涕泗横流的苗飞齿，"我之前听过你的小电视视频，听说你喜欢一片一片地吃小孩身上的肉？"

"我也喜欢一根血管一根血管地抽你身上的血。"刘佳仪甜甜地笑了起来，她的嘴角甚至有两个小酒窝，"你见过从耳朵被抽血的小兔子吗？最后可以从这里被注射空气处死，据说会死得非常痛苦，相当于半窒息状态死亡。我之前只有一只小仓鼠，是我哥哥送给我的，我本来是想对它做实验的。"

"可惜它太脆弱了，很快就被我玩死了，我哭得可伤心了。"刘佳仪爱怜地抚摸苗飞齿的头，但她的语调却很轻快，"你想当我的小仓鼠吗？"

苗飞齿满脸都是泪，他看着刘佳仪手上锋利的、闪着光的巨大针筒，费力地、恐惧地摇着头。

"小仓鼠没有拒绝的权利呢。"刘佳仪笑眯眯地说，"我开始了哦。"

周三，凌晨四点十七分。

刘怀之前因为白柳的推测焦虑得不行，他本来就失血过多，再加上不肯休息一直担心自己妹妹，生命值和精神值都有下滑的征兆，所以白柳干脆就乘其不备直接用安眠药迷晕了刘怀。

现在刘怀在稻草床上睡得很熟，而白柳和木柯都没睡，他们还在整理和分析今天获得的信息——主要是木柯从病案档案室内获得的信息和白柳从小白六那边获得的信息。

木柯有点心情复杂地看了一眼在稻草床上安睡的刘怀——他想起了今天早上的自己，他发现白柳这家伙的聊天方式真的非常无赖，一旦和你说不通，他就直接下药，这做法简直，简直……

总而言之不像个好人的做法。

木柯缓慢地把视线移到靠着墙面还在分析综合信息的白柳身上。

白柳靠在墙边，屈起一条腿放着纸张，另一条腿随意地舒展，脸上带着不明显的疲惫，眼下带着明显的青黑，但目光依旧清明镇定，他低着头继续用笔抵在纸面上写画，语调平缓地说："现在我们大致弄懂了这个福利院的运作机制和副本内大部分的信息，之前我所疑虑的点基本都解释清楚了，但还剩两点——而这两点最好不要当着刘怀的面讨论。"

木柯一怔。

白柳抬起头扫了一眼病床上还在睡的刘怀："第一点，为什么刘怀和刘佳仪会被绑定在一起，生命值还被削弱到了 50？"

"我之前猜测过是因为她中毒了，但这种说法有两个不太说得通的点。第一，为什么刘怀的生命值也被削弱了一半。这个虽然可以根据游戏的绑定逻辑硬推，但现在综合了木柯你给我的信息，以及我昨晚从小白六和刘怀那边得到的信息，现在的我彻底推翻了这种可能性，因为我发现了第二个疑点。"

"第二点——"白柳冷静无比地看向纸面上那个小女孩，用笔在他画的那个瘦弱的女孩上打了一个大大的问号，他无波无澜地看着刘怀，"如果刘佳仪是因为近亲后代，在现实中被筛选中了血灵芝的毒，或者换种说法，刘佳仪被寄生了这种会吸血的蘑菇，那么在这种情况下，她在逃跑的过程中吐血就是一件很奇怪的事情了，这完全不合常理，血灵芝不会浪费她的血让她吐出来。"

"还有一个让我觉得很奇怪的点，就是她吐血的点太巧合了，早不吐晚不吐，刚好就是逃跑时要摸到大门的时候吐。"白柳眼神微眯，"小白六当时的迟疑和考虑是对的，因为如果是我，我也会怀疑她是不想逃出去，故意拖延。"

木柯听得渐渐开始头皮发麻，他看向白柳声音压低："白柳，

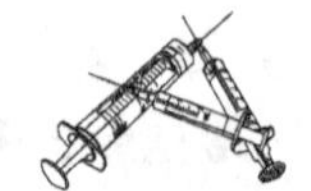

你的意思是……？”

“现在在综合了足够多的信息之后就很明显了，她在对我，或者说是对小白六演戏和撒谎。”白柳眸色发沉地得出结论。

木柯的脊背后猛地蹿上来一股凉气：“但刘佳仪为什么要这么做啊？她留在福利院内对她自己毫无好处啊！”

白柳的目光挪到了睡在床上的刘怀的脸上：“她应该是想救她哥哥，想留在福利院内等她哥哥过来抽她的血。”

“但是这样她自己会死吧！”木柯有点想不通，“她才多大啊，她不怕死吗？”

白柳顿了顿：“她可不一定会死。”

木柯越发摸不着头脑：“为什么？被抽血的话，生命值耗尽了就是会死啊，她只有 50 点生命值就更容易死了。”

白柳缓缓抬眸：“如果她有恢复自己生命值的个人技能呢？”

木柯呆了几秒之后，用一种惊愕不已的目光和白柳对视：“我操？！不是吧？！你的意思是她是……”

刘怀半梦半醒间被推醒了，他一醒来就看到白柳平静过头的眼神，但这眼神却看得刘怀不由自主地有点发冷。

“佳仪——”刘怀晃晃脑袋，想起他睡前在和白柳争论的问题，他脸上的表情瞬间退去睡醒后的惺忪，变得焦急，“白柳！你答应过我要救佳仪的！我已经为你付出了一切了！你答应过我的！”

白柳不冷不热地回道：“或许你的妹妹并不需要我们任何一个人的拯救。”

白柳告诉了他自己的猜测。

刘怀一怔，他看着白柳，因为失血过多他的头脑反应有些迟钝，他有些迷茫地看着白柳毫无表情的脸：“……你说佳仪在演戏和撒谎，是什么意思？”

白柳掀开了眼皮：“你还不明白吗？我很早就和你说过，你的妹妹没有你想的那么单纯，她很聪明，聪明得超乎你和我的意料。”

“系统的确是为了游戏平衡性，削弱你们这一组的生命值的，主要是为了削弱你妹妹。不削弱她，这游戏对我们其他玩家都不公平。因为她的个人技能过于强悍，在这种生命值多就会取得优势的游戏里，不削弱她和你的生命值，这游戏就没有任何游戏性了，她在这个游戏里就像是作弊器一样的存在。”

“刘佳仪一直在你面前扮演一个好妹妹，连小白六都被她给糊弄过去了——但最终还是露出了破绽，因为你。”

白柳直视着刘怀：“她猜到了这个游戏的机制，她想救你，所以她不想跑，她装吐血是为了留在福利院里等着你明天去接她抽血，但她应该并不想让你察觉她的身份，所以从头到尾都很小心，但最终还是因为你露出了破绽。”

刘怀晃了晃自己的脑袋，他无法置信地低语着不可能，刘怀的身体因为没有双臂有些难以维持平衡，从床上下来的时候身体摇晃着差点从床上摔下去，还是木柯手忙脚乱地站起来把他扶住。

木柯有些不忍心看刘怀的表情——白柳目前告诉刘怀的，远不是对于刘怀最残忍的部分。

刘怀摇摇晃晃地从床上下来，他走到白柳的面前，看着他，刘怀脚步虚浮踉跄，目光涣散眼含着泪，似乎完全理解不了白柳刚刚说的话：“怎么会……身份，她只是一个小孩子，她能有什么身份？我要好好保护她……”

白柳仰着头看刘怀：“刘怀，从头到尾我们都搞错了一个逻辑关系，并不是你影响刘佳仪进入游戏的。”

刘怀一动不动地站在白柳的面前，目光直勾勾地看着前方，他在等白柳告诉他那个无比残酷的事实。

白柳一字一顿，无比清晰地说道：“——而是刘佳仪的欲望影响你进入游戏的，她应该是先你一步进入的玩家，是一个在生命值方面逼迫系统主动出手削弱，然后再绑定你这个哥哥来限制她的，个人技能极其特殊的玩家。”

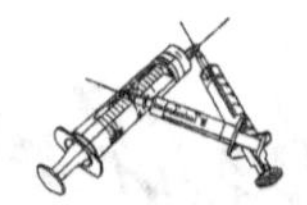

刘怀沉默了很久，他好像才反应过来一般一顿一顿地低下头来，用一种呆滞恍惚的眼神看着白柳。

白柳眼神古井无波，语调不急不缓："刘佳仪就是小女巫，那个要和张傀在联赛里合作、国王公会推出的新明星玩家，个人技能可以主动恢复生命值的新星榜排名第一的新人。"

游戏大厅，国王公会内部，红桃皇后办公室。

红桃懒懒散散地甩着脚上要掉不掉的高跟鞋，一晃一晃，她很无聊地打了个很大的哈欠，托着腮，眼珠子转动看着台下的人对她做冗长又乏味的汇报。

汇报人朗声读着报告："接下来是国王公会本季度各位队员的小电视数据分析……"

"本季度我们战队队员中，小电视综合数据上升最快的是新人队员'小女巫'，她进入游戏七周后就稳稳锁定噩梦新星榜第一位，人气和支持率都居高不下，进入公会之后在几次大型团战当中输出和支援都可圈可点，是核心级别的团战后援……"

说着说着，汇报人在自己的系统面板上点了一下，弹出了一块巨大的，正在播放视频的面板浮空在红桃皇后面前，就像是播放 PPT 一样，汇报人在面板上面滑动着给红桃皇后展示，最终停在一个视频上。

视频上面的标题是："禁忌女巫的高能 cut 集合——今晚我有一瓶毒药，有一瓶解药，但今夜不是平安夜，你猜我要杀谁？"

红桃皇后看到这个标题勉强提起了一点兴趣，她稍微坐直了一点身体，抬手点了点视频界面示意汇报人播放视频，问："你们已经弄好了'小女巫'的应援视频了？放给我看看。"

视频在红桃的示意下开始播放。

原本漆黑一片的屏幕中，开始缓慢地出现白色烟雾，在烟雾缭绕间出现了一个披着及地蕾丝黑纱，只有成年人半身那么高的玩家，她看了一眼镜头，又毫不在意地别过了头，她浑身上下都罩着黑纱，让人看不清里面的人是谁，但却为她增添了一点神秘气息。

她赤着脚走在清晨带着迷雾的丛林中，白皙的皮肤透过蕾丝绣花的镂空纹路显露出来，脚步有种隐隐约约又神秘的轻灵优雅，而这优雅的感觉下一秒就被破坏了。

丛林间出现大批怪物，它们就像是沿着藤蔓生长出来的，在腐烂的地面上蠕动着，很快就从地面上耸动出来，也有玩家声嘶力竭地在被怪物充斥着的丛林间跑着、喊着，但很快就被这些蠕动的藤蔓怪物给追上吞噬了。

她的黑色细纱下伸出了两个玻璃瓶，里面有着液体，她在丛林间飞速地跑动着，轻纱上腾起黑色的烟雾，她动作干脆利落地倾洒着药瓶里的液体。

怪物很快腐烂，而那些乞求她怜悯拯救的玩家和怪物一同腐烂在了林间，女巫只是非常精准地拯救了自己队伍的玩家，而其他玩家她看都没多看一眼——尽管她的魔药瓶子里还有很多解药。

不同游戏的画面在剪辑之间飞速嵌合交错，隐藏在不祥黑纱下的女巫用毒药带来死亡的序曲，用解药垂怜即将腐烂的玩家。

她的脚步轻快灵动又敏捷，在不同的怪物和玩家之间穿梭自如，她黑色的细纱上浸透了那些死去的怪物和不幸逝去的玩家的鲜血，越发地厚重又黏稠，看不清下面盖住的到底是人是鬼。

黑纱上的血滴落在她白皙的脚背，又被她毫不在意地抖去，一同抖去的还有死死抓住她的脚踝求救的玩家的手，这只手在她细瘦的脚踝上留下了一个狰狞的血手印，又在她跳跃着远去的时候，无声无息地被落下来的黑色的细纱巾盖住。

"……'小女巫'游戏思路精准，游戏水准极高，攻击简单高效并且极其狠辣，心理素质不输很多已经在联赛中打过好几次的玩家，实在是无法想象这是一个，是一个……"

下面汇报的人看着系统面板上的内容，神色复杂地顿了一下。

红桃皇后意味不明地笑了一下，她不紧不慢地接上了话："无法想象这是一个只有八岁，并且眼睛还看不见的女孩子是吗？"

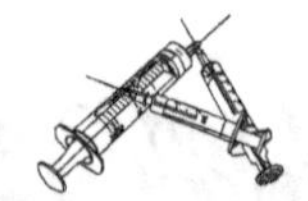

　　汇报人喟叹一声："是的，皇后，小女巫当初进入游戏的时候只有七岁，却已经可以以第一名的身份从一批新人当中杀出来，并且她实在是非常聪明，很快就适应了自己的技能。"

　　"小女巫的技能非常特殊和罕见，当时很多公会都想控制她，威胁她让她加入自己的公会，但小女巫并没有被这些处心积虑的公会使用的各种手段所吓到和控制，而是在意识到自己的独特性之后，很快地就开启了充电竞价——哪一个公会给她的充电积分最多，她就加入哪一个公会。"

　　"是的，她的确是个相当聪明的女孩子。"红桃饶有意趣地回忆着，"当时前十的所有公会都参与了充电竞价——非常疯狂的一次竞价。"

　　"而她也靠着充电竞价在短短七个游戏之内，冲上了新星第一的位置，并且她在这个期间还不停地在各个公会之间周旋，和不同的公会合作下副本，这让所有的公会都进一步认识到了她的价值，反而不舍得对她下重手，只能选择充电来招揽她，因此对她的充电和追寻越发疯狂——我记得当时她一场游戏的充电最高可以到三十万？"

　　"是的。"汇报人心有余悸又肉痛地拍了拍胸口，"对于新人来说，这是一个天文数字了，我们公会加起来在小女巫的小电视里起码充了六七十万积分，才赢了这场竞价。"

　　红桃随意翻了两下汇报人系统面板的上的资料，上面出现刘怀的脸。

　　看着资料上刘怀一无所知的脸，红桃笑了两下，她歪着头，长发从肩头上滑落，笑意越发浓厚："而且就算是充了这么多积分，如果不是我们这边的公会玩家王舜成功地查到了她的弱点，也就是她的哥哥刘怀，而她的哥哥恰巧在那个期间进入了游戏被我们知道，小女巫这聪明的小家伙可能最终不会选择定下来，加入我们国王公会。"

　　"但皇后，我很奇怪的也是这一点。"汇报人在系统面板上翻找，有些困惑地提出问题，"在小女巫加入国王公会之后，她为什么不直接把她的哥哥接入国王公会，而是要通过张傀控制他这样曲折的方式让刘怀加入我们公会？而且在刘怀加入之后，小女巫也没有让他知道自己是国王公会的王牌新人选手，就连张傀那样折磨刘怀，她也没有说过任何制止的话。"

汇报人疑惑地拧眉，他看着上面小女巫和刘怀的资料，心情复杂："……给我的感觉就是明明小女巫的弱点是自己的哥哥，但她对待刘怀的方式却有一些不信任，甚至可以说是残忍……"

"而且现在已经临近赛季了，为什么小女巫依旧不愿意接受我们提供的道具眼球完全恢复视力，而是一直要使用一些间歇性的道具在游戏中恢复视力，保持一种半眼盲的状态？而皇后您也选择纵容小女巫的这种做法，这是我所不能理解的，赛场上一个能看见的小女巫可以帮我们更多。"

汇报人看着红桃皇后，他满腹的疑问。

红桃的脚一跷一跷，高跟鞋很快就从她的脚上脱落了，她没有管，而是似笑非笑地扫了一眼办公桌对面的汇报人："你没有认真看过王舜查出来的关于小女巫的资料吧？你去看看她进入游戏的欲望核心。"

汇报人一怔，他动作迅速地点开了王舜综合分析出来的"小女巫"的个人资料。

王舜在"小女巫"进入游戏的欲望核心上写的是："希望得到自己哥哥的爱，希望永远和哥哥在一起，希望哥哥永远爱自己。"

如此童真烂漫的欲望，的确很像是一个天真的八岁小女孩会许下的愿望。

但汇报人心里无比清楚，那个踩在所有人求救的手掌上舞蹈，辗转在各大公会之间游刃有余的小女巫，不是这样的孩子，她血腥残酷且冷漠，拥有成年人的智慧和未成年人天生的恶劣。

这样的"核心欲望"甚至像是她随手甩出来打发他们，用来骗人的。

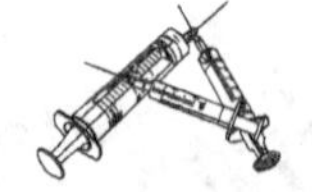

汇报人眉头越拧越紧，他看着那条"欲望核心"："皇后，我还是不明白……"

"你果然不懂女人。"红桃皇后那只赤裸的脚点在地上，身体前倾，顺滑的发丝从她的锁骨滑落到雪白的胸前，汇报人有些面红耳赤地别过了自己的目光。

红桃皇后却丝毫不在意地继续微笑着前倾身体："你不想想，为什么小女巫的欲望是想要得到她哥哥的爱呢？那当然是因为她觉得自己还没有得到啊。"

汇报人一怔。

红桃皇后把自己的头慵懒地搭在手背上，笑得妖媚："聪明的女人就是这样的，小女巫的生长环境让她完全不信任男人，她对男人有一种纯天然的厌恶感，尤其是对作为她恶劣的生长环境的一部分诱因的刘怀，但她又无法让自己不在乎刘怀——这点倒是和我很相似，我也不信任男人，但这和我想要得到他们的爱并不矛盾，大部分时候我也的确得到了。"

"当然我们都知道刘怀的欲望核心是拯救他的妹妹，不过为了招揽这个多疑的，还带着一点青涩的聪明小女孩儿，我选择了向她隐瞒我们调查到的刘怀的信息。"红桃皇后肩膀朝向一边耸动，露出雪白的肩头，她就像是没有骨头一样靠在椅背上，嘴角的笑意不减，"我教会了她更可靠的，得到自己想要的爱的方式。"

汇报人愣怔片刻："……当初的确是您亲自招揽的小女巫，我们都不清楚具体的过程，我记得当时您是从公会仓库里拿了一个保密级别的超凡神级道具给小女巫，小女巫就同意了加入，但这个道具具体是什么，一直对我们是保密的。"

"都要开始打联赛了，告诉你那个道具是什么也无妨，我从仓库里拿给她的那个道具叫'普绪克的眼泪'，是一种意识层面的道具，装在一个很漂亮的玻璃瓶里。"红桃懒散地笑着轻语，"也是很适合小女巫的一个道具，那个道具的说明是喝下之后，就可以和自己想要在一起的人永远在一起，但那个药物会指引她做出

一些很有趣的行动——我也喝过。"

红桃脸上的笑就像一个给出建议的邻家大姐姐，伴着她蛊惑人的温柔呢喃："小女巫对男人有很强的敌意和警惕，但她对女性却有一种天然的信赖和好感，尤其是我这样的和她有着类似经历，对她怀有很大期待的成年女性，最终在我的劝告下，她喝下了那瓶魔药。"

红桃漫不经心地垂下了长睫，低垂的长睫在她浅色的眼瞳里落下浅淡的阴影："然后她就开始一步一步在药物的操控下控制住那个让她提心吊胆的哥哥，杜绝掉一切让这个男人处于危险或把心思分给别人的可能性，最终把他变成了张傀的傀儡。"

汇报人忍不住打了个哆嗦。

红桃轻笑了一声："但很快小女巫就后悔了，她并不想得到一个傀儡般的毫无灵魂的哥哥，她会一边满怀疑虑地想着自己通过道具得到的爱意到底是真还是假，一边又因为她在这个过程中伤害了刘怀，而充满了愧疚。"

"她因此越发害怕离开刘怀，又不满足，不敢彻底相信，茫然地不知道该怎么走，惊恐于不能永远在一起的可能性，最终在我的建议下，为了确保'在一起'的这个可能性，她只能不断地、不断地向我索取更多的'普绪克的眼泪'——毕竟系统给出的道具的效果是不会骗人的。"

汇报人看着红桃依旧温柔和缓的笑脸，脊背后方忍不住开始蹿起一股凉气——明明是那么聪明的小女巫，事情发展到这一步，已经完全被红桃皇后这个女人玩弄于股掌之间了。

难怪很多被皇后伤了心的男人会说红桃是一个让任何人都无法抗拒的女人，就算是被利用到那个地步，那些男人也没有说过红桃一句坏话，纷纷哭着求复合。

小女巫也是被红桃套住越陷越深了。

"最终的结果就是她不断地通过折磨对方和自己，来验证对方爱自己的可能性。"红桃垂下眼眸看向面板上那张刘怀的脸，

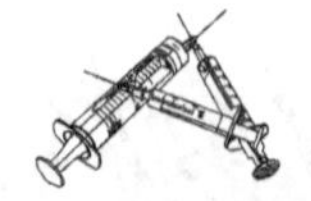

她伸出手指好像是怜惜般地在刘怀的侧脸上轻点了一下，轻声说，"真是可怜的妹妹和可怜的哥哥，哥哥明明已经做出了为妹妹放弃生命的觉悟，妹妹还在怀疑着你。而妹妹最终也不得不加入联赛去赢取巨额积分，保证哥哥的安全和对自己的爱。"

"通常我们女人把刘怀经历的这个过程称之为……"红桃皇后抬眸看向汇报人，她眨了眨眼睛，晃晃自己的手指，笑容带着一点少女的俏皮气息，"考验真心。当然，这个世界上绝大部分男人都无法通过我和小女巫的真心考验。"

想到在被张傀控制之后被迫失去了自己最好的朋友的刘怀，想到刘怀在张傀手下受到的那些所谓考验的折磨，汇报人迅速地从红桃的美色当中清醒了过来，他看着红桃那张艳如桃李的脸，情不自禁就又打了个哆嗦："……但是这和小女巫不愿意彻底恢复自己的视力，有什么关系呢？"

红桃皇后笑："你会愿意去爱一个这样考验过你的女人吗？"

汇报人疯狂摇头。

红桃抬眼，她轻声说："但如果她瞎了呢？如果你不知道她考验过你，以为她是一个无依无靠、可怜的、没有你就活不下去的八岁小女孩儿呢？你会在因为她而被折磨了这么久之后，还是忍不住怜惜着她、去爱她、和她永远在一起吗？"

汇报人呆了很久很久，他回答不出这个问题，隔了很久，他有些百感交集地开口了："刘怀，有点可怜啊……被骗着爱着这么一个妹妹。"

"我觉得他不可怜，可怜的是小女巫。"红桃眸光清浅，"因为如果有一天刘怀知道他被骗了，不爱她、不保护她这个妹妹了，她会疯的。"

"那这个为小女巫刷够副本之后报名联赛的应援视频……？"汇报人试探地询问，"皇后你觉得是通过了吗？"

红桃随意地点了点头，然后在汇报人松了一口气的时候提醒了一句："注意保护好她的真实信息，不要泄露让其他战队和刘怀本人知道了，不然你和我都会有的受的。"

汇报人已经被吓了一轮，听到这个苦笑一声："这是一定的。"

"哦对了，小女巫现在应该是在刷副本，她去哪个本了？"红桃像是突然想起般问道，"等她出本通知她可以开始进行团队训练了。之前她进游戏，如果是生命值比较重要的二级游戏，她和她绑定的队友生命值会被削弱得很厉害，后期我们给她配了一个控制系玩家张傀，希望通过多人控制这样的方式减少系统对她的生命值削弱，但还没有取得明显成效张傀就死了，我们需要她适应新团队和新方案了。"

汇报人开始头疼："但皇后，我们不知道现在小女巫在哪个本里，我们查了所有正在开放的小电视，都没有查到小女巫的电视。"

红桃的眼睛忽然一眯，她反应极快："你让王舜去查一下有没有哪个副本有人关了小电视，她是排名前一百的玩家，是可以关小电视的。"

她说完一顿，又迅速坐直了身体，眼神冷静地下了命令："算了不用，直接去查刘怀的小电视，看他的副本里有没有什么伪装的奇怪玩家。"

"刘佳仪是个很有计划的人，她不会做超出她计划的事情，除非这件事和刘怀有关。"

她办公室的门突然被敲响了，在她点头之后满脸都是汗的王舜进来了，他看着红桃："皇后! 刘怀知道了刘佳仪就是小女巫!"

"谁告诉他的! "红桃从椅子上站了起来，语气沉了下去。

王舜是一路跑过来的，他喘了两口气又急忙说道："白柳! 他是靠游戏机制推理出来的! 小女巫成功骗过了其他人，但她没能骗过白柳，现在所有的玩家都开始往白柳的小电视涌了! 目前他的小电视观众人数已经超过二十万了! 他冲上新星榜第一了! 小女巫的粉丝在他推理出刘佳仪是小女巫之后全部疯了一样地跑去他的小电视了! 怎么办？"

红桃眼眸微眯："白柳？ 又是那个新人？"

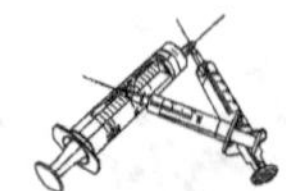

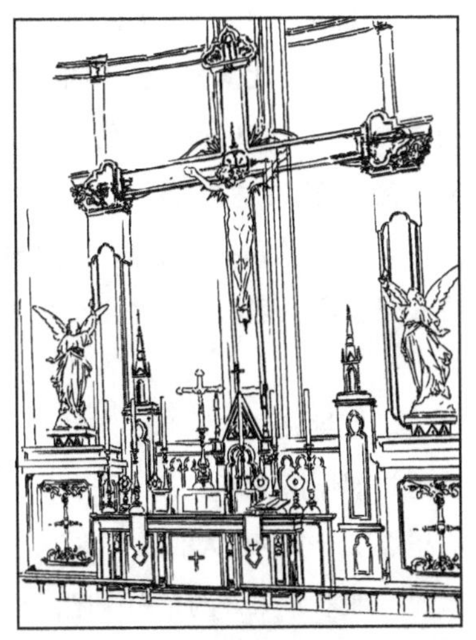

CHAPTER 34

　　游戏大厅中央屏幕，噩梦新星厅。

　　白柳的小电视前面熙熙攘攘，普通玩家纷纷不可思议地仰头看着噩梦新星第一的小电视屏幕。

　　"白柳也冲得太快了！他吃的什么冲这么快？！"

　　"吃了小女巫吧，孩子人已经傻了，刚刚他说谁是小女巫来着？"

　　"刘佳仪。"

　　"什么佳仪？"

　　"刘什么仪？"

　　"刘佳什么？"

　　"……你们小女巫粉不要再自欺欺人了，刘佳仪，刘怀的妹妹，白柳刚刚推出来的，我觉得八九不离十了。"

　　"我不听我不听！禁忌女巫那么冷酷那么优雅那么成熟，黑色面纱下一定是个十八岁的美貌少女！"

"醒醒，禁忌女巫那么矮，是个八十八岁的少女还差不多。"

"……狗比国王公会出的人物公式书不是说禁忌女巫是个没有发育好的人吗！妈的！我一直以为禁忌女巫是个侏儒！原来没有发育好是这个意思！"

"飞来横瓜，论坛帖子已经爆炸了，无数小女巫的男友粉在哀号自己老婆怎么突然变女儿了，他们还没有做好当爸爸的准备……"

"红桃好像在处理这件事了，不过比较麻烦的是游戏内吧，我感觉刘怀情况不太好，啧，今年联赛应援季可以啊，在热门新人里爆了一个这么大的瓜……"

"我看不太好的是白柳吧，小女巫对非队友下手一直都狠，我感觉白柳要凉。"

"新旧噩梦新星第一的碰撞，到底谁会成为谁的噩梦——论坛已经开帖在涛了……"

刘怀扑通一声跪在了白柳面前，他张大嘴巴长久地失语着，似乎想说什么，但最终什么都没有说出来。

他眼睛里只有一片蒙眬的泪意，黑漆漆又暗沉沉地泛着水光，好像一块发不出光的天空。

刘怀垂着头跪在白柳面前，仿佛一具被抽空了灵魂的傀儡，上肢被顽皮的小孩不经意间扯掉，只剩下一具直不起腰来的躯干在被扯掉了傀儡线之后，委顿地蜷缩在原地。

眼泪已经流不出来了，刘怀空洞地睁着眼睛，他的脸上是交错纵横的泪痕，所有的一切似乎都离他很远。

潮气氤氲的病房和那个暗无天日的小乡村在他面前渐渐重合，刘佳仪脏兮兮又乖巧的笑脸是他唯一能见到的，不同于其他东西的景色。

她在山野间赤着脚奔跑，在堰塘旁嗅闻野花野草，然后在刘

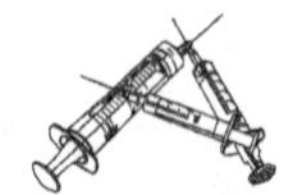

怀紧张的呵斥声中转过头来对他笑。

刘佳仪弯起看不见的眼睛，仰着小脸大声地叫他哥哥，张开双臂向他飞奔而来，像一只小鸟、一只蝴蝶、一个不知道自己在发光的太阳。

一个多么莽撞又天真的小女孩，她满是伤痕地落入刘怀的怀里，身上全是被殴打过后的痕迹，刘怀哽咽着抚摸刘佳仪的发，说马上，马上哥哥就能考出去了！你再为了哥哥坚持一下！

而刘佳仪温顺地靠在他的胸口上，声音很轻很轻地说，佳仪会为了哥哥坚持下去的。

刘怀背着刘佳仪在一个大雨滂沱的夜里从山里走了出来，从那一天起，刘怀就发誓要让她看不到世界上的任何黑暗，要带给她最光明的未来，要对得起她为自己付出过的东西。

他们都拥有自己最痛恨的男人的血脉，又靠这恶心的血脉彼此联系相依为命，磕磕绊绊又胆战心惊地依偎着成长。

刘怀对刘佳仪说，哥哥和妹妹一同经历过最可怕的事情，所以我们无论如何都不会放开对方的手。

刘佳仪是他最重要的人，刘怀愿意为了给她一个光明的未来而在这个恐怖的游戏里苟且偷生，愿意为了她做张傀的一条走狗，拿起匕首背叛自己最好的朋友，愿意为了她去死。

可她还是骗了他。

就像是他当初骗了刘佳仪一样，刘佳仪也骗了他。

刘怀恍惚地想起一张脏兮兮的，藏在床下的刘佳仪的脸……这难道是报应吗？

因为他对佳仪做过的事情，因为他的懦弱不作为，所以这难道也是佳仪对他的报复吗？

"……你知道，为什么我会跟了张傀，背叛四哥吗？"刘怀的头就像是要低到地上，他很轻很轻地说，"……因为那个时候张傀拿了佳仪在现实生活的消息来威胁我加入国王公会，做他的傀儡围剿四哥……"

刘怀的眼中一点神采都没有："他许诺会给我不错的待遇，保障我的安全，我的确是他所有傀儡当中待遇最好的……但我一直很奇怪，我从来没有在游戏里和任何人说过佳仪的事情，为什么张傀知道佳仪的存在，为什么他知道佳仪是我的妹妹，为什么他知道那么多我和佳仪的事情的细节，就像是我主动告诉了他一样。"

白柳安静地听着，没有说话。

刘怀笑了一下，眼泪滚滚落下："原来，佳仪和他是一对组合啊，这些应该是佳仪和他说的吧，为什么佳仪要和他说这些呢？白柳，你说佳仪这么聪明，她是不是，是不是……"

他终于还是哽咽了起来，刘怀有些恍惚地喃喃自语："她是不是故意的，她从头到尾都知道发生了什么……她在惩罚我……惩罚我做过的事情，我不是一个好哥哥……"

"如果你问我的话，"白柳很平静地回答，"我觉得她或许是觉得这样对你最好，加入国王公会做一个张傀手下的傀儡，对你来说在这个游戏里最安全。至于张傀在她的暗示下操控你背叛牧四诚的事情，是因为以你的能力跟着牧四诚的确不安全。"

"所以如果她的目的是在游戏里保障你的存活，那么我觉得她对你做的事情是完全合理的——让高级玩家带你的同时帮你锻炼能力，替你选择最好的公会和她能控制住的队友，给你提供庇护，在你进入一些比较高危的游戏的时候及时跟随进来救你，总的来说她做的一切都是有计划地在保护你。"

刘怀在进入游戏之后，害怕自己死掉，不得不送刘佳仪去福利院的那天，那个小小的女孩子蜷缩在刘怀的怀里，抱着他的脖颈，好似担忧一般对他说，哥哥，佳仪对你来说是负担和麻烦吗？你要送我走吗？

他笑着摇头，说不是，佳仪对我来说是未来，抱歉暂时要送你到这里，但总有一天，如果哥哥活着，我一定会带你离开。

给你最明亮的未来。

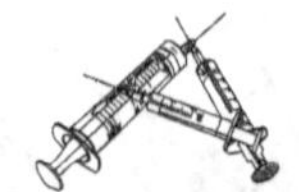

刘怀低着头很长时间都没有说话，然后呆滞地抬起头："……原来从那个时候起，我要活着，对她来说是这么麻烦的一件事吗？"

"麻不麻烦另说，但她肯定不需要你救了，甚至她为了救你，很有可能会对其他小孩下手，因为她作为一个有过一定经验的老玩家肯定明白这个二级游戏的机制了。"白柳目光平缓地移到了刘怀身上，"那就是光她自己的血是不够的，她至少还需要一个孩子的血才能救你。"

"那么现在问题就来了，她会找哪个小孩抽血？"白柳顿了顿，"以及刘怀，因为我在上一场游戏里控制过你，以她对你的保护欲，我觉得很有可能她会觉得我对你有危害，为了杜绝我这个比牧四诚对你还要危险的因素，她大概率会杀死我的儿童，也就是小白六。"

"我怀疑她会抽我的儿童的血，但庆幸的是，现在我的儿童在教堂。"白柳平静地说，"而不幸的是，以我的行动力，小白六很快就会摸到他们关禁闭的地方，带他们今天出逃。而现在虽然我推理得知了这些信息……"

白柳摇晃了一下他手上的大哥大，罕见地皱起了眉："但因为这个电话是单向的，我不能打电话通知小白六这些信息，一定要等早晨六点过后他打过来，我才能告诉他我知道的事情。"

白柳静了两秒："但我很怀疑他是否能活着打过来。"

"所以现在是我们这群残兵败将即将面临要苏醒的联赛玩家苗飞齿和苗高僵……"木柯看着白柳和刘怀露出一个比哭还难看的笑来，"那边我们的儿童还要在一无所知的情况下对付你的妹妹，新星第一的小女巫。"

"大概是这样。"白柳不冷不热地说，"很可能我们要死了，木柯。"

凌晨五点三十七分，福利院后方手工教室。

　　私人医院爆炸带来的混乱到将近凌晨三点才结束，小白六在确认教堂附近没有任何巡视的老师之后，从背后沿着小树林一路飞跑，绕了福利院一圈寻找木柯他们被关禁闭的地方——一般这些老师关禁闭都是两个地方，一个是食堂仓库，还有就是只有一面有窗户朝向走廊厕所的监狱一样的两间手工教室。

　　白六去食堂看过一眼，那边没有小孩，那么很有可能木柯他们就被关在手工教室那边，白六十分警惕地从福利院女厕所里的窗口翻进了楼里，然后安静地等在女厕所的门后。

　　在等到有老师进来上厕所的时候发出了腰间钥匙碰撞的声音，白六毫不犹豫地从门后出来偷袭老师。

　　他用从教堂拿过来的烛台砸晕了老师之后，取下了老师腰间的钥匙，他躲在女厕所门口警惕又冷静地调整自己粗重急促的呼吸，在确定走廊没有老师和护工过来之后，手脚动作非常轻地跑向了走廊对面的两间手工教室。

　　白六贴在门前，他左右望着走廊提防有人走过来，手下动作很快地开了外面那间手工教室。

　　门一打开，木柯就惊愕不已地看着一个闪身就钻进教室来的小白六，他简直高兴得快要蹦起来了："白六！你怎么来了！"

　　"来带你们跑路。"白六言简意赅地交代了一下目前的情况，"我踩好外面的点了，昨晚我发现那群身上缠满输液袋的吹笛子小孩是从教堂神像背后的一个地道来的，它们也是通过教堂的地道把孩子带出去的，昨晚被在教堂的我看到了，我跟着它们在地道里走了一段时间，发现这个地道有股浓重的消毒药水味道。"

　　"趁天还没亮老师都还在睡，我们可以从这个地道跑出去，我根据这个地道里浓重的消毒药水味道猜测，地道通往的方向应该就是这群被抽过血的小孩来的地方，也就是私人医院附近，医院那边所有投资人离开病房的活动时间都在九点之后，我们要在九点之前跑过去，避免正面撞上我们的投资人而被抓到。"

　　"医院附近肯定有车，上车我们就安全了。"白六简单地交

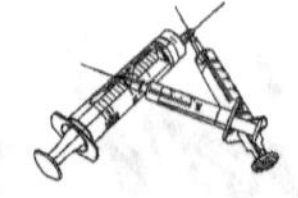

代了一下自己的计划，"这是之前我的投资人和我商议的备用计划，他说如果昨天晚上开放日我们无法跑出去，福利院的大门已经锁了，那就可以启动这个备用计划——我们可以跟着这群吹笛子的小孩跑路试试，找它们是怎么跑出福利院的。"

"综合分析下来，现在我觉得这个计划可以实行，你们收拾准备一下，我们动作要快一点。"

昨晚一切惊心动魄的遭遇就被白六三言两语轻描淡写地带过，他目光扫过整个教室，最终定在一言不发的苗高僵和木柯的脸上："还有两个人呢？苗飞齿和刘佳仪呢？"

白六反应很快，他目光冷凝地看向木柯："发生了什么？这两个人为什么会被老师关到另一间教室？"

木柯吞了口口水，他上前向白柳解释了发生的事情，小白六眸光沉了沉。

白柳说过苗飞齿的确有吃人的习惯，在不知道自己今天会不会得救的情况下，苗飞齿这个蠢货产生"死前饱餐一顿"这样的想法并且付诸行动，白六不觉得奇怪。

但是刘佳仪也不是一个简单的小孩，居然毫无反抗地就跟着苗飞齿过去了……考虑到白柳之前和他交代过的一些信息，刘佳仪有很明显的疑点，但白六没有多余的时间来处理这些疑点了。

他的投资人，未来的他，还在等着他带着其他人逃出去——白柳需要他救下刘佳仪，无论刘佳仪身上有多少疑点。

毕竟白柳给过钱了。

"我过去看看，你们待在这里。"白六转身就要离开这间教室，但在打开门的时候，他心中的疑虑让他略微地停顿了一秒，他转头看了一眼眼巴巴地看着他的木柯，"如果我没有来得及回来，十分钟之后你们就从女厕所的窗口跳出去，从丛林那边自己绕路跑到教堂那边。"

"离开这里的出口在逆十字神像荆棘缠满的正下方，受洗池的下面，等我处理好这边的事情会带着刘佳仪他们来追你的。"

白六看向苗高僵，略带威胁地眯了眯眼睛，"木柯有心脏病，苗高僵你最好带着他一起跑照顾好他，不然的话……你知道你把什么东西抵押在了我这边。"

"好的！"苗高僵听到白柳又给了一个出逃计划出来，现在脸上隐隐有些激动，赶忙应下了。

听到小白六的交代，木柯的心跳不安地加快着："只是去另一个教室，会出什么事情吗？苗飞齿不能把你怎么样的！你可以回来和我们一起跑啊！"

"我也不知道会出什么事情，只是我运气一向很差，好事都轮不到我头上。"小白六撑在门边转头过来看木柯，熹微的晨光从他背后落下，在地上拉出绵长不祥的影子。

小白六的目光很淡，淡到几乎看不出任何的情绪，他苍白的，染着血的脸一点一点被阳光镀上金色的表层，甚至能看到他脸上的那些像是还没成熟的水果般的细小绒毛，嘴角似乎带有一点说不出的很莫名的笑意。

小白六弯起眼睛轻笑了一声："不过昨晚的我好像运气还不错，可能是因为我改了名字吧，好像突然就被很奇怪的东西保佑了，有好事发生在我头上了。"

他推开了门，背对着木柯随意地挥了挥手，离开了这间他给白柳画了两幅礼物画的手工教室。

看着白六奔跑着进入晨光的背影，木柯忽然心脏停了几秒，他想到刘佳仪那个奇怪的微笑，突然想拉住白六的手让他不要去那一间教室，但小白六跑得太快了，他很快就贴上了另一间教室的门，冷静地拧开锁侧身钻了进去。

木柯很快地喘息了两下，他猛地想起——他已经快一个小时没有从那间教室里听到过任何声音了。

"白六！回来！"木柯下意识就冲出去想把白六喊回来，他焦急地拍打着这间教室的门，"这个教室不对劲！你快出来！！我们不管刘佳仪了好不好！白六，就我们两个人跑吧！"

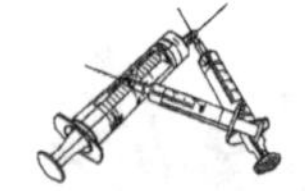

但无论木柯怎么崩溃地大喊大叫，跺脚吼着，空荡荡的走廊里只有他自己喘不上气来的声音，这声音再也无法传递到那个被放置了"寂静无声"道具的手工教室里。

很快木柯就被自己情绪激烈的砸门耗尽了力气，他捂着心口蹲在了白六进去的教室门前，大口大口地喘着气，嘴唇上泛起了一层青紫，而走廊那边也出现了老师听到这边的动静，走过来的脚步声。

苗高僵跟着出来，他神色有些复杂地看了一眼死死抓住另一个教室门把手的木柯，一根一根扳开了木柯的手指。

他把精疲力尽的木柯给拖回了教室里，小声对木柯说："你别喊了，会把老师引过来，白六也要遭殃的，你先按照白六说的等够十分钟再说吧，他比我们厉害多了，你要相信他啊！"

木柯胸膛剧烈起伏着，他看了一眼苗高僵，张了张嘴想要说什么，但最终因为呼吸太急促了，木柯什么都没有说地别过了头，他看着教室上的石英表，默默咬着嘴唇数着十分钟。

另一间手工教室里。

白六一进去就闻到一股很浓重的血腥气，他看着蜷缩在角落里抱住自己的肩膀不停颤抖抽泣的刘佳仪，刘佳仪身上有很多血，还有一些像是被人狠狠咬出来的伤口和痕迹。

那些牙齿印的确是一个苗飞齿这个年龄的小孩会咬出来的。

小白六眉头皱起，心中怀疑的天平又缓慢地倒向了苗飞齿吃人了的猜测。

但白柳没有轻易地靠过去，而是警惕地保持了一定的距离轻声问："刘佳仪，苗飞齿呢？他是攻击了你吗？"

刘佳仪缩在角落里自己的布箱子小声哭泣着点头："对。"

她抖着手指向了另外一个阴影密布的角落。

白六转过头去看向那个角落，那个角落里的确有一个很高大的人影，苗飞齿在他们几个小孩当中身高仅次于白柳，现在这个人影站在角落里，藏在一堆乱七八糟的废弃手工品的后面，手上好像还拿着什么东西准备偷袭。

苗飞齿似乎是看到白六进来了准备隐藏自己。

"苗飞齿？"白六握住烛台，他检查了一下苗飞齿的灵魂纸币，一步一步地试探着走了过去。

有灵魂纸币在手里，白六不担心苗飞齿攻击自己，他拨开那些杂乱的还带着蜘蛛网和灰尘的东西，终于看到了藏在这一切东西之后眼神惊恐的苗飞齿，就算是见过了很多恐怖的事物，眼前看到的一切也让白六的呼吸停顿了几秒。

苗飞齿被一堆输液管就像是提线木偶那样捆绑住了四肢，悬挂在天花板上吊了起来，脸上手背颈部密密麻麻地被扎满了针管，身上的每一根血管里都插了针头在源源不断地往输液袋里流动着鲜血。

他已经被这些吸血袋吸得嘴唇干燥，皮肤都有些纸质的枯干质感，手脚不停地颤抖着，连舌头上都扎满了针头，这让他只能疼痛不已地轻微呼吸着，任何声音都发不出来。

苗飞齿被吊着手脚，眼神涣散，在看到白六的一瞬间流出眼泪，"啊啊"地用气音轻叫两声，眼里甚至流露出几分求死的绝望，他手里握住的是一个整个头被无数的针头贯穿的布娃娃，穿的衣服和苗飞齿现在的一模一样。

抱着腿哭泣的刘佳仪的哭声渐渐变成了诡异的笑声，她背着手缓慢地站了起来，转身笑靥如花地歪头"看着"挡在了苗飞齿身前的白六，她很是可爱俏皮地吐了吐舌头："骗你的呢，苗飞齿这种大傻逼才伤害不到我呢。"

"这些伤口都是我逼他咬的，嘛，我可能给他吃人肉造成了不太好的第一次印象，他一边咬一边哭得很大声地求我放过他呢。"刘佳仪随意用手指着身上那些被咬出来的伤口，笑嘻嘻地说，"但不这样做骗不到你进来呢，聪明的、冷酷的、一点正常乖小孩子样子都没有的白六小哥哥。"

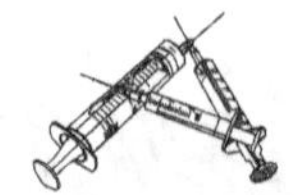

白六斜眼看了一眼他背后还在呜咽的苗飞齿，他举起烛台，做出要攻击的手势："在这一点上，我觉得你没有资格说我，你故意没有弄死苗飞齿，是怕我察觉什么不对不进这间教室吗？"

如果从他手里苗飞齿的灵魂纸币上看到苗飞齿死了，白六是绝对不会过来的。

"你的技能是可以看到自己控制的人的死亡状态的吧？"刘佳仪一步一步地踮着脚，散散漫漫地往白六这边走。

白六举着烛台警惕地和她保持距离。

但刘佳仪也不怎么在意，脸上依旧带着很甜美的笑意："灵魂控制技？你的投资人，或者说未来的你在我面前聊过这个技能呢，真是非常完美的技能，可以交换灵魂，只是需要对方同意吧？是个有一点限制的规则技能，但已经相当不错了呢，对白柳这种新人来说。"

"宛如成为另外一个可以对自己控制的人生杀予夺的系统。"刘佳仪脸上的笑意微微浅淡了一些，她雾蒙蒙的眼珠子动了一下，透出一股居高临下、厌烦至极的嫌恶，"收购灵魂这种充满野心的控制欲，真是肮脏的成年男人特有的欲望衍生出来的恶心的个人技能呢。"

系统提示：玩家刘佳仪言论中关于"灵魂交易"等相关内容系统已做屏蔽处理。

刘佳仪一步一步地靠近小白六，脚步越来越快，小白六飞快地后退着。

刘佳仪蹦蹦跳跳地绕过杂乱无章的手工制品，带着一脸就像是画上去的乖巧笑容，像一个上了发条的洋娃娃般跳跃过各种各样的箱子，语调轻快："白六，原来你这个年龄，就已经开始沉迷于这种掌控别人的快感了吗？这点倒是和生我那个男人很像，难怪长大的你会在上一次的游戏里对我的哥哥做出那样的事情，原来都是有根源的。”

小白六小心翼翼地后退着，一边退一边利用各种物品来掩盖自己，他大脑飞速转动着：“你是想救你的哥哥刘怀是吧？但你现在已经拿了苗飞齿的血了，加上你自己的大概率已经可以救你的哥哥刘怀了，没必要对我下手了吧？刘怀和未来的我现在还是合作关系。”

“合作？”刘佳仪轻灵的笑声无处不在，无孔不入，从教室的四面八方朝白六靠近，“用各种各样的条件限制，然后言语诱导逼迫我的哥哥在我和他之间做出选择的那种合作吗？恶心透顶的合作。”

小白六在教室中央四处打量着，观察着刘佳仪有可能出来的每一个地方，他语调还是沉静的：“但你也没有阻止，不是吗？”

“你明明可以打电话告诉你哥哥你不需要他救，这样他就不会被另一个我给胁迫合作，可你还是眼睁睁看着刘怀在你和他之间做出这种让他痛苦不已的选择，或者说你也在等他在你和他的命之间做出选择。”

“如果说这是一个恶心透顶的合作，”小白六眼神平静，“那你也是这个合作的参与者和促进者，刘佳仪。

“明明你比我们还想看到刘怀为了你放弃自己的命达成这个合作，想看到你的哥哥为了救你、保护你备受折磨求死不得，如果不是拖到刘怀确定会为了你而死的最后一刻，你甚至不会暴露你自己吧，刘佳仪？说到恶心透顶，我们还远远比不上你。”

刘佳仪的笑声突兀地停了。

走廊里亮着的微弱的灯突然闪了一下，再等下次亮起的时候白六就看到刘佳仪抱着一个头和四肢都被扯得要掉不掉的娃娃，脸上一点表情都没有地站得很近，仰着头，眼睛一眨眼不眨，呼吸很轻，凑得很近地看着白柳。

刘佳仪手里的娃娃穿着白衬衫、西装裤，脖子上戴着一个奇怪的中间破了一个洞的硬币，头被拧了几乎一百八十度，脸上带

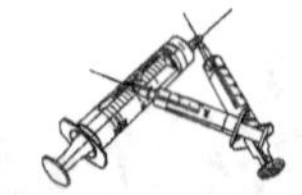

着诡异呆滞的微笑，和刘佳仪一起仰头看着小白六。

就算从来没有见过未来的白柳的真正的样子，但通过白柳口中对自己的描述，小白六也认出了刘佳仪怀里这个粗制滥造的娃娃就是未来的自己。

小白六目光停在刘佳仪怀里的娃娃上，他的呼吸微微顿了一下，喉结因为急促的心跳和呼吸上下滑动着——原来死亡的恐惧离得很近是这种感觉，小白六甚至在一瞬间走神地想道，好像也没有他想的那么可怕。

刘佳仪声音很轻很低，她低头抚摸怀里的娃娃，恍若自言自语地说道："你知道中世纪的女巫为什么要做巫毒娃娃吗？当她们开始诅咒一个人或开始爱一个人的时候，她们就会做这个人的娃娃，希望娃娃里可以装着对方的灵魂，讨厌的人以讨厌的方式死去，喜欢的人以喜欢的方式留在身边。"

小白六已经退到了墙壁边沿，他神色还是镇定的："你的这种做法和白柳有什么区别吗？"

刘佳仪长久地沉默着，然后她突然歪着头，眨着眼睛很愉悦地笑了一声："本质上来说是没有的，所以我也是很恶心的存在，不被我的哥哥好好对待也是活该。"

"但刘怀为你付出了一切，你完全得到了你想要的。"小白六呼吸声很轻，他的脚后跟贴上了墙壁，眼睛看向已经贴上他面孔的刘佳仪，"你得到了你想要得到的，还有什么不满足的呢？"

刘佳仪终于抬起了头来，她神色浅淡又漠然，那对被雾气和灰色氤氲的眼珠镶嵌在她稚嫩又毫无情绪的脸上，有种古怪的、诡异的、让人悲伤的违和感。

她像个很乖巧的，什么都不懂的小孩那样弯起嘴角和眼角，说出口的话却带着沉沉的雾气般的缥缈和虚浮："因为我从来不敢真的相信我的哥哥，因为不肯相信，所以我没有得到过。"

刘佳仪的眼中映着小白六，是一种很雾蒙蒙的质感，就像是脱壳的灵魂映在她的眼睛里那样。

"我的哥哥是一个很懦弱的人，他是不会、也不敢为我付出一切的。"

"背叛是他的一个恶劣习惯，他是一个懦弱的惯犯。"

小白六看着刘佳仪，想起了白柳和他讲过的刘怀的事情，刘怀这个人的确似乎一直习惯于背叛别人，从牧四诚到张傀……如果说背叛和懦弱是一种恶劣的习惯，那么被这个习惯所害最深的，一定是朝夕相处过的人。

小白六忽然明白了什么，他看向刘佳仪："刘怀背叛过你什么？"

刘佳仪脸上的笑容终于消失了，她直勾勾地看着小白六。

"他背叛过我……什么？"她轻声低语着，笑着，"你不如问，他什么时候停止过对我的背叛。"

所有人都对她用那种欲言又止的恶心语气说话。

"近亲生子啊，智力不行吧？"

"果然是瞎子啊，又是个女崽子，你们怎么没打掉？"

"……我妈说你这种近亲生的孩子根本就上不了户口，你连学都上不了，你哥还说给你治好眼睛送你去读书让你考大学呢，哈哈，搞笑！"

那个男人喝醉了之后会对她拳打脚踢，一下一下地扇她耳光，逼只有几岁的她下堰塘摸鱼，恶狠狠地说抓不到多少斤鱼就不准上来。

堰塘里好冷，只有几岁的她踩下去水似乎能被没到咽喉处，全是泥和水，里面的鱼就像是死人的肢体那么滑，在她的周围游来游去，却很难抓到。

她就像是她死去的母亲一样陷落在这个永远不被允许爬起来的堰塘里，刘佳仪永远抓不够让那个男人满意的鱼，她明白的，他就是想在堰塘里淹死她这个没有用处，只会浪费粮食的小崽子。

就像是淹死她的姐姐和她的妈妈那样。

在刘怀上学不在的时间里，刘佳仪就躲在鸡棚或者猪圈里，

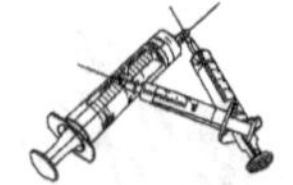

和动物待在一起，或者藏在壁橱和床底下，防止那个男人不知道遇到什么恼怒的事情的时候会满屋子找她出来打。

大部分时候她藏得好不被发现就还好，但她必须时刻保持警惕，不然就会被那个男人抓着头发摔到地上，用沾满水的竹条鞭打，或者是扯到堰塘里抓鱼。

刘佳仪有记忆的时候，她就躲在屋子里所有见不得光的地方，静静地抱着自己的膝盖，等着时间流逝，等刘怀放学回家，她感受着乡村里的夜幕来临的时候的冷意，从皮肤一直浸染到她心底。

有时候她会控制不住地大哭或者凄厉地惨叫，像那些人嘴里的智障或者疯子，打那些和她关在一起的动物，好像这样就能发泄她心中那些无法排遣的怨恨和痛苦。

她永远不敢让刘怀看到她这一面，在刘怀的面前，刘佳仪永远是温顺的、乖巧的、天真烂漫什么都不知道的、什么时候都会对着放学回来的刘怀仰着头甜笑着叫哥哥的妹妹。

哪怕是她刚刚才挣扎了一个下午从满是淤泥的堰塘里奄奄一息地爬起来，哪怕她十分钟前还疯叫着差点掐死了一只鹅。

不乖的坏孩子是得不到爱的，刘佳仪从小就明白，她一直知道刘怀给予她的所有情感都是她用自己伪装的外表换来的，所以无论什么时候，她都像是藏在床下或者黑漆漆的壁橱里一样保持着警惕，不想自己的真面目被刘怀用像是那个男人一样的粗鲁手法扯出来，然后被狠狠鞭打，失望质问，说你怎么是一个这种狗崽子？！

或许也不会，哪怕她露出真面目站在刘怀面前，刘怀也会瑟缩地别过脑袋不敢看她。

因为她的哥哥是一个害怕面对真面目的，懦弱的人。

记忆和意识一起沉入漆黑不见底的泥泞深处，刘佳仪站在小白六的面前，她看着小白六带着质问的漆黑眼珠子，刘佳仪恍惚觉得自己好像回到了那个乡村的小破屋里。

她刚刚学会躲在床下和壁橱里逃避那个男人醉酒后的殴打，

只会在刘怀回来，或者那个男人入睡打鼾之后偷偷跑出来。

有一天，那个男人不知道遇到了什么事情，火气特别地大，翻箱倒柜找了她半天都没有找到，一直等到刘怀放学回来了那个男人也在不依不饶地找她。

碗筷碎裂的声音在地上噼啪作响，刘佳仪用双手捂住自己的嘴巴，连呼吸都不敢大声，她屏住呼吸聆听那个男人对她的辱骂。

"……妈的这小逼崽子越来越会躲了！我他妈想找点东西来打发一下时间都找不到，刘怀！刘怀给老子滚过来！"

然后是一声清脆的巴掌声，男孩害怕的哭声压抑地响起，那个男人骂骂咧咧地咕噜咕噜灌了两口酒，那大口喝酒的声音似乎是酒液也从刘佳仪的耳朵灌了下去发出来的，她的呼吸声急促起来，嘴里开始泛起一股让她晕眩的苦味。

然后是流程般的，喝了酒之后的中年人用粗壮的手脚摔打在刘怀的背上的那种殴打发泄声响起，却很快又在刘怀颤抖的哭声里停了下来。

"妈的。"那个男人醉醺醺地骂道，"操，你是刘家唯一的根，老子也不想打你，但老子喝醉了之后手痒，小贱种又不在，她这个逼崽子可会躲了，只在你在的时候出来，老子装你的声音骗她出来……嗝，她都不出来。"

"去！"那个男人口齿不清地踢了刘怀一脚，"你把那个小贱种骗出来，老子就不打你了。"

刘佳仪等了很久很久，等到她以为天都亮了，然后听到了刘怀带着哭腔的颤抖的声音响起——

"佳仪，哥哥回来了，你……出来一下好不好？"

"你出来一下行吗？外面，外面……爸爸已经不在了！你出来吧！没有人会打你的！"

"你出来吧！外面真的……只有哥哥在！哥哥想见你！"

刘佳仪静了很久很久，那些声音在她灵敏的，带着泥垢的耳朵里晕成一片让她听不懂的耳鸣，然后她从藏了一整天的刘怀的

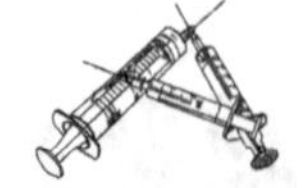

床下，发着抖钻了出来。

男人扯着她的头发把她往地上摔打，带着爽快和酒气的巴掌落到她身上，他用小拇指粗细的鞭条抽在蜷缩在地上的刘佳仪的身上，用脚踹刘佳仪柔软的腹部，拳脚每落下一次，站在旁边的刘怀都会闭着眼睛颤抖一下。

但刘怀不敢上前，只是懦弱地靠在墙角，沉默地等待着这一场酷刑的结束。

在酷刑结束之后，刘怀抱着奄奄一息的刘佳仪大哭，说哥哥一定会带你出去的，哥哥一定会考上好大学出去！

你再帮哥哥承受几次，哥哥一定会带你出去的！很快了！很快了！

而刘佳仪只是茫然地睁着看不见的眼睛，她听着耳边这个和那个男人渐渐变得相似的刘怀的声音，刘佳仪的手指蜷了蜷，又缓缓落了下去。

"好，佳仪会帮哥哥承受的。"她虚弱又温顺地说道。她知道刘怀需要她用这副"乖巧妹妹"的外壳安抚他愧疚的内心。

刘怀，她的哥哥永远是如此懦弱，不敢反抗那个男人地背叛着她、哄骗着她，站在她为了他爬出来然后被殴打的昏暗堂屋旁，闭着眼睛不敢看这一切。

她的哥哥是一个彻头彻尾的、懦弱的暗杀者，连武器都没有伤害别人的能力。

但她一辈子得到过的最好的东西也就这么一个懦弱的哥哥。

背叛和怀疑，本就是天生一对兄妹。

她静静地看着小白六："你也有过这种时候吧，当一个满口谎话的懦夫骗子突然开始对你好的时候，你会反复地、反复地去想他有什么目的……"

"他们给你的这种无缘无故的好就像是蝎子漂亮的毒尾巴，蜜蜂带着蜜的针，你吞下口之后的时时刻刻都在想：这针这刺什么时候会刺破你的胸膛，你的心脏？他到底是为了什么对你好的？

他会不会背叛你？"

"你对白柳这个满口谎话的骗子不也是这样吗，小白六？在他昨晚真的愿意为了你死之前，在你知道他是另一个自己之前，你有真的相信过他给你的好吗？"

"你在这个过程中，不也一直在试探吗？"

小白六抿了抿嘴，他没有回答刘佳仪的这个问题。

刘佳仪嗤笑一声："你和我一样，都是生来就不相信任何人的类型，我也是不断地在重复着这个试探的过程，但我没有你那么幸运，另一个人是自己。"

她顿了顿，呼吸声渐渐变得微弱，语气迷茫："我永远不可能知道我的哥哥在想什么，因为我不是他，他是一个拥有着那个男人血脉的男人，他拥有着和生我的那个男人一样的声音，我永远停止不了怀疑他，每一天我听到他的声音，我都忍不住那种恨意，但在他微笑着喊我佳仪的时候，对我好的时候，我又会控制不住地想着，他要是能多活一会儿，和我多待一会儿就好了。"

"……就算他做过背叛我、出卖我给那个男人的事情，但他要是可以一直那样笑着，做我的哥哥就好了。"刘佳仪的声音渐渐低了下去，她好像在回忆着什么。

"这个世界就只有这个人，只有这个带我逃离一切的人是不一样的。"刘佳仪恍惚地低语着，"……但就算我努力过千百次想要去相信他，无论他怎么对我许诺，我真的控制不住我自己去怀疑他，就像他控制不住背叛是一样的。"

"……就算他前一天痛哭发誓不再哄我出来，说这是最后一次了，但第二天只要那个生我的男人一开始打他，哥哥就开始到处找我，哭着求我出来，等我终于出来了，我的哥哥就会颤抖着牵着我的手，把我送到那个男人手下挨打……无论多少次都是这样。"

刘佳仪露出那种违和感很强，像是被她自己训练了千百次的柔顺小女孩儿特有的微笑："我们都不能确认另一个对我们很重要的人不会背叛自己，所以控制对方才是最好的选择，看你现在

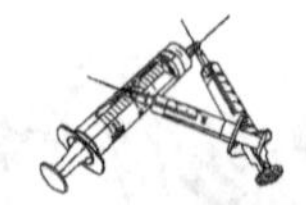

在做的事情，你和我的选择也是一样的不是吗，小白六？"

"不，我和你不一样。"小白六很平淡地反驳了刘佳仪，"我选择了被他控制。"

刘佳仪一怔。

"白柳，也就是另一个我，在我们出逃之前，对你的生命值只有 50 点这个奇怪的地方，他给了我两个猜测，让我自己选择。"

小白六已经被刘佳仪贴得很近了，他不得不低着头看已经快踩到他脚背上的刘佳仪。

小白六垂下眼眸，语气很平静："第一个猜测是你在外面中了一种蘑菇类的毒，导致你的生命值被削弱，他对这个猜测有比较多的证据和信息佐证，但这个猜测有一个很不合理的点就是，这个猜测无法解释刘怀的生命值为什么也被削弱。"

刘佳仪脸上的表情凝固了，她好像意识到了什么，握住娃娃的手慢慢缩紧，但语调还是大致平和的，她看向小白六问："所以呢？第二种猜测呢？"

"第二种猜测就是……"小白六淡淡地说，"他猜测你可能是一个已经进入过游戏的玩家，个人技能可能和死亡率和生命值有关，迫使系统不得不出手削弱你，他给过我一个他猜测的玩家名字。"

小白六低头直视刘佳仪，轻声低语："我记得是叫……小女巫是吗？"

刘佳仪的呼吸停滞了几秒。

"那你那个时候为什么会停下来救我？！"刘佳仪脸上乖孩子的表情面具终于崩裂了一角，她脸上的表情几乎带着一种凶戾和狰狞，还有一丝不易察觉的慌乱，"你明知道我是小女巫，那你为什么要停下来？！你今晚为什么会走进这间教室来？！你不怕我杀死你吗？！"

"因为另一个我告诉我，要尽量保住你的命。"白六很平静地直视刘佳仪，"这是一个赌博般的选择，如果你的确不是小女巫，而当时你又因为中毒了而吐血，如果我不救你，那你一定就会死，而另一个我花钱买了你的命，所以至少你不能死在我手上，这是我作为一个流浪者在交易中的职业道德。"

刘佳仪的手都有点抖了，她眼泪涌出，有些无措惊愕地看着到现在都还维持着镇定的小白六："你明知道……你明知道……你今晚进来是来送死的吗？！你猜到了不是吗？！你为什么还要进来？！"

小白六轻声说："如果我今晚死在你的手上，这只能说明一开始的我判断失误而已，那在我选择救你的时候，就已经注定了我死亡的结局，所以今晚无论我来不来，死都是注定的。"

"但如果你不是小女巫，那我今晚进来就可以救你的命。"小白六很冷静地说，"从利益交换的交易角度上来说，无论你是不是小女巫，为了你不是的那个可能性，我今晚是必须进来的。"

刘佳仪突然弓起身子捂住嘴呛咳了起来，绿色的、散发着蘑菇味道的汁液从她的指缝间渗出来。

她咳嗽得非常厉害，整个脸肉眼可见地褪去血色，眼里因为剧烈呛咳迅速地泛起生理性的泪水，但她就像是一只色厉内荏的小动物一般，坚持恶狠狠地瞪着小白六，手上举着那个四肢和头都被扯掉的娃娃威胁着小白六。

白六就当没看见一样，他上前用一只手扶起还在大口大口地呕蘑菇汁液的刘佳仪，不冷不热地评判了一句："看来白柳这两个猜测都是对的，虽然你吐血是装的，但你的确因为福利院的事情中毒了，也的确是小女巫，那个时候吐血是你用什么道具伪装的吧？"

"我真的会杀了你的，小白六。"刘佳仪凶狠地挥开了小白六过来扶她的手，但她的眼睛里却因为呛咳大滴大滴地涌出泪水来，她脆弱的脸颊上布满泪痕，"咳咳，我刚才一直和你说话就是为了拖延时间等技能 CD 而已，现在我的 CD 结束了，你彻底跑不掉了小白六！"

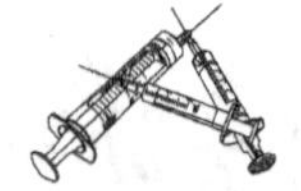

系统提示：刘佳仪个人技能"毒药与解药"CD（使用后冷却时间）结束，可以重新使用。

系统提示：女巫，今晚你有一瓶毒药和一瓶解药，你要用毒药还是解药？

小白六安静地看着刘佳仪。

刘佳仪的眼中腾起雾气，她别过头不看小白六，紧紧抿着嘴唇咬牙道："……我是不会相信你要救我的话的！你们都是骗子！这个世界上根本不会有无缘无故突然对我好的人！就连我哥对我的好，也是我自己挨打换来的！"

她一直都明白，刘怀对她的好很多是出于愧疚，而愧疚在背叛前，是最不值一提的情感。

刘佳仪闭上了眼睛，眼角有泪滑过："今晚我要使用毒药。"

刘佳仪的身上猛地腾起一阵黑色的、扭曲的黑色瘴气，她身上出现一件黑色的蕾丝镂空细纱披风，把她从头到脚笼罩了起来，她手中握住了一个巨大的、细长的曲颈玻璃瓶子，玻璃瓶圆滚滚的瓶身里盛放了一些正在咕噜咕噜冒泡的黑色液体，所有的黑色气体都是从瓶子里这些破掉的泡泡里升腾而上的。

这些黑色的、黏稠的、缭绕的气体很快就像是章鱼的触角一般把捧着瓶子的身形瘦小的刘佳仪包裹了起来。

她灰蒙蒙的眸子透过半透明的镂空蕾丝，好像带着眼泪般望向了白六，她的嘴角滴落黑色的，仿佛被诅咒般的禁忌血液："你救了我，是你做过最错误的选择和判断，小白六。"

"我从来不是什么知恩图报的乖孩子，我是个不择手段的贱种。"她恶狠狠地说，"我绝对不会感激你救我的！"

系统提示：玩家刘佳仪使用个人技能"女巫的攻击武装"——

系统提示：玩家刘佳仪进入个人技能身份形态变化——《怪物书：被诅咒的禁忌女巫》状态。

"我也不是。"白六看向刘佳仪，他就像是早已经接受了现在的结局，很坦然地开口说，"你和我的技能还挺相似，我是流浪者你是女巫，我们看起来都像是被上帝抛弃的人。"

刘佳仪咬了下下唇，她厉声反驳小白六："我不相信有神的存在！"

小白六表示了解般地淡淡点头："我也不信，这个福利院的人说不信神的小孩会被神惩罚下地狱，所以刘佳仪，你杀了我之后，我们下地狱再见吧。"

"但刘佳仪，"小白六静了静，"木柯是完全不知道你的事情的，你可以不用杀他。"

刘佳仪攥紧拳头看了小白六很久很久，久到小白六以为这个聪明的盲女不会放过已经察觉到不对的木柯。

刘佳仪终于嗓音干涩地开了口："……好，等下打开教室门，我给你们十分钟的出逃时间。"

小白六闭上了眼睛，他张开双臂深吸了一口这黑色的雾气，然后又缓缓吐出，他的头已经开始晕眩，小白六缓缓睁开眼睛看着捧着毒药朝着他走过来的刘佳仪。

"我还是不懂你……为什么要救我？"刘佳仪缓缓蹲下，她的头靠在吸了毒雾之后，蹙眉脱力坐在地面上的小白六的肩头上，就像一个不安又敏感的小妹妹那样垂下颤抖的睫毛，用带着一点嘶哑的嗓音，轻声询问着小白六。

如果不是刘佳仪手上拿着那瓶还在不断冒着黑气的毒药，看到这个场面会以为即将受毒害的人或许是她。

黑色的血液几乎要涌到小白六的嘴角，又被他竭力吞咽下去，他很平淡地开口："其实我也不知道为什么要救你。"

"可能是……做坏孩子太久了，突然有人想让我做一次好孩子了吧。"小白六难得有点苦恼地叹气，"果然普世价值观这种事情我还是无法理解啊，明明做了好人什么都得不到，自己还要付出代价。"

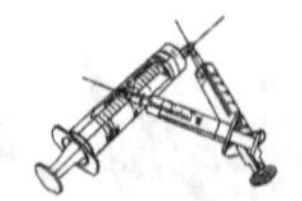

刘佳仪把额头抵在小白六的肩膀上，她闭上了眼睛，眼眶有些泛红，牙关隐隐紧咬，呼吸破碎，竭力忍住眼泪："明明就是个彻头彻尾的坏家伙，就不要做这种事情了，为了救我做到这个地步，我还是不会感谢你的，我绝对不会感谢你的，我比你还坏……"

小白六后仰着头看着天花板。

他的意识渐渐有些迷离了，但他能感受到他胸前被刘佳仪抵着的地方散开了温热。

小白六疑惑地，因为虚弱语速缓慢地问她："刘佳仪，你不是骗到我了吗？你不是赢了吗……你不是如愿杀死我了吗？你应该很开心啊，你哭什么？"

刘佳仪沉默了很久，然后讥笑了一声，出口的声音却带着哭腔："因为你把我给蠢哭了……蠢白六！"

系统提示：玩家刘佳仪对玩家白柳的副身份线使用了一瓶毒药。

系统警告：玩家白柳的副身份线处于中毒 debuff 中！生命值迅速下降中！！警告！

十分钟一到，木柯就像是一只被奶奶不知道遗落在什么地方的针扎了屁股的猫一样跳了起来，打开门探头探脑地往外面一看，确定老师没有走过来之后，木柯开始狂敲另一间手工教室的门。

"白六！"木柯眼中隐隐有焦急的泪意，"白六！我听了你的话等了十分钟，十分钟到了！你出来啊！！我不要一个人跑！"

苗高僵则是拦腰抱起了还在不停捶打门的小木柯："等下老师就要来了！我们先走，等下白六会跟上来的！你还跑得比他慢！"

"不要！"小木柯声嘶力竭地哭吼着，"我不要丢下他一个人跑！要跑一起跑！他也从来没有丢下过我！"

苗高僵一怔，被小木柯抓到了机会从他的肩头溜了下去。

木柯忍住哭腔用手肘胡乱地擦了一下自己流得满脸都是的眼泪，他一边看着走廊注意有没有老师过来，一边继续哽咽着疯狂敲门："白六！！你打开啊！算我求你好不好！你打开吧！"

门很突兀地开了，小白六完好无损，只是脸色有些苍白地站在门口。

他面无表情地看了一眼哭天喊地的小木柯："我不是叫你自己走吗？"

小木柯抽泣着摇头，眼泪汪汪，像只没有人要的小猫就要扑到白六的身上，语带受惊过度的指责："你吓死我了呜呜呜！你怎么不开门？！"

"刘佳仪不走了。"小白六避开扑过来的木柯，他脸色惨白地摇晃了一下，最后保持住了镇定的神色，虽然定住了没有倒下去，但嘴角隐隐有血丝渗出，他垂眸看着死死抓住自己的手哭得伤心极了的木柯，露出一个有点迷惘和无措的表情。

他从没接受过这样奇怪又热烈的眼泪，这让有点疲惫的他稍微不知道该怎么处理。

最终小白六拍了拍木柯的肩膀，推开了还在抹眼泪的木柯，他淡淡地收回了自己的手："她想留在这里，让我画一幅画给她送给她的哥哥，我就给她画了，可能画得太专心没有听到你们喊我吧，现在我画完了，老师要过来了，我们快点走吧。"

白六强忍着五脏六腑的腐蚀感，他面色很淡然地跟在木柯的后面走了，走之前他回头看了一眼坐在窗台上的刘佳仪。

刘佳仪仰着头闭着眼睛沐浴着初升的日光，凌乱枯黄的发丝在阳光下就像是一根根金色丝线笼罩在她的脸颊和头上，像一层圣洁的光环，她安详地靠在窗户上，睫毛也被漆上了一层镏金的灿烂颜色。

在金色的充满希望的晨光下，刘佳仪缓缓地睁开了眼睛，和回头看他的白六对视了一眼。

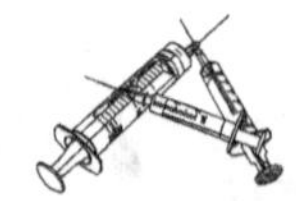

刘佳仪逆着光，眼睛透着一种蒙眬纯真的光芒，这个瘦小屏弱的小女孩就像是一个天使那样纯洁，而她的手边有一幅白六刚才给她画的简笔画——画里的刘佳仪坐在病床上，和她现在四肢展开的造型截然相反——她就像是害怕着一切的雏鸟般把自己的头埋在膝盖间，穿着过于宽大的病号服，手里死死攥着一个头被她拧了一百八十度的，白柳样式的破布娃娃。

"未来的你为什么要救我？"

"我不知道。"

"那现在的你为什么要救我？"

"我也不知道。"

"那……我在你们眼里是什么样子？"

"嗯……大概是这样的，你能看到吗？"

"唔，我的可视化道具到时间了，现在看不见了。"

"那就等等吧，等你能再看见的时候看吧，总有那么一天的，刘佳仪。"

一个中毒的人和一个下毒的人无比平和地交谈着，做坏事就像是流在他们的骨血里一样自然。

他们都是天生的坏孩子，对坏事没有罪大恶极的认知度——他们在坏事中诞生，在坏事中受尽折磨，对坏事麻木且习以为常。

但因为有人愿意对他们做好事，无条件地、受尽折磨也愿意给他们未曾见过的阳光、温暖和雨露，所以他们这些植物和花蕾最终会向着光明的地方生长而去。

白六转身离开，他跟在小木柯的后面，眼皮渐渐地闭合上，无论怎么忍耐也开始源源不断地从嘴角流出来的鲜血，渐渐溢出打湿了他的衣服前面，他皱眉捂住自己的嘴，但很快就被木柯发现了自己的异常，木柯崩溃地惨叫起来："白六！你怎么吐血了！"

系统警告：玩家白柳的副身份线处于中毒 debuff 中，生命值持续下跌中！目前 27……

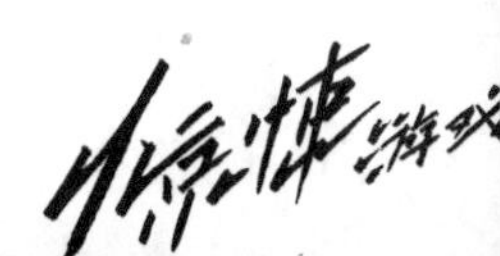

白六终于捂住嘴跪在了地上，他两边的眉头紧拧，牙关死死咬住。

"苗高僵，过来背我，在十分钟内跑去教堂去右边的座位的一个死角下面藏起来，教堂不能杀儿童，不然刘佳仪追上我们，我们都要死。"白六冷静又虚弱地下达了命令，"快跑！"

白六在下达了这个命令之后，意识就陷入了混沌，苗高僵手忙脚乱地背起了白六，开始往教堂那边跑去。

白六靠在苗高僵的背上，眼皮渐渐耷拉了下去，四肢就像是彻底失力那样乱滚着。

他的呼吸声在渐渐微弱，口鼻不断有鲜血渗出，顺着下颌滴落到自己松开的手背和丛林的草叶上，这些从呼吸道流淌出来的血液时不时还会把他呛一下，一次猛呛之后白六眼看就要从苗高僵的背上滑落下去，还是竭力跟着跑的木柯推着白六，才勉强保持住了白六在苗高僵背上的姿势。

木柯在跟着苗高僵跑，因为剧烈运动和情绪慌张，他的心脏从来没有这么痛过，木柯眼睛死死盯着苗高僵背上即将死去的这个家伙，他的眼眶里全是眼泪："怎么会这样啊……"

苗高僵满头大汗地跑到了教堂，他把白六放在地上。

白六费力地挪动了一下自己的位置，他靠在墙上，目光已经彻底涣散了，眼皮半合着，眼里一点光都没有，手就像是烂泥做的一样随意搭在地上，他很费力地用肺部的气体带动自己的声带，掀开沉重的眼皮看向木柯发出一个短促的音节："木柯……"

小木柯慌忙地靠过去，靠在了白六的肩头，耳朵附在嘴巴旁边——白六的声音实在是太小了，他听不到。

"我在。"木柯强忍着哽咽，他大口大口地喘气，"我在，白六。"

"教堂里你们是，相对安全的，不会有人伤害你……接下来……呼……我要交代给你三件事，我觉得我撑不到凌晨六点给他打电话了。"白六的声音断断续续，他被毒药折磨得发声都困

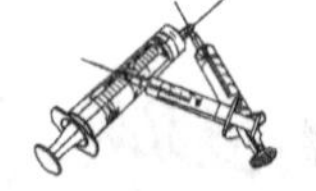

难了不少，声线干涩不已，"第一件，我带了输液管出来，抽……抽干我的血储存起来，游戏还没有结束，你把我的血带给我的投资人，一定要……"

白六咬牙，几乎是一个字一个字地往外蹦："一定要救下他，知道吗？"

木柯流着泪疯狂点头："好我知道了！"

他终于知道为什么刚刚白六在路上一直捂嘴不让自己的血流下来了，这是给他的投资人的血。

"第二件……呼呼。"白六的脸色越发惨白，他张开嘴巴，胸膛剧烈起伏着，似乎是被什么东西折磨得很痛，但他的表情还是很平静——一种近乎于死寂的平静，"……我的胸前有一个硬币，这是他给我的，很宝贵的东西……苗高僵的灵魂纸币也在里面，这个东西很重要，绝对不能因为我的死亡掉落出来，这样你就危险了，木柯。"

"所以等下……"白六咽了一口涌到嘴边的血沫，呼吸的停滞时间越来越长，他点了点自己的喉结，声音越发地低和虚弱，"我会把它塞进自己的身体里，除了我的投资人，你不要告诉任何人这个硬币在什么地方，知道吗，木柯？"

木柯跪在白六面前，又是疯狂点头，他眼泪狂流，头都要点掉了。

白六见木柯这样，忍不住轻笑了一下，笑着笑着就呛咳了起来："咳咳，还有最后一件，那就是告诉我的投资人……"

"他是个骗子。"小白六侧头看着教堂外面的日出，他笑起来，眼里映着外面的阳光，眼眸中似有水光涌动，"他说我改了名字运气会变好，但是，我叫了白柳之后，运气好像还是很差，有时间，你劝他，咳咳再改一个吧。"

白六呛咳着，在木柯的遮挡下艰难地吞咽下了那枚硬币，用力地卡着自己的喉咙让硬币往下滑动，木柯看得难受不已崩溃狂哭，但小白六面色还是冷静的，只是嘴角一直在溢出鲜血。

他的呼吸彻底地消失了，小白六，或者说白柳缓缓地合上了眼睛，带着笑意死在了凌晨六点的第一缕晨光中，他的手中还握着那个儿童手机，但可惜没有来得及打出去电话狠狠辱骂那个可恨的、来自未来的、仗着自己了解一切就尽情操控他的投资人。

这个绝世的大骗子，从遇到他开始就没有过一句真话的坏家伙，这个欠了他不知道多少账的浑球——其实你给我的硬币里，你自己的面板里根本一个积分都没有。

但我还是愿意为了你，免费做所有你想做的事情。

因为你是另一个我啊，你骗了我一切，但我可以确定的就是你的选择一定是为了我们共同的利益。

所以我无条件地相信你，无条件地选择对你有利的选项——我短暂的虚拟生命中唯一的朋友，另一个白六。

白六的眼睛彻底地闭合上，他的手失去力气地从身侧滑落在地。

系统警告：玩家白柳副身份线生命值迅速下降中——生命值清零。

系统提示：玩家白柳副身份线死亡。

系统提示：玩家白柳的游戏管理器将归还主身份线。

系统提示：玩家苗飞齿副身份线、玩家白柳副身份线确认死亡，两者交易失效，退还交易金钱，同时玩家苗飞齿副身份线的灵魂纸币作废，玩家白柳的副身份线因未成功完成交易内容，作为惩罚变为灵魂纸币关在旧钱包中。

系统提示：玩家苗高僵副身份线交易暂存，移交至玩家白柳主身份线处理。

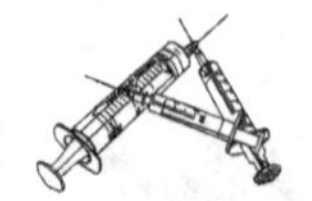

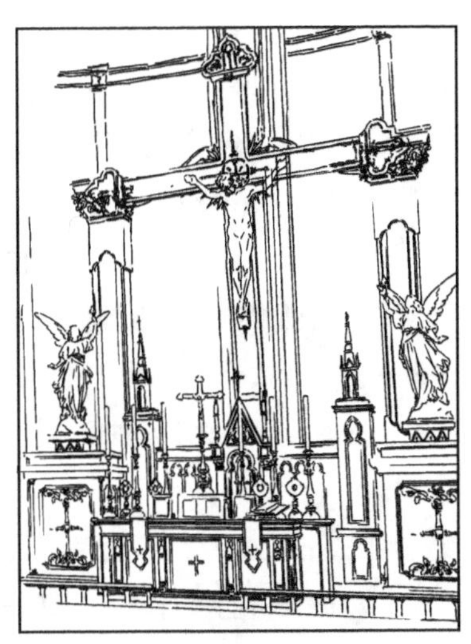

CHAPTER 35

　　小木柯抱住白六的头号啕大哭起来，但他只短促地哭了一会儿，就擦干了眼泪，小木柯站起来几乎带着一种凶悍的杀气恶狠狠地瞪着想要一个人偷偷离开的苗高僵："你要去哪里？！白六死了我还活着，他把可以控制你的道具交给我了，你最好给我老实一点！"

　　苗高僵转身过去准备偷跑的背影一僵，他缓慢地转过头来，小木柯满脸泪痕面无表情地看着他，那眼神看得苗高僵几乎发毛。

　　小木柯咬牙："如果你敢违背我，我就杀了你，我可没有小白六那么好心会给你留活路，你现在给我滚过来，把小白六背起来。"

　　木柯说到这里看了一眼安静躺在地上的小白六一点血色都没有的脸，眼眶有些泛红，但是他强忍住了泪意，继续哽咽地说了下去："把他背起来，我不说丢你绝对不能把他丢下，你把他丢下我就杀了你。”

木柯深吸一口气，他抬眼看向神像下那个受洗池——那下面是小白六告诉他的可以逃跑的通道。

小木柯眼中含着泪光但无比坚定地说：“我们抽干他的血，拿着血去救他的投资人。”

“动作快一点。”木柯忍不住想哭，但他最终还是没有再掉眼泪了，只是声音干涩但却很冷静地说，“把白六的身体放进受洗池子里，我找什么东西加热一下池子里的水，不要让他身体的血……冷掉，那样就不好抽了。”

周三，501 病房，早上六点十五。

白柳盯着自己没有响的电话一会儿，最终把电话收了回来，他面色很平静地宣布了一个事实：“这个点还没有给我来电话，我的儿童应该是死了。”

木柯的脸色一阵惨白地看向面不改色的白柳，这人只有 0.5 的生命值了：“那你怎么办？！”

“有办法的，我预料到了这种情况的发生，虽然这的确是很糟糕的情况，不过我也准备了备用计划，不过就是危险一点。”白柳很平静地把目光挪到坐在病床边缘还没有回神的刘怀身上，“破局的关键在刘怀你的身上。”

刘怀失神地抬起了自己没有对焦的眼睛：“我身上？”

刘怀在一晚上遭遇了各种动乱。生命值的急剧下降，精神值被压到10以下导致的后遗症，以及白柳给出的巨大信息量的刺激，让刘怀现在的精神状态既恍惚又不稳定。

他的耳边似有若无地飘着刘佳仪呼唤他的甜美的带笑的声音，眼前的景物晃晃悠悠地旋转着，他似乎看到了空气变成泥沼，里面摆动着很多上不了岸的鱼，和一个脏兮兮的，藏在这些泥里的女孩，站在白柳的后面扶着白柳的肩膀，笑容灿烂地看着他。

刘怀明白这是经历过精神值急剧下跌的后遗症，这让他理解

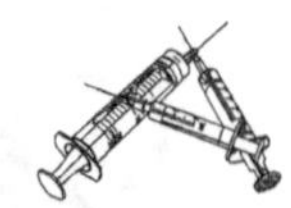

白柳的话有点困难。

"破局的关键……为什么会在我身上？"刘怀茫然地低下头看了一眼满身血污没有双手的自己，他露出一个很奇怪的茫然的表情，"我应该快要死了吧？"

白柳声音很淡地说："对，你看起来的确是要死了，但刘佳仪绝对不会轻易让你死的，所以你的确是我们通关的关键。"

刘怀听到刘佳仪的名字，脸上的神情又是一滞。

白柳就像是没看到刘怀的表情变化一样，无动于衷地继续说了下去："从这点来看，这游戏对刘佳仪来说也不安全，毕竟有苗飞齿和苗高僵这两个联赛玩家在，她为了救你就要抽自己的血给你。"

"虽然她可以恢复自己的生命值，但她那个治疗技能被系统削弱了，在她抽血给你到她的 CD 结束治疗自己的这个空隙，她还是危险的，甚至比我们都还要危险，我们要趁这个间隙挟持她，逼她给我们恢复血量。"

"但她的戒心不会比我更轻。"白柳的目光缓缓地落在了刘怀愕然的脸上，"当然除了对你刘怀，我要你在刘佳仪抽血治疗你的时候，趁她最虚弱的时候控制住她，我不会杀她也不会伤害她，我们会带她一起通关，只是简单地、小小地利用她一下而已。"

白柳的眼神垂落下去，看向了他手上那个一整个早上都没有响过的电话："毕竟她也利用了另一个我难得一见的算是善良的一面吧——她应该是杀死了我的儿童。"

刘怀这次沉默了很久很久，最终他低着头深吸了一口气："……只要你们不伤害她，这些我可以配合你们。"

刘怀的话音刚落，木柯的电话就响了起来，他惊异地接起，对面是小木柯带着哭腔的喘息声，他们在跑："请问白六的投资人在附近吗！可以让他接一下电话吗！"

白柳和木柯对视一眼，他很快地接过了木柯的电话。

小木柯还在抽泣着，喘着粗气："白六他，白六他——"

"死了是吗？"白柳很冷静地补充道。

但他这一句话就像是触动到了木柯的泪腺开关，木柯一下崩溃不已地大哭了起来："是的！！刘佳仪不知道用什么办法杀死了他！"

这患有心脏病的小男孩哭着，喘不上来气一般断断续续地交代了事情的经过。

在提到他让苗高僵背着小白六的尸体跑的时候，白柳的语调陡然冷了下去："那你自己呢？木柯，我记得你有心脏病，根本没有办法做任何剧烈运动，你让苗高僵背着白六的尸体，你自己跟着跑，不用多久你就要出事。福利院到私人医院这边的通道不会太短，你这样跑还没到就会出问题。"

事实也的确是这样，小木柯现在的呼吸声已经非常急促了，他先是跟着白六从手工教室跑到教堂，然后又忙活了一阵给白六抽血，现在又是从通道里往医院这边跑。

现在的小木柯跑在原本氧气就很稀薄的神像下面的地道中，他怀里抱着从白六身体里抽出来的，还带着一点温热的血液，脸和嘴唇都有点发乌发紫了，但还在咬着牙逞强地举着手机，跌跌撞撞地往前跑。

"把白六的尸体扔下，让苗高僵背着你跑。"白柳冷静地对小木柯下了命令，"白六的尸体已经没有任何用了，带着只会连累你，丢掉。"

小木柯倒抽了一口凉气，他的声音显得惊愕又无法置信，他的胸膛剧烈地起伏着："白六用命来救你，你让我随便地把他尸体丢在这种不见天日的地道里？！留给那些吃小孩，抽干他们血液的怪物？！"

"是的。"白柳很淡地回答，"因为他已经没有价值了。"

小木柯深吸了两口气，他竭力隐忍着，但最终还是歇斯底里地吼了出来："我不要随便把他丢下！"

这个小孩哭着用带着稚气的声音尖叫和跳脚着，用他仅知道

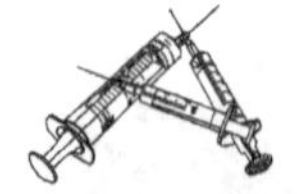

的脏话辱骂着白柳："你是一个狗畜生！！你从头到尾都在利用白六！！你骗了他！你让他以为你是一个好人！但你根本不是什么好人！他为了你死了啊！"

他的声音哽咽着："但他明明知道你在利用他，还是心甘情愿地为了你死了啊！每一滴血都为了你流干了啊！我亲手抽出来的！"

小木柯尖厉地大叫着，眼泪鼻涕一起流："你不配，不可以、也不能这样对他！哪怕他死了也不可以！"

他咆哮完这一通之后，似乎在强制自己深呼吸，呼吸声渐渐平静了下去。

电话那边沉默了好一会儿，白柳才听到小木柯隐忍至极的哭声，他似乎在捂住脸胡乱地擦着自己脸上的眼泪，哭得狼狈又伤心极了。

但他终于开始开口，抽泣着，咬着牙几乎是从自己的嗓子里扯出这些字，声音极为不甘心，就像是不想让别人听到那样压得很低："白六就算死了也是有价值的，他身体里藏着一个可以控制苗高僵的硬币，这硬币是他要给你的，不能告诉任何人藏在什么地方，我不能丢下他。"

小木柯似乎在说服白柳，又像是在说服自己。

白柳声音依旧无动于衷："你把他放在地道里，我会去取的，我知道他藏在什么地方，我相信他的本意也不是让你带着他的尸体跑，而是让你亲口告诉我他藏在什么地方让我过去取，你这样做只会无意义地消耗你们的体力。"

白柳说话不疾不徐，就算小木柯之前那样骂他，他依旧没有任何情绪波动般地在客观分析，这分析让小木柯稍微冷静了一点。

白六的确让他把尸体随便扔在地道里藏起来，到时候告诉他的投资人通过地道的时候去取，这样是各方权衡之下最安全的方案——这个地道目前只有他和苗高僵知道，但苗高僵已经和他走了，白六的尸体不会被轻易发现。

但——小木柯咬着下唇，他不想丢下白六。

"控制苗高僵不用那枚硬币也能做到，毕竟他现在在出逃当中，绝对和你是同一阵营了，我知道你不愿意丢下白六，但他已经变成你的累赘了。"

"我也可以为白六心甘情愿地去死，但他的死不光是为了救我，还是为了救你木柯，为了救我们所有人。"白柳的声音平静，"你带着他的尸体走只会浪费他为你做的一切，浪费他利用自己最后的价值为你铺的路，如果你在这个过程中因为跑动而心脏病发作，那么白六为救我们做的所有都白费了。"

"你想浪费他的心血吗？"白柳和缓地问。

那边只剩急促的呼吸声，静了大概半分钟，小木柯终于牙齿咬得吱呀作响，带着哭腔开口了："苗高僵，把白六……放到一边，背我起来。"

"你根本不配白六来救你。"小木柯似乎被背了起来，他喘着，恶狠狠地对着电话说道，"你就该病死，你这个垃圾人！我讨厌你！！"

白柳没有说话，只是静静地等待着小木柯在那边撕心裂肺地号哭，等他平复情绪。

隔了一会儿，小木柯像是很郁闷，又咬牙切齿地、无奈地开口了："你在医院老实等着啊垃圾投资人，我带着他的血来救你了。"

说完就很凶地"啪"一声挂断了电话，似乎一个字都不想再和白柳这个垃圾说了。

白柳："……"

白柳被小木柯挂了电话之后出神了一两秒。

似乎这些小孩子都不怎么喜欢他啊……他好像从小到大都不怎么招小孩喜欢。

门外突然响起了护士们清脆仓促的高跟鞋鞋跟点在地面上的脚步声，这些护士是往电梯走的，很明显是出了什么事情需要她们集聚了。

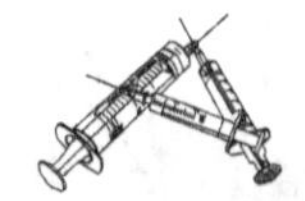

白柳眸光微沉：“有病人醒了。”

“不会这么巧吧……”木柯脸色凝固，偏头看向白柳，“不会是苗飞齿他们醒了吧？”

早上七点三十，二楼，重症监护病房。

苗高僵身上都是红黑交错的烧伤，他呛咳着被护士搀扶起来，转头看向另一张床上的还在昏迷当中的苗飞齿，暗暗咬了咬牙——就算是他替苗飞齿挡了大部分的攻击，他这个脆皮儿子的生命值损耗肯定还是比他高的。

并且他的生命值损耗也不低。

苗高僵艰难地挪动着身体靠在了枕头上，他眸光阴沉地看着自己的生命值面板。

系统提示：玩家苗高僵生命值 23。

白柳这一波直接带走了他一半以上的生命值，就算是在联赛比赛里，苗高僵仗着自己的高防属性，也极少一次吃过这么大的伤害。

他咬着体力恢复剂和精神漂白剂头痛欲裂地大口喝着，脸上的表情晦暗不明——他生命值都只剩 23 点，苗飞齿的生命值只会比他更低。

这让苗高僵的神色终于冷肃了起来。

白柳这个疯子，这人完全就是不要命地在赚他们血量，能赚一滴血就是一滴。

很明显白柳已经放弃了投资人通关这条路径，把所有的筹码都押在了小孩身上，现在正面对决弄死白柳这些人或者继续消耗他们的血量可以说是毫无意义，当务之急是搞到足够的血通关和弄死白柳他们的小孩。

在理清思路之后，苗高僵用积分买了几个防护绷带把自己身上还在渗血的伤口包好，又起来给苗飞齿包好，然后动作很轻地摇醒了苗飞齿。苗飞齿龇牙咧嘴地醒了过来，他一阵头晕目眩地扶住栅栏，被护士和苗高僵扶起来。

苗飞齿在意识不清的时候被他爹塞了一管精神漂白剂和一管体力恢复剂，醒来之后大量的液体摄入让苗飞齿扶着病床边干呕了几下，他才擦着嘴巴意识清醒了过来。

"飞齿，你生命值多少？"苗高僵见苗飞齿一清醒了，就立马皱眉问道。

苗飞齿点开了自己的属性面板，没忍住"操"了一声，脸色黑沉："妈的，只剩 11 点了。"

"……有点太低了。"苗高僵的眉毛都快拧成一块了，"我本来还想如果你生命值够高，弄死白柳我们再去儿童福利院，但你要是在对战中掉 2 点生命值就下 10 了，这已经是'死亡预知'生命值了。"

"死亡预知"是联赛观众的说法，又叫作"死亡阈值"，指的是在联赛对抗中，其中一个玩家的生命值掉下了某个数值，系统就会给该玩家发送一个"死亡阈值"通知，告诉你这个生命线现在很危险了，基本就属于那种在团战或者围攻中可以被一波带走的生命值。

生命值掉下了这个阈值的玩家一定会被集火，很快就会从场上被带走，所以掉到了这个生命值也算是被观众预知了死亡，所以系统发的这个"死亡阈值"通知又被称之为"死亡预知"。

苗飞齿的"死亡阈值"一般是 9，苗高僵的一般是 1，因为他防御更高，没那么容易被一波带走。

苗飞齿碰了碰自己脸上血淋淋的伤口，倒抽了一口冷气，他又痛又气："去他妈的死亡预知，白柳就一个非联赛 F 面板玩家，老子死亡阈值一般都是针对联赛内高玩的，他怎么配和我提——"

"他还没有进过联赛，面板也才 F 级别，就能在一次攻击里

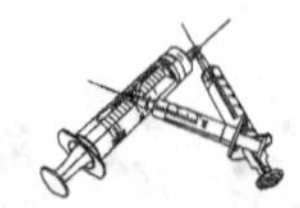

把你的生命线压到阈值附近，同时把我的生命值压下一半。"苗高僵很冷静地打断了苗飞齿喋喋不休的辱骂，"你不觉得他更可怕吗？"

苗飞齿龇牙的表情一愣。

苗高僵深吸一口气："我们找错用来宣传的祭旗对象了，你点开系统面板看看吧，我们要放弃用白柳祭旗快点通关了，不然我俩都会折在这游戏里。"

苗飞齿拧眉点开系统面板，他在他系统面板上看到了一条鲜红的系统通知。

系统温馨提醒：明日周四，周四为病重日，还未得到血灵芝及时治愈绝症的投资人玩家在 0 点一过，就会被附加一个"病重"debuff，"病重"debuff 会让玩家血条缓慢下降，请玩家加快通关速度。

苗高僵神色凝重："这个'病重'是要吃我们生命值的一个强制削弱的'debuff'，按照歌谣，'周五'我们就要'病死'，这意味着这个'debuff'很有可能在周五的时候就会吃完我们的生命值，这个时候生命值对于我们来说很宝贵，但是对于白柳这群已经放弃投资人通关路线的家伙来说，生命值对他们来说是无所谓的，是可以随意浪费的。"

苗高僵身体前倾，他半蹲下来盯着还在发怔的苗飞齿："因为他们根本不指望走投资人这条路通关你懂吗，飞齿？他们全部，包括刘怀，都选择了牺牲自己，保护孩子。"

"而我们选择了自己，杀了他们对我们毫无意义，因为他们的希望和欲望在另一个自己的身上。"

他的眼神渐渐变得黑沉阴暗："而杀死这些小孩吸掉他们的血活下来，才是我们为了通关首先要做的事情，懂吗飞齿？别再和白柳过不去了，先做正事。"

苗飞齿不甘心地咬了咬牙，最终点了点头。

苗高僵松了一口气，苗飞齿是很冲动易怒的性格，但好在在这种关乎他们父子二人存活的事情上还是很听他的话的，或许这也是他忍不住一直溺爱苗飞齿，甚至帮助他为非作歹的原因——他的确是个很听爸爸话的乖小孩。

就是不怎么听妈妈的话就是了。

但他真的很听爸爸的话——在看到爸爸因为病重的妈妈日益痛苦的时候，在爸爸想要杀死这个拖累全家的女人的时候，在爸爸想要结束这种生活去找其他更好的女人，但是又害怕被妈妈发现，叫他拿不到这个女人的遗产的时候，小苗飞齿挺身而出做了爸爸的英雄，替爸爸结束了这种煎熬的生活。

"这次我们也要活下去，知道吗，飞齿？"苗高僵抚摸着靠在自己腰腹部的苗飞齿的脸轻声说。精神值下降到 20 以下又强制恢复让苗高僵的状态隐隐有些不正常——这是精神值下降爆发的后遗症。

苗高僵的呼吸就像是在自我调节般，他吸气吐气都很深，看似平静的表面下暗藏着恐惧、暴虐与癫狂，吐字有种扭曲的神经质："我们连你妈妈那种东西都能战胜，没有什么是我们不能战胜的。"

苗飞齿缠满绷带，脸色苍白地抬头看向苗高僵，虚弱让他看起来柔顺不少。

一瞬间苗高僵的眼前闪现出电视的雪花点，坐在病床上的苗飞齿的脸，开始与以黑白的方式闪现出的另一张脸——一个死气沉沉、死不瞑目的女人的脸——相重合。

女人张着不肯闭合的眼睛，凝滞地看着窗前柜台上放着的那杯冷掉的开水，她躺在床上扭曲地大张着嘴巴，下颌一直张大到胸前，露出黑漆漆的喉咙口——里面没有舌头。

舌头被苗飞齿割下来吃掉了。

被这个听爸爸话的乖儿子给吃掉了。

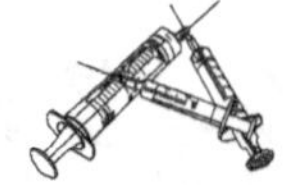

小苗飞齿站在妈妈的床边，隐晦地探头前伸，用那种垂涎的目光看着他妈妈喝开水时伸到杯子里的舌头，轻轻地在水杯中打出美味的涟漪，而这个小男孩就随着这杯中的涟漪眼神波动着，吞咽着口水，而这眼神渐渐又和现在病床上的苗飞齿的眼神重叠。

苗高僵心口一悸，猛地推开了靠在他身上的苗飞齿，苗飞齿被推得一痛，不解又不耐烦地看向苗高僵："爹，你干什么呢？！"

苗高僵勉强挤出一个笑："没、没什么，我精神状态不太好。"

转身苗高僵又仰头将一瓶精神漂白剂一饮而尽，他的精神值因为后遗症极其不稳定，忽上忽下地跳跃着。

现在苗高僵无比清楚自己产生了精神值降到 20 以下的后遗症，但是他不想承认，也不敢承认——他开始有点分不清现实和虚幻的界限了，潜意识里的恐惧正在侵蚀他的大脑，这是疯掉的前奏。

要尽快离开这个游戏才行，苗高僵咬牙，额头上冷汗渗出，他抬手擦了擦脸上的冷汗，强制自己冷静下来。

苗高僵转身看向护士："我们今天什么时候去福利院进行领养？"

护士有些为难地说道："因为私人医院这边爆炸伤到了很多投资人，今天和福利院的配对取消了。"

苗高僵脸色一沉："但我们明天就要'病重'了，可以单独给我们做一个配对吗？"

"……可以倒是可以，但为了避免儿童出逃福利院不会开门，你们如果一定要过去，只能走医院这边的一条直达福利院教堂的地道过去。"护士解释道，她眼神有些闪躲。

"之前在教堂里被洗礼过的孩子会通过这条地道直接被送到医院这边来，但最近病重的投资人越来越多了，才有了'配对'这个挑选的环节，不过你们已经匹配好了自己的儿童，倒是可以通过这条地道直接过去领取。"

苗高僵松了一口气："这条地道入口在什么地方？"

护士诡异地沉默了两秒："安全通道正下方。"

"白柳，你怎么确定地道的出口是在安全通道的正下方的？"木柯有些迷惑和害怕地问道，他吞咽了一口口水，看了一眼挂在病房里的挂钟的时间，小心翼翼地说，"现在是早上八点多，那些安全通道的畸形小孩怪物要九点多才会彻底消失，它们应该还在安全出口附近徘徊，我们就这样过去吗？"

木柯的视线从刘怀断掉的双臂和白柳还在渗血的一边袖口上不忍地划过，虽然他很不想承认，但他还是诚实地开了口："我没有任何战斗力，你们的状态也很不好，如果就这样过去，和那些小孩怪物正面起冲突很容易死亡，而且如果你的猜测出了错误，地道出口不在安全通道下面，我们过去完全就是送人头。"

说到这里，木柯的眼神和语气都严肃了起来，他并拢双腿坐在上面，双手用力握住衣角，身体前倾逼视白柳："小白六已经死了，你现在不能随便赌了白柳，我们不能做任何冒险的决策，因为如果决策有差错，你一定是我们当中第一个死的人，你的生命值只有 0.5 了。"

"我无法百分百确认。"白柳的神情依旧很平静，"但我大概有百分之九十的把握就是那个地方。"

白柳扫了一眼木柯："我推断出这个结论大概有两个理由。第一，如果存在这种私人医院和福利院之间的地道，那么地道的功能多半是运输小孩，而小木柯也是这样告诉我们的——来回于这个地道的是被抽了血的小孩怪物，而医院小孩怪物最多的地方就是安全通道。"

他淡淡地伸出了第二根手指："第二，木柯，你还记得我们现实里去过的那个福利院吗？"

木柯一怔，他点了点头。

白柳继续说了下去："那个老师不是告诉我们福利院后来缩小了很多规模吗？回去之后我做了一下这个福利院原来的建筑地图和现在的建筑地图的三维立体对比，这个福利院之前也是有教堂的，后来规模缩减，教堂这个地方就从福利院里被划了出来，

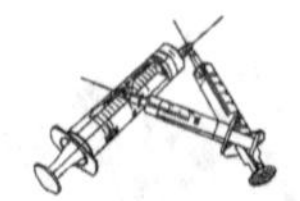

改成了医院，你猜猜这个改建医院的一楼的安全出口建在什么地方？"

木柯屏住呼吸看向白柳，白柳无比平和地说出了答案："建在福利院原来教堂的神像位置，和游戏内的这个地道的出入口是完全一致的。"

"我们不能九点之后去吗？"木柯皱眉，"九点之后对你会安全得多。"

"对我来说是这样。"白柳站了起来，他拿起了长长的骨鞭抖动手腕甩了一下，简单做了一下战斗前的热身。

白柳脸色苍白，眼神毫无波动地斜眼看向还跪坐在地上的木柯："但对另一个你来说，可就不是这样了，苗高僵和苗飞齿应该已经醒了，他们应该不会来追击我们，因为我们这群不准备通关的'投资人'只会浪费他们的血量，杀死我们一点价值都没有，如果我是苗高僵，我一定会立马去福利院抽儿童的血。"

"而小木柯刚刚打电话告诉过我们福利院的大门没有开，那么说明苗高僵他们不太可能走正门进去，而这家医院的护士一定是知道这个运输儿童的地道的，如果护士告诉了苗高僵他们这个地道，那么苗高僵他们很有可能走地道去福利院。"

白柳视线继续往下垂落，落在了木柯握紧的手上："也就是说，如果我们不快点过去，小木柯就会被袭击，那你也就和我一样危险了，你应该是知道这一点的吧？"

木柯抿了抿嘴，他低下头很轻地反驳了一声："那也没关系的吧，我觉得还是应该首要确保你的生命值，你只有0.5了，我还有6点生命值。"

"直视我的眼睛说话，木柯。"白柳神情淡到几乎没有，"你的手在抖，既然害怕那就不要多说废话，起来我们走吧，先去了再说，我们现在的确是处于劣势……"

白柳低下头用鞭子的柄戳了一下木柯的额头，木柯怔怔地看着白柳，而白柳眼神很平静地对他说："但木柯，这不代表我们一定会输。尤其是当输了会让我付出很大代价的时候，我一定会不择手段地赢下这场游戏。"

然后在木柯反应过来之前，白柳一只手抓起还没有回过神来的木柯的后领让他站稳，然后转身用那只手越过肩膀半背上失去双臂的刘怀，握紧手里的鱼骨鞭，白柳目光澄净地浅浅地吐出一口气，又浅浅地吸入一口气："开门吧木柯，游戏还没有结束。"

脸色白得像纸的刘怀突然打断了白柳的话，他摇晃不定的目光在白柳的脸上停留了一两秒："等等，你保证，你活着，你就一定会救下佳仪？"

白柳："我保证。"

刘怀闭上了眼睛，他面前浮现出一个护腕。

系统提示：道具"犬儒护腕"，放荡不羁的穷犬被伤害之后，可以靠着自己的乐观将伤害延后 14 小时，但在 14 小时之后如果玩家还未通关，所经受的伤害会一起叠加在玩家身上。

"这个道具本来是我留给佳仪，让她逃跑的时候用的，现在看来……"刘怀苦笑一声，"她是用不上了。"

有治愈技能的小女巫，的确不需要这种延后伤害的低等道具来保护自己。

刘怀转头看向白柳，脸上的笑容越发苦涩和释怀："我也没有手能用，给你吧白柳。"

白柳也没有多话，他直接接过了护腕，然后看了一眼在门口的木柯。

木柯回头看了一眼白柳，在确定白柳没有丝毫动摇之后，他也深吸了一口气，用还有些颤抖的手推开了门。

此时，是周三早上八点四十分。

一楼安全通道。

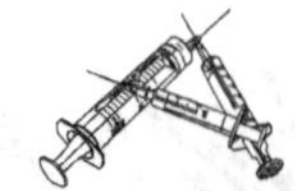

护士有些畏缩恐惧地站在离安全通道有一段距离的地方，她没有靠过去，而是吞了一口口水，伸手指了指那个黑漆漆的通道口："就在那边，一楼往下拐角的地方有一个地道的入口，从那里下去可以直接到福利院的教堂，我就不过去了。"

说完，这个护士看苗高僵和苗飞齿一点迟疑都没有地靠过去了，没忍住喊住了他们："九点之前禁止离开病房！我只是带你们出来看看，你们不能随便——"

苗高僵面无表情地转身靠近这个护士，几步快走就走到了她的面前，人高马大的苗高僵勒住她的脖子一转，护士的脖颈连接处就发出了一声清脆的骨节交错声。

她惊愕未定地睁大了眼睛，瞳孔扩散，无力地缓缓倒了下去。

"爹？！"不光是护士死前惊到了，就连苗飞齿也惊到了，"你杀 NPC 干什么？！容易引起反噬的！"

苗高僵的胸膛剧烈起伏着，他的双目有些赤红，但脸上还是一点表情都没有，明明是很轻松地杀了一个人，但下颌上却在往下滴落汗水，肩膀的肌肉也像是还没有停息下来般颤动着，这让苗高僵看起来充满了暴躁又压抑的攻击性，他背对着苗飞齿深呼吸，神色有点瘆人。

但很快苗高僵平复了下来，他顿了顿，清了清嗓子："我们一分钟都不能耽误了，这个护士 NPC 在我们就要等到九点，那边的小崽子一定都在密谋逃跑，我们要快点过去。"

苗飞齿勉强被这个理由说服了，他抽出双刀一步一步地往安全通道移动，在即将踏入通道的一瞬间，苗高僵突然轻声询问苗飞齿："你不觉得这个护士长得很像你母亲吗？"

苗飞齿一顿，他用余光扫了一眼那个躺在地上死不瞑目的小护士青涩的脸——这是和他记忆中的那个生他的女人完全不一样的脸，苗飞齿收回目光，有点古怪地看向了苗高僵："你怎么了爹？这个 NPC 长得和那个死女人完全不一样好吗。"

"是吗？"苗高僵喃喃自语着，他又回头看了一眼倒在地上那个护士 NPC 的脸，"那可能是我看错了吧。"

护士那副年轻的躯体上诡异地长着一张衰老的，眼袋很重的，病重的，对着他奇异微笑的，他无比熟悉的脸——是无数晚睡在苗高僵身侧，他一睁眼就能看到的他的老婆，苗飞齿的妈妈的脸。

这张脸出现在了这个护士的脸上，在苗高僵的眼里，这个护士刚刚每一次说话都会夸张地大张着嘴巴，大到牵动着下颌关节发出扭曲的移位声，那么大地张开的嘴巴对着苗高僵微笑，可以让苗高僵轻而易举地看到她正在说话的嘴巴里面没有舌头。

苗高僵收回了自己的视线，他又抬手擦了一下从鬓角流到颊边的汗，定了定神看向入口："飞齿，你主攻，我殿后。"

八点四十五。

因为昨晚的爆炸案，护士没有精力去每层楼巡逻管理病人，白柳他们钻到了空子坐电梯匆匆赶到一楼来，却发现安全通道已经被清扫了一个遍，只剩一片狼藉。

这代表了一个好消息和一个坏消息。

木柯松了一口气："不用和这些怪物正面对上了。"

白柳的目光停在这些被切得稀碎的小孩和飞得到处都是的注射器上，眸光微动："苗高僵他们进地道了。"

他往上颠了一下因为精神不振而从他身上往下滑动的刘怀，很快就往里走了，木柯紧跟其后。一楼往下的拐角处有一个满是医疗废品的黄色垃圾桶，里面装满了各种各样的输血袋子和注射器，旁观还有一个很简易的，儿童尺寸的固定绷带床，应该是为了防止抽血的时候儿童乱动。

看起来早期被送过来的孩子就是在这里被抽血完毕，然后尸体和抽血用具合在一起被丢在医疗废品垃圾箱里的。

那些吸食孩子血液的投资人，甚至都不愿意看到这个残忍的过程，只允许护士们在一个肮脏狭小的角落里快速地处理好这些"生药材"，给慈悲的"投资人"们使用。

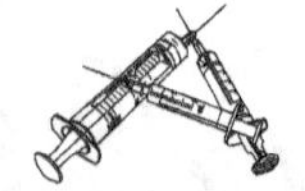

垃圾桶已经被人粗暴地一脚踹开，下面就是一个四四方方的，像地窖一样的入口，这个入口不大，白柳目测只有 40cm×40cm 左右，基本就是仅供一个儿童通过的出口大小，但好在白柳他们现在都又细又长，还可以通过这个入口。

入口旁边还有一些凌乱的脚印，应该是苗飞齿他们留下的，白柳让木柯帮忙扶着刘怀，然后上前握住门把的环扣，往上提拉，拉开了地窖门。

一时之间，飞扬的灰尘、土屑、浓烈的血腥气和真菌腐烂发酵的温暖潮湿的气息铺面而来，门板上不知道凝固了多久、多少个人的血痂扑簌簌落下，露出下面发霉的厚实木板本体。

尘埃就像是差点溺死其中的人才能看到的游动的细小颗粒，在黑暗的洞口飘浮徘徊。

白柳屏住了呼吸，他抬头看了紧张的木柯一眼，毫不犹豫地跳了下去，没有给木柯任何阻止的机会。

"我先下去，等我说没问题你们再下来。"

木柯慌张地上前往下看。

没有多久下面就传来了白柳带着一些回响的声音："没问题，木柯，你先把刘怀放下来，然后自己再下来。"

木柯小心翼翼地挪动着没有双臂的刘怀，先把刘怀运送下来，然后自己双臂撑着狭隘的洞口边缘往下进入。

闭上眼睛深吸一口气，木柯也松开了手，在他感觉自己斜着滑过一段湿漉黏腻的通道之后，终于落了地，但是地上的质感十分奇怪，一个一个软绵的膨起物，还有浓烈的血腥气和菌菇味道，感觉就像是踩在了蘑菇田上。

木柯缓缓地睁开了眼睛，眼前的景象让他倒吸了一口凉气。

整个地道的四壁，密密麻麻地长满了各种各样的蘑菇，五彩斑斓，大小不一，荧光闪烁，就像是人生病感染了的胃黏膜一样长满了膨起的湿润的斑点，似乎一捏就能爆出腐蚀人手臂的汁液。

这些菌菇之间还有一根一根的血红的丝线混杂在里面，像是畸形生长出来的一些血灵芝菌丝，整条地道里充斥着浓烈的分泌物和发酵物的气息，闻着就像是和着沙土放在劣质酒里泡了二十年的蘑菇发出来的味道，闻得人头晕目眩又十分想吐。

刘怀和木柯都出现了轻微的呕吐感，只有白柳稍微好一点。

木柯要吐不吐地捂住自己的嘴："这里怎么会长了这么多的蘑菇？"

"潮湿阴暗，加上这条地道是尸体丢弃的地方，腐殖质本来就很适合蘑菇生长。"白柳深一脚浅一脚地往前走动着，这些柔顺湿润的蘑菇一脚踩下去可以没过他的脚踝，他往四周打量着这个地道，"而且如果我没有猜错的话，那些被投资人培育出来的不要的劣质血灵芝，也是丢在这里。"

木柯一怔："不要的血灵芝？！这东西不是很珍稀吗？！"

"只有'血缘纯正'的孩子的血培育出来的血灵芝才是珍稀的。"白柳的目光从墙壁上一个轻微搏动着的，表面黑红交错的只有心脏大小的血灵芝上掠过，"我们现在所在的时间线是十年前，这群'投资人'还没有完善他们的儿童筛选机制，或者是在处在筛选的前中期，这个过程中必然会产生失败品，这些失败品可能是药效不好，或者是有毒，不能为这些'投资人'所用，所以被扔到了这里。"

白柳看向地道的另一端："如果我没有猜错，这条地道应该就是歌谣唱的'周日被埋入土'的地方了。"

地道就像一条往里生长增生的甬道，带着一种奇异的生命力，随着白柳他们的呼吸，轻微地舒展又收拢，但仔细看就知道是那些正在缓慢搏动的血灵芝，还有一些畸形小孩的尸体睁着眼睛躺在地上不动，它们的电话散落在手边。

白柳上前捡了一个电话，系统提示他该电话因为主人彻底死亡，失去能源无法使用。

这些畸形小孩大部分都被苗飞齿的双刀切成不完整的块状散落在蘑菇丛里了。

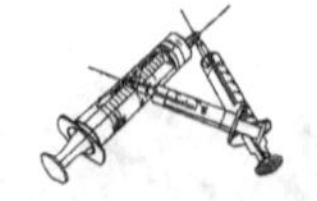

地面上有些蘑菇被人割开或者是践踏过了，白柳低头顺着践踏过的痕迹往里看："走，他们往里去了，我们要快点了。"

地道另一头，背着小木柯的小苗高僵呼哧呼哧地走着，小孩子的体力还是不如成年人，连续背着两个人又走又跑，虽然小白六和小木柯都不重，但小苗高僵的脚程还是慢了下来，他满头热汗喘着粗气地走在软绵湿滑的地面上，这种不好走的路让他体力的耗费加倍了。

背上抱着小白六血袋的小木柯着急地看了一眼时间——白六告诉他一定要在九点之前到那边，不然等九点一到，那些投资人就都可以出来了，他们一过去就会被抓住，全都得完蛋！

但他们不知道的是，已经有两个九点之前出发的投资人——苗飞齿和苗高僵正在顺着地道过来。

小木柯看着时间一点一点地过去，他开始着急了："苗高僵，你快点吧！等到过了九点那边有投资人出来抓我们，我们就跑不掉了！"

"我觉得不用等到九点后了。"小苗高僵擦了一下自己脸上滴落的汗，他脸上带着恐惧，面色难看地转过头看向趴在他肩膀上的小木柯，"我听到了有人踩在蘑菇上靠近过来的声音，他们走得很快。"

小木柯一呆之后，他的脸色也黑沉了下去："有多快，我们往回跑回教堂来得及吗？"

教堂禁止杀死小孩，是一个安全区，虽然不知道能苟多久，但是……小木柯不甘心地咬牙抱紧了怀里小白六的血袋。

没能把小白六的血袋成功送过去，希望他那个垃圾投资人能多撑一会儿，不要随便死了。

地道里传来的和着汁液迸溅的极有力度的脚步声越来越频繁，就像是游走在蘑菇丛里的蛇一样快速地接近了他们。

苗高僵惊恐地吞了一口唾沫，他往后退了两步，缓慢地摇了摇头："……我觉得来不及了，他们走得很快，会在我们跑到教堂之前抓到我们的。"

"不能让他们抓到我们。"小木柯压低了声音，在这种危急存亡的关头，失去了小白六这个带头人的他反倒显得冷静无比，"苗高僵，把白六给我们多余的那些输液袋拿出来，我们贴在身上装那些吹笛子的怪物小孩，这个地道里的灯光不明亮，到处都有小孩尸体，如果不近距离地看看不出我们和那些怪物的区别。"

小木柯飞快地从苗高僵的身上跳了下来，开始往自己和苗高僵的脖子上挂输液袋子。

苗高僵也手忙脚乱地在挂，他脸色青白不定："这个能伪装骗过那些投资人吗？！我们和那些畸形小孩长得很不一样！"

"装不好也要装。"小木柯呼吸声很快，面无表情，黑漆漆的眼珠子中有种慑人的决绝，"我想了一下，觉得我们跑回教堂也是等死，回去这个点那些老师都已经起了，如果我们在教堂附近遇到老师，我们就会被关押起来等周四配对，如果今天我们不能从这里跑出去，那我们就永远都跑不出去了。"

"我们只能赌一次了。"

小苗高僵咬牙和木柯对视了一秒，最终他点了点头。

脚步声越来越近，饱满的蘑菇在成年人的脚底发出成熟的果实被人挤出汁液的"叽"的声音，在通道里奇异地回响。

腐烂和血的味道越发浓郁，小木柯深吸一口气，他压低声音："千万不要发出任何声音，躺在蘑菇丛下面装尸体，懂吗？"

小木柯匆匆地把白六的血袋找了个地方藏好，身上胡乱地摘了一些蘑菇掩盖了一下，然后自己深吸一口气，面朝下躺在了蘑菇丛里。

苗飞齿和苗高僵终于走到了这截地道，苗飞齿一边甩刀上的血一边皱眉四处看："什么声音？刚刚前面好像有什么人说话的声音？感觉不像是之前我们杀的那些小孩的，反倒像是两个活人在对话？"

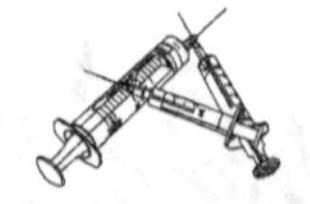

　　敏捷度更高的苗飞齿对声音各方面的捕捉都更强，但他四处看了一圈，发现并没有什么奇怪的动静，很快苗高僵就催促他了："别找了，快走吧，这个地方很明显是那些畸形小孩的巢穴。"

　　越往里走苗高僵越能肯定这一点，这个通道狭隘阴暗，到处都是蘑菇，一边的入口是教堂一边的入口是丢弃小孩尸体和医疗用具的安全通道，护士告诉他们说这个通道在投资人的数目增多，"投资人"以"配对"的形式挑选孩子之后，就废弃了。

　　但在苗高僵他们进入这个废弃的通道的时候，除了入口处有畸形小孩在，往里面走也是能看到这些畸形小孩的活动痕迹的，证明平时这些小孩也是在这个废弃的通道里生存着的。

　　而联想到那些白天不见踪迹的畸形小孩，苗高僵的脸色越发阴沉："那群畸形小孩的外出活动时间应该是晚上九点到早上九点，其余时间它们都待在这个通道里。飞齿，别浪费时间了，快九点了，我们快出去，不然那群怪物小孩就要回巢了，我们会被那些回巢的小怪物堵在这个通道里面。"

　　苗飞齿听苗高僵这么一催，低头一看时间，八点五十一，快九点了，的确没有时间浪费在这里了，他收回了四处打探的目光，举着双刀带着疑虑地继续往前走了。

　　他疑虑的原因主要有两点。第一个是苗高僵爆炸醒来之后，一直就很急躁，但他爹平时是一个很沉稳的人，这让苗飞齿内心有种焦躁的不安。

　　第二就是……苗飞齿的视线在地面上的蘑菇丛里面朝下埋进去的两具儿童尸体上一扫而过，他一路走过来也在这个通道里见了不少儿童尸体，按理来说这两具尸体出现在这个地方，苗飞齿不会觉得有什么惊讶的。

　　毕竟"投资人"们不允许这所医院里有焚尸炉和太平间这样不吉利的存在。

　　医院没有任何可以处理儿童尸体的地方，那些护士是把这个安全通道当作儿童尸体废弃垃圾通道来用的——而这个通道里存在的真菌正好就可以依靠分解这些尸体生存，从而又繁殖出更多的可以分解尸体的蘑菇，是一个绝佳的尸体废品生态处理通道。

但这两具尸体给他一种就像是不应该出现在这个地方的违和感，苗飞齿这种敏捷度相对很高，但是智力一般的玩家通常都会很相信自己在游戏里养出来的直觉，而这个时候他就会让自己智力相对更高的父亲来看一下这个情况。

但现在苗高僵的状态似乎不佳，而且如果这个地道正如苗高僵所说是这些畸形小孩白天栖息的巢穴，那么的确时间就很紧迫了，苗飞齿最终收回了自己的目光，往前走了几步。

听到他们继续往前，小木柯在心里缓慢地松了一口气，在这口气还没有松到底的时候，往前走的苗飞齿突然定住了。

苗飞齿往后转了一下自己的头，脖颈的地方发出关节松动又归位的拧动声，他用一种狂热的，让人惊悚的，不可思议的兴奋眼神回头看向那两具"尸体"。

"尸体"背部的肩膀上有一小片水渍晕染开，苗飞齿看着这点水渍，缓慢地舔了一下自己的嘴巴。

苗高僵看他这个眼神就知道苗飞齿肉瘾犯了，刚要头痛地阻止苗飞齿想要做的事情，就听到苗飞齿用一种轻到不可思议，因为惊喜而在微微战栗的声音说："爹，这两个小孩的衣服是湿的，他们在出汗，我闻到了新鲜的汗的味道。"

"他们是活人，是逃出来的活人小孩。"

这个点还会想方设法地逃出来的活人小孩……苗高僵一怔，但他目光一凛，很迅速地就反应了过来："这是白柳那群玩家的小孩！！"

糟了！！

小木柯心里一阵冰凉，几个念头飞快地在他大脑中间闪过，权衡之后，他猛地抱住怀里的血袋二话不说从地上蹦起来，疯了一样地往医院那边的出口跑，小苗高僵也从蘑菇地里爬起来，脸色煞白地跟在木柯后面跑。

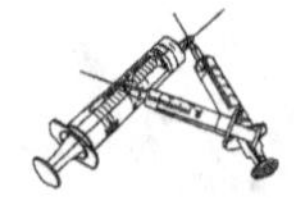

　　苗飞齿低声狞笑两声，他唰一声抽出双刀："妈的，昨晚差点炸死老子，今天不抽干你们这些小崽子的血吃光你们这些小崽子的肉，我就算通关出去了也没面子。"

　　他说完之后眯着眼睛看了一会儿，突然吹了声口哨："可以啊，得来全不费工夫，今天还带送血过来的，爹，你的小孩也在里面。"

　　苗高僵看到了自己的小孩总算是松了一口气，他脸色沉静下来："看到了，飞齿你注意杀他的时候避开大动脉，不要浪费血。"

　　"OK。"苗飞齿弯刀过肘，随意地擦拭了一下刀上的蘑菇黏液和血，他舔了一下自己一点血色都没有的嘴皮，眼中闪着赤红又血腥的光，"杀死你们，游戏就离结束不远了。"

　　小木柯飞快地奔跑着，他的心脏从来没有这么痛过，他能清晰地感觉到超过他心脏负荷量的血就像一个炸弹一样灌入了他的心脏，然后在他的心脏中随着"扑通"一声爆炸开，那些艳红的血又穿过心室，用一种让他感到剧痛甚至手脚发麻的方式冲入他四肢的每一根血管里。

　　他用尽全力大口吸气呼气，但是感觉空气被一层无形的，风一样的过滤膜给隔开，肺部吸收不了空气中的氧气一般烧灼着。

　　木柯从来没有跑这么快过，在他有限的生命里，他更多的时候是蹲着仰着头看着别人，因为那样的姿势回血更容易，木柯从来没有用过这么一个让他感觉自己下一秒就要炸裂开的速度迈开自己的双腿，用这样一个变成风中的一只小虫子般的速度奔跑着，他也从来不知道自己居然可以跑这么快。

　　木柯抱住从白六身体里抽出来的血袋，他感觉自己下一秒就要把血呕到这个血袋里。

　　他眼里盈满生理性的泪水，飞跑着、窒息着，就像一只名贵却拥有先天性缺陷的猫一样，终于在天敌的刺激下从温室当中觉醒奔跑的本能，木柯知道自己膝盖在发软，他的大脑因为缺氧一片空白，但他还是在机械地迈动着双腿跑着。

不可以停下，要活下去木柯，白六躺在他的臂弯里虚弱地说道，好像在祈祷，好像在乞求，又好像在平静地告诉他一定要做到的事情——木柯，你一定要救下我的投资人，一定要活下去，木柯。

一定要，一定要——木柯的眼前开始变得蒙眬，不是他哭了，而是他因为极速的运动眼前已经开始有点发昏了。

木柯开始流鼻血，鼻血滴在他紧紧抱住胸前血袋的双手手背上，但是他对这些已经没有了任何感知，木柯只是双目空洞地在跑着，完全没有意识到他身后的苗飞齿已经追上了他。

苗飞齿握住双刀，有点无语地看着还在疯跑的小木柯："妈的，你这小崽子还跑得挺快，差点就没逮住。"

他举起了闪着寒光的双刀，稀薄摇晃的影子映在地道的墙面上就像举着镰刀的死神，苗飞齿对准已经没有意识但还在奔跑的小木柯的肩膀狠狠划下。

小木柯的眼前一黑，他感觉自己被一道从另一个方向滑过来的风用力又轻灵地托进了怀里，小木柯被人扶住后脑勺埋在穿着病号服的胸膛里，他耳鸣了好久才感受到温度从他的额头传过来。

有人救了他，而他现在抵在了这个救他的人心口的地方，对方的心脏和自己的完全不一样，和缓平静地，一下又一下地跳动着，就像是没有人会去的偏僻悬崖的岩石上规律滴落的水滴，没有人可以打乱他心跳的频率。

——哪怕是这个人现在手里握住了一双足以杀死他的弯刀，也不足以打乱他的呼吸和心脏搏动。

系统提示：玩家白柳使用牧四诚的个人技能"盗贼潜行"，移动速度 +3700，体力飞速下滑中……

系统提示：玩家白柳使用牧四诚的个人技能"盗贼猴爪"格挡住了玩家苗飞齿的攻击。

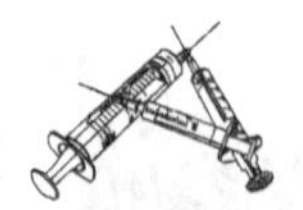

“操你妈的，又是你白柳！！”苗飞齿瞬间炸了，他咬牙把刀往下压，“刘怀手也没了，你自己送上门来，我看今天还有谁来帮你！！”

苗飞齿厉声喝着，双刀狂舞，刀锋的银光在地道闪成了一片，白柳把小木柯往后一丢，推了一下他的肩膀示意他继续往前跑，同时侧身避开苗飞齿用力劈入他另一只肩膀的一刀——苗飞齿这是故技重施，在不清楚白柳的生命值还能撑多久的情况下，他想速战速决缴白柳的械。

白柳利用高移速侧身躲过苗飞齿这蓄了力的一刀，又回身用猴爪极快地和苗飞齿对了几下，他且战且退，尽力躲避，不要让苗飞齿的刀擦到他，但苗飞齿怎么会轻易放过白柳，他手上的攻势越发凌厉，眼看白柳就要撑不住了。

小木柯往后跑了两步，他的心脏还在咚咚咚地跳着，并不平静，他在跑的时候突然转头看了一眼那个救了他还在战斗的投资人。

这是一个会救小孩的投资人——“他不会杀你的，因为他是个奇怪的好人，他会救你的。”

小木柯突然哭着笑起来，他磕磕绊绊地迈动双腿奔跑着，眼泪就像是外涌的情绪流满了他小小的脸——他的确救了我，白六，你的投资人真的太奇怪了，明明不是一个好人——

他害死了你，却救了我，我搞不懂他到底想做什么，就像是我也搞不懂你想做什么。

明明你和他都不是好人，但最后都为了救我拼尽了全力，但我们周日才认识，而周三的时候，你和你的投资人看起来就都要为了我死去了。

我不想这样。

小木柯奔跑的脚步停下了，他想转身回头，结果被一个藏在蘑菇丛中的人一扯，他差点吓得叫出声，但很快被对方眼疾手快地捂住了嘴。

对方压低声音，有点奇异地上下扫视他两眼："……你往回跑干什么？！送人头吗你？别去给他添乱！"

小木柯满脸都是黏糊糊的泪，他抱住怀里的血袋哽咽着看着那个人："但我不想看他为了我死，我答应了白六一定要救他的。"

木柯呼吸很轻地沉默了一会儿，然后说："我也不想看他死，但他也答应了我不会死，所以我们相信他，等着就好。"

木柯和刘怀藏在地道的一个拐角，这两个人都没有什么战力了，于是白柳要求他们躲起来，自己出去单独应敌。木柯一开始激烈反对，说白柳生命值 0.5 的战斗能力难道能比他好到哪里去吗，这可能是木柯第一次带着讽刺意味反驳白柳，不过很快他就在白柳的目光下面红耳赤地停止了自己的讽刺，却没有道歉。

但很快白柳提出了一个可以短暂控制住苗飞齿和苗高僵父子二人的计划，而这个计划勉强说服了木柯。

"这个地道是畸形小孩怪物白天的栖息地。"白柳说，"九点一到，它们就会从外面回来，这些小怪物如果遇到我们这些外来的闯入者肯定会发起攻击，但它们找人是靠电话定位的，而我们……"

木柯顿悟："我们有两个可以避免被定位的电话！是从畸形儿童那边抢过来的！只要我们的电话保持接通，它们就找不到我们，就会去攻击苗飞齿他们！"

白柳点头："虽然这种攻击不一定能拖很久，但可以让我们带着小木柯逃出去，医院那边是肯定不能去了，九点过后那边的投资人和护士都开始活动了，不安全，只能从教堂那边走，那边是儿童安全区。"

木柯深吸一口气看向白柳，他身体前倾，正对白柳的目光和语气甚至有点咄咄逼人："好的，白柳，你的这个计划看起来好像毫无问题，但我有一个问题想问你，我们只有两个从畸形儿童那边抢过来的电话，我们这边有三个人，也就是说有一个人的电话是没有办法占线的，这个人还是会像苗飞齿和苗高僵一样被攻

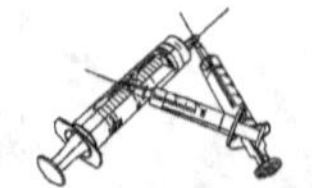

击，你准备让谁当这个会被攻击的人？”

白柳的视线很短暂地接触了一下木柯的视线，他垂下了眼眸：“等有了小木柯，我们就有第三台可以打过来让我的电话占线的电话了，或者我们可以捡一台这些死掉的畸形儿童的电话，又或者我可以去偷一台，总是有办法的。”

“你不要想糊弄我。”木柯的胸膛微微起伏着，他很冷静地反驳白柳的话，“儿童的手机在九点之后无法拨出电话，死掉的畸形儿童的电话无法使用，而你要去偷一台电话这个方法……”

木柯的目光落在断臂上，他的呼吸和语气都开始变得急切：“你只有一只手臂可以用，如果偷盗你就没有办法抵挡攻击，而我们这边已经没有任何人可以配合你的偷盗了，刘怀神志不清，我没有攻击力，你说的这些方案根本就不能用，所以最终我们只有两台可以用的儿童电话。”

“这意味着三个人当中必然有一个人的电话会响。”木柯直勾勾地盯着白柳，“白柳，这个人是谁？”

白柳很静地抬眸看着木柯，他的眼眸中很平静，就像是清澈的，可以一眼就望到底的湖泊。

“你不是已经猜到了吗木柯？这个人是我。”

木柯缓缓吐出一口浑浊的气体，他双手拧在了一起，竭力保持平和地说出这句话：“我不同意，白柳，我不同意，你的生命值只有 0.5，我和刘怀不具备攻击力，我们根本没有办法，也没有能力在混乱中保护电话响动的你。”

“没有人可以保护你，你真的会死的。”木柯一字一顿，他看着白柳毫无动容的表情，声音干涩地请求，“……别这样好吗白柳？”

白柳顿了一下，他忽然轻笑一声：“谁说没有人保护我的？”

木柯一怔：“还有谁可以保护你？”

白柳摊手，耸肩，很无所谓地笑了一下：“我自己就可以保护我自己。”

但最终白柳还是以一个非常非常冒险的方案说服了木柯。

木柯闭了闭眼结束了回忆，他低头看向手腕上他昨晚从爆炸废墟里捡到的一块表，秒针缓慢地转动，最终对准了12。

九点了。

木柯的呼吸放缓之后又迅速地急促起来，他拿出电话拨打了刘怀的电话，确保刘怀的电话处于占线的状态，不会被回巢的畸形儿童打电话过来找到。

但仅剩的一个儿童电话，木柯拿在手心里，却没有动，木柯抬头看向还在和苗飞齿周旋的白柳，攥紧了手里的电话，手指在上面迟疑了几下到底要摁下哪个电话号码，最终他靠在墙上深呼吸，手指有些发抖地摁下了自己的电话号码。

木柯的电话还没来得及响起就被他接起了，现在两个电话都没用了，木柯靠在墙上咬牙闭上了眼，不敢看后面的情形。

——如果事情不像是白柳预想的那个样子，那白柳就必死无疑了。

两边的通道尽头都传来窸窸窣窣的，就像是耗子在地面蹿动的声音，这声音从四面八方传来，就像是有一群耗子嗅到食物的味道在从地底往外钻一般。

木柯的鼻翼间流动着一种更加浓郁的血腥和腐烂气息，这味道气息都离木柯越来越近，但奇异的是他并没有看到任何东西靠过来，而那个蹿动的声音已经越过他往前走了。

他怀里的小木柯扯了扯他的袖子，面色诡异地指了指上面。

木柯仰头看向了地道上方——他不由得屏住了呼吸，很多奇形怪状的畸形小孩，尖头方脑的、四肢细小变形的、骨头隆起的、肤色白得不正常的、张着大到不正常的嘴巴的、眼睛长在太阳穴位置的、残疾的蹲在地上的——这些畸形小孩身上都贴满各种输液袋子，就像是夜间的蝙蝠一样挂在地道的顶壁上摇摇晃晃地前行，眼珠子折射出晃人的绿光，就像是某种吸血蝙蝠的变种。

地道里光线极其昏暗，在加上这些小孩都是埋在蘑菇丛里蹿

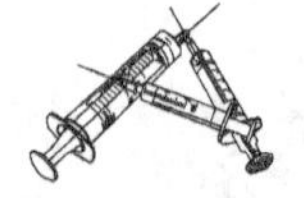

动走的，身上又贴满了和蘑菇一样底色的五颜六色的袋子，木柯一时之间没有意识到这群小孩是从上面"走"过来的。

"飞齿，已经九点了，我听到声音往这边过来了，那群畸形小孩回来了！"苗高僵压低了声音，"别管白柳了！杀他没用的！抓孩子！注意不要惊动那群小孩怪物了，听声音数量很多，会耗费我们血量——"

苗高僵话音未落，白柳毫不犹豫地从身体里抽出一根雪白的泛着莹光的长鞭子，对着正上方凌厉甩去！

他的鱼骨鞭攻击力不强，伤害不到这些小孩怪物，但他的武器判定力很强，会瞬间吸引这些小孩怪物的仇恨值和注意力，果然，本来窸窸窣窣往前蹿动的畸形小孩全部停下了脚步，绿莹莹的眼珠子睁开，直勾勾地看向了下面几个投资人。

系统提示：玩家白柳激怒了回地道睡觉的畸形小孩，它们决定狠狠地惩治这个坏家伙！

"妈的！白柳你疯了吗！！！这个畸形小孩怪物也会攻击你的！！"苗飞齿抬头看到顶上那么多小孩怪物，脸色也变了，"怎么会有这么多小孩怪物！这家医院到底杀了多少小孩！！"

小孩们仰头发出尖厉的叫声，它们顺着墙壁就像是蠕动的被惊扰的蝙蝠那样张开尖利的爪子，抓在墙面上密密麻麻地往下爬动，往苗飞齿和白柳这边靠近了过来。

但在这样昏暗的地道里，光是靠眼睛肯定是无法准确定位自己要攻击的对象和自己的同伴的，就像是蝙蝠靠着超声波定位一样，这群在地道里生存许久的畸形吸血怪物小孩眼球和视力已经发生了一定退化，它们也是靠声音定位的。

苗飞齿、苗高僵和白柳的电话同时响了起来，这群小孩就像是嗅到腥味的蝙蝠般，瞬间就举起了手中的注射器往电话响起的那边涌去，它们咯咯地天真地笑着，脸上带着过分纯稚的表情，手里却拿着就像是能把人头扎穿那么大的注射器，不停地挥舞攻击着，并且看起来力道还不小。

白柳把电话夹在肩膀和下巴之间，他毫不犹豫地摁下接通按钮，接起第一个电话，电话对面是一声尖厉的细笑："这位投资人先生，我找到你了！"

从一堆堆叠的畸形小孩里猛地蹿出一个小孩，它笑得阴森纯真又狰狞，猛地举着一个巨大的针管往白柳这边扑过来，被白柳一鞭子抽开了，但从此之后这小孩就黏上了白柳，伏趴身体在白柳身边游走，就像是觊觎着糖果的孩子般，随时准备冲上来把针管扎入白柳的脖子里狠狠抽一管鲜血饱餐一顿。

同时，白柳的电话又响了，他面不改色地再次接起，还是同样尖厉的畸形小孩狞笑声："找到你了！血！我要血投资人先生！"

一个满身黏液的小孩从墙壁里蹿出来，眼看要咬到白柳的肩膀了，被白柳险之又险地用猴爪抓住之后一鞭子甩开，白柳脸色苍白地咬住嘴边的袋装体力恢复剂吸空，在和这两个小孩怪物周旋的同时，在间隙里又迅速接起了第三个电话。

"血！！"

"给我血！！"

"杀死你！！！"

畸形小孩狰狞地笑着狂吼着，咆哮着，仰着头尖啸着往白柳的周围靠近，围绕在白柳身边的小孩怪物越来越多，他的脸色白得一点血色都没有，虽然没有受伤，但明显周旋得越来越吃力，纯靠鱼骨鞭的强判定才能格挡住，但随着他接起的电话越来越多，白柳撑不住只是迟早的事情。

就连苗飞齿都十分惊异于白柳这种自取灭亡的做法："白柳疯了吗？！为什么不停地接电话，他只要接起来就会被打电话的那个畸形小孩彻底锁定，跑不掉的！"

看到白柳都快被自己接电话引来的小孩怪物淹没了，苗高僵心中也觉得很怪异。

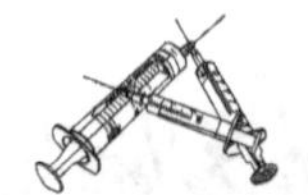

　　虽然这种接起电话的方式可以有效降低被群攻的效率，但弊端也很明显，就是会被小孩一直缠上，所以苗高僵他们是绝对不会用这个办法的——多次游戏经验告诉他们，如果被怪物一直缠上是件很麻烦的事情。

　　苗高僵自己防御高倒是扛得住，但苗飞齿的血量已经被这些成堆扎叠过来的小孩靠着群攻吃了 1 点了！而且他实在是不想把时间浪费在和白柳周旋上。

　　"我抓到了我的儿童，那个跑掉的小孩是木柯！"苗高僵死死抓住小苗高僵的手，他咬牙吼道，"飞齿，我们先突围，别管那个小孩和白柳了！！"

　　苗飞齿不甘心地回头看了一眼，但看到负隅顽抗的白柳他又没忍住冷笑了一声："算了，反正你也会死在这个地道里，区别只在于是不是我杀的而已。"他提起双刀砍开围攻他的小孩子，追着苗高僵的脚步去了。

　　他背后的白柳被渐渐涌过去的小孩盖住了，正当苗飞齿以为他们会就这样走出地道的时候，那边的白柳忽然笑了起来。

　　他接起电话，脸上终于露出那种意料之中松了一口气的轻松笑意："总算是等到你打来了。"

　　电话那边的声音有些嘶哑，但依旧平静："是我。"

　　教堂那边的尽头突然有什么东西在飞速移动着，这个东西踩在所有堆成小山一样的畸形小孩的身体上，如履平地一般地踩踏了过去。

　　就像是一阵从教堂那边的入口吹来的，神用于拯救世界的风一般，稳稳地一脚扫开那些堆砌得都快压住白柳的小孩，脚掌又轻又稳地前点落地，疾跑的风吹拂起他染血的衣服，又落下。

　　有人，这样说似乎不太对，应该说有一个小怪物从天而降。

　　他就像是飘落的柳树叶般落在了包围白柳的圈内，宛如未长大的保护神一样稳稳地挡在了他的前面。

　　白柳的电话声停止了，所有的畸形小孩失去了寻觅的猎物，开始茫然地往后退，看起来就像是被这个突然出现的人给震慑了般。

躲在暗处的小木柯一动不动地看着那个突然出现的家伙，他连呼吸和眨眼都快忘记了，只能专注地、全神贯注地看着那个挡在白柳身前的小孩，他的表情是如此地认真又用力，好像下一秒就快要哭出来。

白柳好像是和这个人十分熟悉又十分默契，随手就把自己的鱼骨鞭子扔给了他，伸出猴爪和他背靠背站着。

这个只有白柳肩膀那么高的小孩偏过苍白的，染着血污的，粘着湿漉漉的头发的侧脸，他垂落身侧的手背和赤裸的脚背上全是大大小小青乌的针孔，这是抽血的时候留下的痕迹，嘴唇干裂发乌，身前的衣服上全是黑色的被吐出来的血液，发尾沾着受洗池的水，湿漉漉地垂在他瘦削单薄的肩膀上。

小白六举着电话，白柳也举着电话，他能听到小白六平淡的声音同时穿过电话和空气，就像是什么优美的多重奏一般落在他的耳朵里。

他听到小白六对他说："早上好，投资人先生，我好像没有来迟。"

小白六抖动了一下自己手上的骨鞭，他没有呼吸，没有心跳，就连说话的声音都有种奇异的宁静和嘶哑："死后还让我接活这种事情，我可是要翻倍加钱的投资人先生，一分钟两百块。"

白柳懒散地笑起来："好，随便你加，我所有的钱都是你的。"

系统提示：玩家白柳的副身份线因死亡后被抽血，抛尸地道，尸体产生异化，最终异化完成——

玩家白柳的副身份线成为怪物书中的畸形小孩。

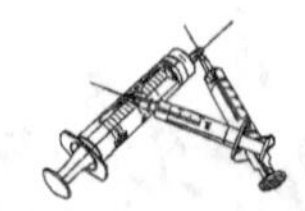

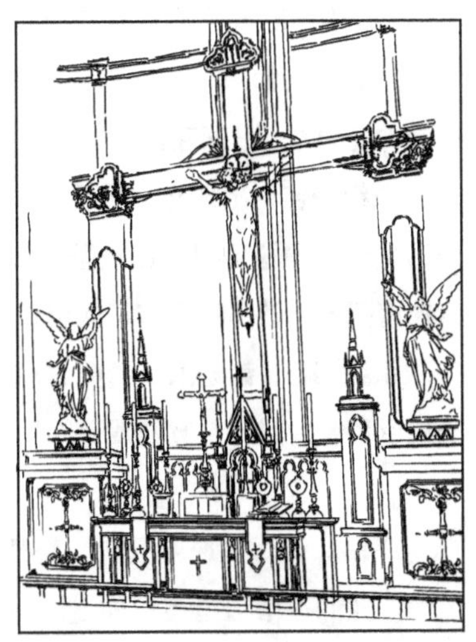

CHAPTER 36

　　小白六目光落下，他的一只手向后往白柳的口袋里放了什么东西，与此同时他另一只手抽出鞭子，然后迅速毫不留情地一鞭甩出。

　　鞭子上的风荡出波浪般的涟漪，就像是汹涌的海浪般推开了畸形小孩的包围圈。

　　在畸形小孩尖厉的哭喊咆哮中，站在小孩身躯堆成的尸堆上的小白六面无表情地垂下眼帘："好吵。"

　　他垂落身侧的手腕抖动，又是一鞭甩出，小孩堆被瞬间打散四逃，它们的哭喊越发凄厉。

　　系统提示：检测到异常行为，正在分析核心数据……分析完毕——玩家白柳副身份线精神值已清零，异化完毕，应成为怪物攻击游戏玩家，检测到出现保护玩家异常行为……正在检测数据

汇总上报中……

系统提示：玩家白柳副身份线（已死亡怪物化）出现违背《怪物书》准则行为……启动怪物精神值强制校准程序——该身份线的精神值为 0，已彻底怪物化，无须校准。

系统警告：出现无法解释的怪物行为，该怪物精神值已归零，但仍然保持理智可以做出一些主动行为，攻击防守数据未知，因精神值归零，该怪物极有可能出现战斗力狂化攀升！

系统警告：请玩家们谨慎游戏，远离该异常怪物，尽快通关！通关后系统会强行重置游戏消除异常数据！

小白六的行动速度极快，和开了牧四诚技能的白柳几乎不相上下，他们在甬道里飞速前进跳跃着，在几个呼吸之间就到了正在逃跑的苗飞齿和苗高僵的背后，小白六赤脚踩在墙壁上几个纵跳，旋身甩手，干脆利落地出鞭。

在听到声音回过头来的苗飞齿的眼珠子的映像中，是一个诡异的、面色苍白的怪物小孩拿着白柳那根除了判定一无是处的鞭子，对准他凌空劈下的画面。

如果是平时苗飞齿也就不甚在意地接了，因为他是用过白柳这根鱼骨鞭子的，这鞭子很奇怪，只有判定没有伤害，接了他最多踉跄一下。

但在白六的鞭子要落到他身上的一瞬间，不知道是苗飞齿已经接近"死亡预知"的生命值让他提高了警惕，还是多次游戏给苗飞齿留下的，无数次让他死里逃生的第六感直觉的警告——

苗飞齿无比清晰地感知到，如果他接了白六这一鞭子，他有可能会死。

苗飞齿闪身躲开这一鞭子，鱼骨的骨节就像是车轮一般擦着苗飞齿的脸滚着落下，两端的骨刺在苗飞齿的脸上轻微地擦出了一道血痕。

鱼骨以一种不可阻挡的气势砸在地上，瓦砾顺着鞭子砸下的

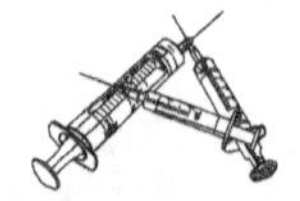

轨迹四处飞溅，地道昏天黑地地摇晃了两秒，在畸形小孩们越发尖锐的哭吼声中，小白六脸上没有任何情绪地把在地上砸出了一条长长坑痕的鱼骨鞭拖了回来。

苗飞齿后知后觉地抬手摸了一下自己脸上的伤，他神色有些发怔地摸到了血从伤口里流出来——那是死神和他擦肩而过在他脸上留下的吻痕。

这根鱼骨鞭到了白六手里，就变成了完全不一样的东西，就像是被开过刃的绝世妖刀在最适合拥有它的人手中，小白六一手执鞭抬起眼皮看向苗飞齿的时候，让苗飞齿控制不住地想起了另外一个用鞭子也会给他如此强大的压迫感的玩家。

黑桃，蜥蜴骨鞭。

苗飞齿的食腐僵尸和黑桃的杀手序列团队打过一次团战，那是黑桃他们最好的成绩——黑桃一挑五，一分钟内结束了比赛。苗飞齿被免死金牌保护着登出赛场的时候，人都是蒙的，他甚至还没来得及掏出双刀。

当比赛结束的时候，黑桃握着还在滴血的鞭子，踩在苗飞齿的头上的时候也是用这种眼神居高临下地看着他——就像是看什么没有意义的数据，踩死也不需要多给眼神的蝼蚁，不值得他多留意的平凡东西。

"爹！！！"苗飞齿回头一边狂跑一边吼，"开防御跑！！别回头！！往外面跑！一定要躲开鞭子！！那根鞭子的伤害特别高！！"

苗飞齿开了全速在疯跑，苗高僵咬牙开了防御，小白六不为所动地收鞭回来，然后又一次甩动整个上臂挥出鞭子。

鞭子在极速运动之时带着闪闪的白光，宛如闪电般的圆弧地动山摇地劈在了地道里，苗飞齿直接被鞭子落下来砸碎甩飞的石头给埋了进去，而苗高僵则是被小白六瞄准了，虽然他在最后一刻勉强打滚躲过了，但也被鞭尾砸到了脚踝。

系统警告：玩家苗高僵生命值下降 7，剩余生命值 16，请玩家尽快离开危险场景！

系统警告：玩家苗飞齿生命值下降 1，剩余生命值 9，请玩家尽快离开危险场景！

另一个出口的曙光照在因为被砸伤了脚踝，走路摇摇晃晃、一瘸一拐的苗高僵的脸上，他另一只手托着昏迷过去生死未知的小苗高僵，他的脚踝正在渗血，每一步走动都会留下一个血脚印，白六脸上没有丝毫同情或者怜悯，眼看他又要抽出鞭子甩过去，盯着的还是苗高僵。

白六做事情目的很明确——他用鞭子准头一般，苗飞齿移动速度很快他不容易打到，那么干脆就先针对行动相对更迟缓的苗高僵。

先弄死一个是一个，给白柳他们降低负担。

苗飞齿抽出双刀呛咳着把自己刨出来，还没站稳就看到了白六又要对准苗高僵甩鞭子，苗飞齿咬牙甩出双刀，这弯成了上弦月的刀在空中变成了两柄回旋镖，直直冲着白六而去，看起来似乎想要靠这刀打断白六的出鞭过程。

系统提示: 玩家苗飞齿使用远程攻击个人技能"锁定回旋刀"。

白六弯腰躲开回旋刀的同时，他目光冷然，手上的鞭子依旧要对准苗高僵挥出去，苗飞齿厉声喊道："你回头看看！！我要杀的是你背后的投资人！"

回旋刀果真越过白六往身后去了，小白六眼神一凝，他毫不犹豫地转身出鞭就钩住了一把回旋刀，但另一把还在往白柳那边旋转。

白柳很沉得住气，他伸出猴爪准备去抓。

但"盗贼猴爪"这个技能对上苗飞齿的攻击判定只有 50% 了，

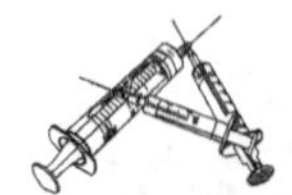

白柳现在只要被攻击到就会死亡，小白六不能赌这 50%。

白六瞬间放弃了继续追杀苗高僵，他咬牙飞跑伸手去抓那把往白柳那边飞的刀，在刀尖已经旋到了白柳眼前的时候，白柳伸出猴爪握住了刀尖，而刀柄被飞跑过来的小白六死死抓在手里，他的胸膛有些起伏——他虽然已经死亡了，但死亡的时间不久，在情绪波动剧烈的时候，他会下意识模仿生前的动作。

比如现在他如果有心跳，那他的心跳应该就很剧烈。

苗飞齿乘着这点时间，飞快地拖着苗高僵和小苗高僵往教堂那边的出口跑去了，小白六"呼吸"声有点急促，他握住的苗飞齿的刀渐渐变得透明自己消失了，应该是被苗飞齿召唤了回去——这也是缴械不能没收道具的原因。

个人技能道具和玩家绑定很密切，可以随时召回，也不会轻易掉落，只能通过刘怀那样的临终转交协议转交，所以一般缴械都是砍玩家双手。

小白六回头看了一眼那个洞口，有点微妙地喷了一声："一个都没杀到，亏你还给我开了杀死苗飞齿和苗高僵各二十万的高价。"

他说完这句话就捂住嘴，皱眉呛咳着靠在了地道的墙壁上往下滑落着。

小白六白得就像是瓷器一样的手指间淌出某种很奇异的、就像是内脏腐烂之后的黑色黏稠液体，里面还夹杂着一些内脏碎块。

白柳蹲下来拍了拍小白六的肩膀："就算最后苗飞齿不偷袭我，你这具身体，或者是尸体也撑不住了。"

白柳用病号服的袖口擦拭白六嘴边不停往外流的，就像是血液的东西，但小白六已经没有血了，已经被抽干了。

白柳用一种好像在叹息又好像在夸奖的语气对蜷缩起来的小白六说："精神值归零异化强制爆发的状态对你的身体消耗太大了，你最后一次挥出鞭子的时候，我感觉你的状态就下滑得很严重了，已经很逞强了，你已经做得很好了，钱我会给你的。"

小白六用黑漆漆的眼珠子看着白柳，他嘴里还在渗"血"，说话因为呛咳有点断断续续："……我虽然已经死了，但你给我的钱，我不要冥币！"

白柳："……"

你的关注点都是什么奇奇怪怪的东西。

背后一直跟着的大小木柯扶着意识模糊的刘怀过来了。

小木柯一看到小白六就挤开了白柳这个讨厌的投资人，扑通一声跪在了他面前，眼泪流得比小白六的"血"还快，他伸出手似乎想摸一下小白六，但在触碰到小白六冰凉的身体的一瞬间，就像是被这冷冰冰的温度灼烧了一般迅速收回了手。

他的眼泪掉得更快了，哭得鼻涕都要流出来了："呜呜，白六，你怎么样了？"

"咳咳，还好，死得不算痛苦，刘佳仪给了我一个痛快。"小白六神色淡淡地说。

听到刘佳仪的名字，意识迷蒙的刘怀勉强抬了一下头，他喃喃了两句佳仪，不过几秒之后眼神又涣散开，失去了焦距，头也低了下去。

白六把目光移了过去："这是刘佳仪要救的那个哥哥吧？你们已经把人搞成这样了？以她那个报复心，她绝对会弄死你们的。"

"不是我们想把他搞成这样的，这是生命值下降和精神值暴跌之后的后遗症，现在这样都是我们一直喂精神值漂白剂保持的一个状态了。"木柯解释道，他有些无奈地苦笑了一下，"我们也没有其他办法了。"

"我觉得不光是我们导致的。"白柳的目光对上了白六的，他不紧不慢地说，"这不就是刘佳仪想看到的吗？她的哥哥终于如她所愿地为她付出一切，而且比起先杀死我们来讲，她应该更会想方设法吊住刘怀的命吧？"

白六定定地看向白柳，突然嗤笑一声："这就是你当初把硬

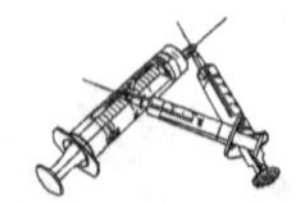

币给我的原因？为了让刘佳仪看到你把最重要的游戏管理器给了我，让她以为你们真的彻底放弃了'投资人'那一方的通关方案，她已经得到了自己想要的——也就是刘怀为了她彻底放弃自己的性命那样爱她——从而在逃跑的时候露出马脚？"

白柳从自己的兜里摸出那枚硬币慢慢悠悠地戴上——这是刚刚小白六在追杀苗高僵之前，还给了白柳的东西。

小白六的目光从那枚挂在白柳脖子上的硬币移到白柳的脸上，他很平静地问："你见到我之后，有说过一句没有目的性的话吗，白柳？"

"'你对我很重要'这一句是。"白柳微笑着说。

周二，受洗日，唱颂歌的下午，教堂背面的树丛里白柳和白六正在计划着周三的出逃计划。

小白六摸着白柳给他的这枚硬币，白柳半蹲着教他怎么使用硬币里的一些功能，然后突然开口："哦，对了，你还记得我让你保护的那个小女孩刘佳仪吗？"

"她吗？"小白六眉头皱起，"她我觉得很奇怪，她对这个很诡异的福利院显得非常适应，并且很快就摸清了很多规则，我觉得她完全不需要我的保护。"

"这样吗？"白柳若有所思，"这个小女孩的生命值只有50，我之前对于这点有两个猜测。"

白六看他："什么猜测？"

"第一，这女孩中毒了，这点是很有可能的，我目前得到的信息已经可以验证这点了，但这样会有一个很奇怪的点——"白柳说，"这种猜测无法解释为什么刘怀会和她绑定，也无法解释为什么刘怀的生命值要被削弱50%。"

白柳一边说一边调试硬币操作面板给小白六看："但她这种被强制削弱的情况，我后来想了想，对我来说其实有点熟悉，我之前也遇到过两次，但一般是因为玩家某种属性超出了游戏的平衡范围，所以系统会为了协调游戏各方面的平衡性，而强制性地削弱玩家。"

小白六很快就明白了白柳的话的意思："你是说刘佳仪的某种属性强到了系统必须要削弱她的生命值？"

"不仅是削弱，而且还要绑定刘怀来限制她通关。"白柳一边给小白六调出商店面板一边说，"我第一次玩游戏在游戏结束的时候被系统强制削弱，但那个时候是因为我展示了破坏游戏平衡性的技巧，已经超出常规游戏线路了。"

"但刘佳仪是一进游戏就被削弱加限制了，这可不像是一个第一次玩游戏的新人会出现的情况。"

小白六虽然一场游戏都没有玩过，但他跟上白柳的思路的速度总是异常地快："你的意思是，刘佳仪很有可能是一个老玩家？"

白柳摸摸下巴："我的确有这样的猜测，而且从这个游戏你什么属性强就从什么地方削弱你的处理方法来看——比如在我的第二场游戏中，有一个玩家的幸运值强到影响游戏性了，就被削减了幸运值——这个刘佳仪很有可能是在生命值上有什么特殊个人技能——比如恢复生命值之类的。"

小白六皱眉："但你不是说这个技能很少有人有吗？"

"是的，所以这进一步缩减了我的怀疑范围。"白柳若有所思，"从目前我知道的情况来看，我觉得刘佳仪有可能就是一个叫作小女巫的玩家，但据我所知，这个玩家的技能不仅仅是恢复技能，还有很强的攻击技能。"

小白六评价："听起来是一个很棘手的玩家。"

"但我想要她的灵魂。"白柳低头直视小白六，语出惊人，"我需要她这种类型的玩家。"

"比较麻烦的是她已经知道我可以靠着操纵人的灵魂来操纵玩家，她不会轻易地同意和我的交易，我只能从其他地方入手。系统用刘怀来限制她，并且她现在都在对刘怀隐瞒自己的身份，这都证明刘怀对她来说很重要。"

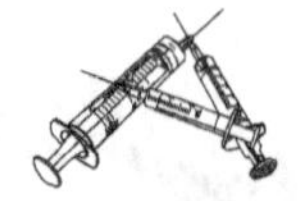

白柳摸着自己的指骨思索着："我们可以先从刘怀这个角度入手来试探她，看她到底想要什么。"

"综合各种信息和利益最大化的角度，我做了一个计划。"白柳点了一下小白六心口的硬币，"你带着木柯和刘佳仪跑出去，但她估计不会让你成功，你们逃跑中途多半会出各种状况。"

"但没关系，我给你做了容错方案，我会在私人医院那边弄出一场突袭，延迟你被送到医院的时间，也就是说你还可以有一次往外跑的机会。"

"然后计划进行到现在这个地方，就会出现两种走向。"白柳掀开眼皮看向小白六，"第一种就是我在明天的突袭中死掉了。"

"如果是这一种情况，你第二天就不用管刘佳仪直接往外跑，只需要带上木柯就行，我们放弃收购刘佳仪的灵魂，一切以通关跑出去为重要前提来执行计划，医院那边有车，你可以过去偷一辆车用'乘客的祝福'这个道具带着木柯往外跑，这样可以避免大部分的怪物的伤害。"

小白六眼珠子动也不动地看着白柳："如果医院那边的投资人玩家来抓我怎么办？"

"我会让人把我的尸体扔在其他怪物病人病房里，然后我会被这些怪物吸血，用毒雾攻击，直到我的精神值彻底清零，尸体异化成和那些怪物一样的病人怪物，但同时这样我就可以变成更有攻击力的怪物，在你们出逃的时候，我会尽量保持清醒在医院拖延来追击你的玩家来争取时间，从而保护你。"白柳平淡地说。

小白六静了两秒，然后他十分不解地开口："为了救我，你会一辈子被异化成怪物留在你所谓的这个游戏副本里，你也不在乎吗？为什么要为了我做到这个地步？"

"因为我也希望你为了我可以做到这个地步啊，小白六。"白柳很轻地开口，他前倾身体直视着小白六因为困惑而有些空蒙的黑色眼睛，"如果我没有死在这场突袭里，我就希望你为了我死后变成怪物——我们就会进入另一种走向的计划里。"

"我会完全控制住刘怀，然后我需要你去找刘佳仪降低她对我的戒心，让她相信你和你的投资人，也就是我是真的很想救她，这样我会更容易地取得她的信任，从而取得她的灵魂。"白柳垂眸看向小白六，他的声音越发地轻，轻到就像是一块盖在人脸上的丝质白布，在小白六仰脸望着他的时候缓慢地飘下来，"你知道该怎么做吗？"

小白六直勾勾地看着白柳。

白柳说："让她亲手杀了你，然后让木柯把你的尸体扔在可以异化的地方，变成怪物来帮我。"

小白六的呼吸顿了两秒，然后他面无表情地讽刺出口："我亲爱的投资人先生，你可能是异想天开了，不是每个人都像是你这样，喜欢为别人无私奉献，我不会为了你做这么愚蠢的事情的。"

白柳笑眯眯地摸了摸白六的脸，被白六冷漠地别过头去躲开了，他也不甚在意地继续说："我很了解你，白六，或许比你自己都还了解你，你的确不会为了别人做出这么蠢的事情。"

白柳的目光下滑，停在白六胸前的那块硬币上，他双手撑在小白六瘦弱的肩膀上，缓慢俯身把额头抵在这块硬币上，白柳闭上眼睛抵着小白六的心口，他的语调虔诚又认真："但是你为了自己，会做出这样的事情的。"

就像是我愿意为了你死一样，你在知道我就是你之后，你也一定愿意为了我死。

"硬币很重要，你可以好好探索。"白柳勾起嘴角，"注意系统提示时的玩家名字和里面的一些小东西，你会得到一个惊喜的——比如你一直想知道的，我究竟是谁。"

握住硬币的小白六眉头缓慢拧紧。

…………

嘴角染"血"的小白六面色浅淡地看向白柳："现在完全按照你的预期计划进行了，刘佳仪虽然觉得你是个很有心机城府的

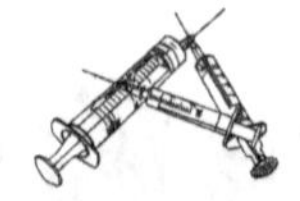

坏男人，但她应该相信了你至少是真的想救她的，你放弃自身保护木柯和我甚至苗飞齿他们的行为，让刘佳仪觉得你对小孩这个群体有某种特殊的怜悯，但很可惜不是。"

"你就是一个彻头彻尾的骗子、浑球。"小白六不带任何情绪地评价，"她对你的第一认知是完全正确的。"

白柳耸肩，毫不在意地接受了白六对他的评价："怎么样，你还行吗？等下能跟着我们走吗？"

小白六呛咳一声，他低着头擦了擦嘴角，眉头微蹙："……我们白天是无法离开这个地道的，就算在夜晚里活动的场所也很有限。"

"这个地道在这些畸形小孩怪物全部回巢之后就会关闭，要等到晚上九点过后才会打开，你们最好快点离开这里，而且我不建议你们带着我一起行动。"

小白六缓慢地抬起头来，因为死亡他的瞳孔已经扩散，看着有种无动于衷的平静："刚刚已经是我能发挥出来的最大价值了，我的内脏在这种极度消耗身体的异化状态下开始液化了，等到晚上我或许就会变成一具真的尸体，或者腐烂成这个地道里用来培育这些蘑菇的一摊烂泥。"

他说着，脸上和手上都已经出现了明显的尸斑，尸斑还在以一种肉眼可见的速度飞快扩散——小白六正在以一种不正常的速度腐败着。

小木柯听到白六这样说，没忍住又哭了一声，而木柯也眼眶泛红地别过了眼，不忍心看狼狈的小白六。

而白柳就像是已经死去的小白六一样，他和这具十四岁的，来自于自己的尸体保持着高度一致，带着一种近乎于无机质的平宁冷静。

听完了小白六说的话之后白柳只是思索着微微点头，说："那好吧，你跟我们走的确没用了，那你就在留在这里腐烂吧。"

小木柯眼中含泪，听到这话他猛地偏头看向白柳，语气和表情都非常扭曲，他用一种不可思议的口吻质问白柳："你就让他留在这里腐烂？！你是畜生吗？！"

小白六被小木柯这个完全发自于内心的质问逗得哼笑了一声，他嘴角流下带有腥气的液体，勉力抬起渐渐变得沉重的眼皮，散散漫漫地勾唇笑着："投资人先生，作为我个人而言，我很喜欢你这副畜生的样子，这是符合我预期的成长方式，请一定保持。"

"我只是在这个游戏里畜生。"白柳也勾起嘴角，他和小白六一起懒懒地笑起来，"在不玩游戏的时候，我都是个很遵纪守法的普通下岗职工。"

小白六别他一眼："让人恶心的伪装。"

白柳忽然倾身向前抱住了小白六，他的下颌抵在小白六的额头上，嘴唇贴在小白六凌乱的，沾满了血污和泥土的发丝上，用一种只有两个人能听到的悄悄话姿态低声耳语："你的尸体会腐烂在这里。"

"但就算你变成了尸体，变成了怪物，变成了一摊烂泥，你也永远不会被这个恶心福利院，被这个恶心的游戏困住。"

小白六后仰着头，他望着抱住他的白柳的眼睛，白柳脸上是那种浅淡又虚伪的笑意，他漆黑得没有涟漪的眼睛里映着渐渐虚弱下去的小白六。

他垂下眼皮在小白六的额头上落下一个仿佛在为他祷告般的吻："——因为我会带走你的灵魂，小朋友。"

小白六有些恍然地闭上了眼睛。

小木柯一边出地道一边回头看地道里的小白六，他眼睛哭得红得不行，开口的声音还泛着泣音："我们真的要把小白六留在那里吗？"

白柳一边往外拖曳刘怀一边随口回答小木柯："他出不来，而且地道也要关了。"

等到白柳把所有人都弄出来之后，他一回头就看到小木柯用

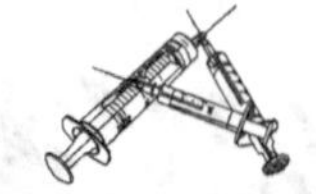

一种充满敌意，就像是下一秒就要蹿到他头顶给他两爪子的猫一样的眼神死死地盯着他："你本来可以救他的。"

"但他同意为我而死了。"白柳假笑一下，他耸肩，轻飘飘一句话就把想要打他的小木柯定在原地，"你要攻击小白六好不容易保下来的投资人吗？"

小木柯被白柳这句话一剑穿心，他狠狠地瞪了白柳两眼，最终不得不哽咽地妥协。

现在他们所在的地方是神像的下面，白柳看向被他们运送过来的奄奄一息的刘怀，又看了一眼自己灵魂钱包里多出来的刘怀的灵魂纸币。

这是刚刚白柳在拿到硬币之后，刘怀在地道和他交易的。

刘怀此人虽然神志不清，但还是记得自己和白柳约定过什么，所以和刘怀的灵魂交易很顺利地就达成了。

以及白柳能感受到刘怀愿意把灵魂给他，不光是因为他之前和白柳约好了，更多的是因为在知道刘佳仪的真相之后，这个求生欲一直很强的大学生，居然存了死志。

白柳低头看了眼刘怀死气沉沉毫无光泽的眼睛，这人跟着他们过来的一路上，都没有怎么说过话。

刘怀之前之所以那么害怕自己死在游戏里，是因为听说游戏会回收人的灵魂，那听起来的确是一件很恐怖的事情，因为不知道游戏会拿他的灵魂做什么，死后也完全无法解脱的确比死亡本身更让人畏惧。

所以刘怀希望把自己灵魂卖给白柳——这是一种保护性的寄存和解脱，至少让他死得安心。

但刘怀就算真的想死，至少也不能现在死。

白柳看向小木柯："你知道刘佳仪在什么地方吗？"

小木柯："在福利院后方那栋楼一楼的手工教室里，倒数第二间。"

白柳搀扶好刘怀。

刘怀没有了双臂之后行动都有些失去了平衡，他的头倒向了白柳的肩窝，无力地半闭着眼睛，呼吸声很急促地在喘息着。白柳侧过头拍了一下刘怀的肩膀，刘怀慢慢地抬起了头，他有些迷茫和反应不过来地望向四周："……我们到福利院了吗？"

白柳则是淡淡地看向他："到了，清醒一点，刘怀，去见你的妹妹了，马上你就会好受一点了。"

"见到她我就会好受了吗？"刘怀似乎终于清醒了一点，他微弱地摇了摇头，惨然地笑了笑，"不会的，我见到她只会越来越痛苦，我已经彻底失去保护她的能力和欲望了。我保护不了她，我不是一个称职的哥哥。"

"失去欲望的玩家是无法在这个游戏里生存的。"

木柯有点着急地看着渐渐失去生气的刘怀，因为感受过刘怀那种剧烈的求生欲望，就算是他能从刘怀的死亡中得到一个技能，他还是对刘怀这个样子分外不忍，忍不住出口鼓励他："你不要这么早放弃啊！我们会尽力想办法让你活下去的！而且你妹妹不是治愈类型的玩家吗！她一定可以救你的！"

刘怀低头，他看到自己别在腰上的匕首，因为他欲望的消减正在缓慢地变得半透明，他突兀地笑了一声，眼泪突然掉下来，声音很低地说："我……其实一直都很努力，很拼命地活着，这个世界上很多对于你们来说，很简单、很轻而易举的事情，吃一顿炸鸡，上一个好大学，拥有一个正常的、可以畅想的未来，对于我和佳仪来说，都是需要豁出去命才能做到的事情，我们唯一可以彼此畅想的关于未来的、最光明的事情，就是对方的存在。"

"但是这个唯一的存在，现在都失去了意义了，活着就变得……太累了。"刘怀的眼泪顺着鼻梁和他紧咬牙关的脸颊往下流淌，他看着白柳，哭得难看极了，"白柳，你要是佳仪的哥哥就好了，你很容易就弄懂了她在想什么，明白怎么更好地保护她，消解她的怨恨和怀疑，但我不行……我太懦弱了，我永远保护不了她什么……"

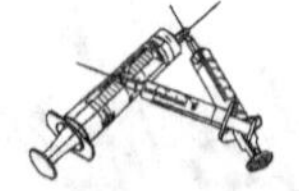

刘怀声音很轻地说："你答应过我的白柳，如果我死了，你一定会带给她光明的未来，不要让她的灵魂为黑暗所侵蚀，不要让她的灵魂被这个游戏所带走，就算死亡也不要。"

白柳看向一脸泪痕的刘怀："嗯。"

说完白柳向上耸了一下肩膀，更好地搀扶住了靠在他肩膀上的刘怀，他目光向前，沉静宁和："但那是你死之后的事情了，现在，刘怀，你可是把灵魂卖给我了啊，至少先体现出一点符合被我购买的灵魂的价值来再去死吧。"

"我买你可是花了整整 1 积分。"白柳淡淡地说。

刘怀的头因为疲惫又低了下去，听到白柳这个话他没忍住被逗得呛笑了一声。

刘怀的目光又从虚无变得凝实，腰上的匕首从半透明又缓慢恢复实体，他呼出一口气："好的，我一定让你这个买家的这 1 积分花得值得。"

福利院后排楼房，一楼，倒数第二间手工教室。

小苗高僵瑟瑟发抖地在前面走着。

苗飞齿和苗高僵跟在后面走着，但脸色都极为不好看，苗高僵的脚踝还在流血，这让他行动缓慢，还留下了痕迹，但他们实在是不敢停下来，那个怪物小孩的攻击力实在是太强了。

苗飞齿喘着气，他无法想象自己在一场和一个只参加了两场游戏的新人的对决中被追得连停下来绑一个绷带的机会都没有，甚至队伍还差点全灭。

之前苗高僵评价白柳"你不觉得他比那些联赛玩家还可怕吗？"苗飞齿还觉得苗高僵说得过了，但现在想想白柳这家伙在昏暗的地道里那张染血带着微笑的脸，苗飞齿只有一种死后逃生心有余悸的恐慌。

地道里那个追击他们的怪物小孩分明就是白柳这家伙的儿童，虽然不知道白柳用了什么技能操控了自己变成了怪物的儿童，但在自己儿童已经死亡的前提下，这家伙明明只有一条"投资人"的通关路径可选。

在生命值只有一丁点，而且还被他砍断了一只手的情况下，白柳只要自己死了就玩完了，居然还他妈敢一个人追击他们，并且还差一丁点就成功歼灭了他们这支在联赛中都很有名气的双人队伍！

如果他能活着离开这场游戏，苗飞齿再也不想和这个疯逼遇到了！

想到这里，苗飞齿看向了走在前面的小苗高僵，他因为恐惧，神色变得有些不耐烦："你说苗飞齿那个小崽子到底在什么地方？！和那个小瞎子在一个手工教室对吗？"

小苗高僵低着头，他嗫嗫嚅嚅地点头，手却越握越紧，脸上隐隐有冷汗滑落。

他知道刘佳仪有问题，那个很聪明的瞎子小女孩应该就是杀了苗飞齿和白柳的人，她的能力甚至会让那些"投资人"忌惮。

但是他没有告诉这两个逼迫他前来的投资人刘佳仪有问题，因为这是他唯一的可以钻的空子，可以逃走的机会——只要刘佳仪对上这两个投资人，他就能找机会逃走了！

他不想被这些奇怪的投资人抽血而死！

小苗高僵战战兢兢地停在了厕所对面的一个手工教室门前："昨晚苗飞齿和刘佳仪就睡在这里。"

门被苗飞齿一脚踹开，里面除了扑面而来的灰尘和血腥气，什么都没有，苗飞齿走进去转了一圈，突然停在一个装的全是碎布料，五彩斑斓的箱子面前——血腥气就是从这个箱子里传出来的。碎布料的正上方放着两个布娃娃：一个是四肢和头都被扯断的，看着很像是白柳的娃娃；还有一个是全身上下扎满了针头、表情狰狞恐惧正在流泪的，很像是小苗飞齿的娃娃。

有一种奇异的，背后发凉的预感让苗飞齿缓缓拂开那些柔软零碎的毛绒布料，下面缓缓地露出小苗飞齿被密密麻麻扎满了针

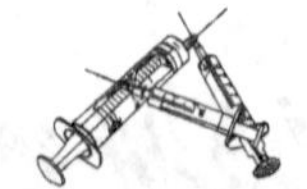

的、惊恐无比的脸。

他死了不知道多久了，皮肤已经开始浮肿，脸上也开始长出蘑菇一样的尸斑，身体被扭成一个很扭曲的角度塞进了这个布箱子里，就像是柔软的布娃娃一样，嘴里还塞满了布料。

苗飞齿凝固在了布箱子面前，苗高僵走上去看，也静止不动了。

隔了一会儿这两个人才脸色难看地对视了一眼，苗飞齿先咬牙切齿地开了口："谁把这个小崽子的血给抽走了？！"

苗飞齿烦躁地挥挥手："爹，你先把你的儿童的血给抽了，回医院养你的血灵芝，能先通关一个是一个。"

他们过来的时候就带了抽血的器械，因为苗高僵攻击了护士NPC还不知道医院那边有没有后遗症——比如不再帮助他们给他们抽血之类的，所以苗飞齿他们下地道之前，还顺手从重症监护室里搞了点抽血的注射器输液管之类的器材。

眼看自己就要被投资人抽血了，小苗高僵终于慌了，他往后退了两步想跑，没想到教室门已经被反锁了，看着苗飞齿他们拿着注射器向自己靠近，小苗高僵一步一步后退，终于在后背抵上墙的一瞬间崩溃地大吼道："我知道是谁抽了苗飞齿的血！是刘佳仪！！"

苗高僵和苗飞齿对视一眼："刘佳仪？她抽其他儿童的血干什么？"

小苗高僵背部贴着墙，他吞咽了一口口水："她应该是想救她哥哥，她在等着她哥哥过来接她抽她的血，并且为了防止血不够，她好像还抽了苗飞齿的血，白六也是她杀的。"

脱离了医院那个让他精神值容易受影响的幻觉，苗高僵此刻头脑稍微清醒一点了，他听了小苗高僵的话眯眼自言自语："为了防止血不够多抽人的血？刘佳仪一个小孩，怎么会知道一个人的血不够？这听起来是很熟悉二级游戏规则的老玩家才会做的事情了。"

　　"但刘怀不是说，刘佳仪是第一次参加游戏吗？"苗飞齿不擅长思考这些弯弯拐拐的问题，他有点头疼地反问了一句，"就算是现在刘怀和白柳合作了，但刘怀那个时候也不像是在说谎。"

　　"这倒是没错。"苗高僵沉思片刻，他的视线落在那个造型有点奇特的丑陋布娃娃上，"而且这个刘佳仪要是他们的人，也不会杀白六的儿童了，我对这个杀人的手法有点眼熟，但一时之间有点想不起在什么地方见过了……"

　　如果是联赛里的玩家，苗高僵都会反复观看对方的小电视视频，这种有点特别的娃娃攻击技能杀人方式，苗高僵只要看过就肯定不会忘，但苗高僵对联赛里的玩家并没有这样的印象，这说明这个刘佳仪就不是联赛里的。

　　但如果完全没有什么亮眼的地方，苗高僵也不会多花精力去看对方的小电视，也不会留下记忆，但他留意过的玩家里，根本没有眼睛瞎了的……

　　这是种隐隐约约的感觉，他好像见过这个娃娃，但这个娃娃似乎不是什么关键性的道具，加上他现在脑力状态很差，所以苗高僵死活想不起来。

　　苗高僵皱眉还在想，但苗飞齿已经打断了苗高僵的钻牛角尖："是老玩家就是老玩家吧，我对这种玩娃娃的小女孩玩家没印象，应该不是什么牛逼玩家，现在关键的点是这小瞎子带着我儿童的血跑什么地方去了？"

　　"我们要找到这个小瞎子把血抢回来，还要抽她的血，我们通关才有保底！"

　　说着，苗飞齿的目光又落回了小苗高僵的身上，他面色阴森地把手中的双刀往前送了一点，抵在这个小孩的脖子上："说！刘佳仪躲到这个福利院的什么地方去了？！"

　　"我、我不知道啊！"小苗高僵崩溃地哭喊着，"她虽然看不见，但我们逃跑的路线和老师的行动规律都是她摸清的，她对这个福利院特别熟悉，比我们要熟悉得多，而且之前我们逃跑的

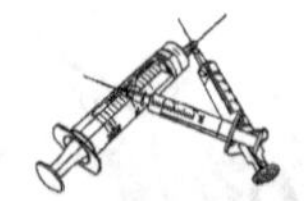

时候抢的老师钥匙也在她的身上，所以什么房间教室她都可以进去，她要是想躲，整个福利院所有的房间她都能躲！"

"你们要找她，只能去联系老师，一间一间地开门去找。"

"操！"苗飞齿爆了句脏话，"这他妈得找到什么时候！"

苗高僵的脸色也非常阴沉："没办法了，你的血又在这个瞎子身上，木柯在他们手里，他们手中有那个怪物小孩，我们轻易抢不过他们，我们的血完全不够，只能挨个找了，先去找福利院的老师吧，说明我们的投资人身份，她们应该是会配合我们找这个小瞎子的。"

这对父子并不知道早上九点之后那条连接福利院和医院的通道会关闭，小白六那份惊骇的战斗力让挨了对方一鞭子的苗高僵越发警惕。

苗高僵昨晚在爆炸中用掉了自己的 S- 爆发防御技能，体力槽被耗空，在今晚九点体力槽恢复之前，他的防御力已经没有办法升上一万了，对上拥有高攻击力的对手，苗高僵会更加谨慎小心。

哪怕是猜到这条通道可能会关闭，他也不会冒险，谁知道里面的怪物白天能不能出来呢？

毕竟教堂那个地方明显是个儿童庇护区，不知道对这些死掉的畸形小孩怪物会不会有同样的庇护效果，所以苗高僵不会轻易地转头和白柳他们对上，苗飞齿也很明显对小白六那个小怪物心有余悸，不会轻易回头。

那么他们的通关路径就只有找到携带苗飞齿血液的刘佳仪这一条。

明明是各方面权衡之下很稳妥的通关方案，但是为什么……苗高僵始终觉得哪里不对。

苗高僵觉得自己好像漏掉了什么很重要的细节，但他脑子现在实在是不够清醒了，就那种隔着一层雾蒙蒙的塑料布思考着真相的感觉，只需要一根针刺破这层塑料布，他就能看到让他紧绷的东西。

但他的脑子里长不出那根刺破一切迷障的针了，那根针被他的恐惧攥住了。

白柳他们跟在苗高僵的后面来到了这个手工教室，打开之后白柳就像是苗飞齿一样进去查看了一圈，他鼻子嗅闻了一下，很快就从布料箱子里刨出了小苗飞齿已经僵硬的尸体。

小木柯忍着没有叫出声，大木柯的脸色也不太好看，只有白柳若有所思地蹲了下来看着小苗飞齿那张皮肤下都扎满针头的脸，然后他抬眸看向被木柯搀扶的刘怀："从这个杀人方式看，刘怀你的妹妹，记仇心略强啊。"

刘怀苦笑着摇了摇头。

小苗飞齿要吃她的肉，她就要抽干小苗飞齿的血。

不过也亏得小苗飞齿横插了那么一脚，不然从刘佳仪原本的打算来看，她想抽的应该是小白六的血——不过这位小女巫最终还是放了小白六一马，原本以这位小女巫赶尽杀绝的残忍作风，直接抽干小白六的血断掉白柳所有生路比较现实。

但她最后还是没有这样做。

刘佳仪让小白六带着自己的血离开了手工教室，算是给白柳留了最后一线生机，当然，也有可能是因为小木柯在外面拼死敲门，如果引来老师，刘佳仪就没有后续抽血离开教室的时间，所以她不得不放走了小白六。

人的思维都是复杂的，尤其是一个聪慧又过度早熟的八岁小女孩，白柳从不会小觑孩子的游戏能力，他无法完全确定刘佳仪走的每一步的心理动机，他唯一能确定的就是刘怀对刘佳仪很重要。

白柳站起来环视了一圈："刘佳仪不在教室这里，木柯小朋友，你知道刘佳仪有可能藏在什么地方吗？"

小木柯沉思了会儿，缓慢地摇了摇头："她能藏的地方太多了，找她很困难。"

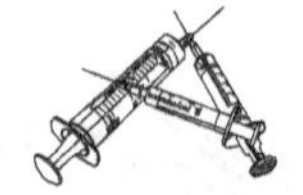

而且现在在找刘佳仪的还有苗高僵他们，如果在路上遇到了，对方发现他们已经失去了小白六的帮助，谁死谁活就不一定了。

综合信息分析，白柳都不觉得在福利院里大刺刺地找刘佳仪是一个很好的决定，白柳的目光落到了虚弱的刘怀身上——

因为他们根本不需要去找刘佳仪，只要刘怀在他们这里，刘佳仪一定会自己找上门来。

"回教堂，那里是儿童安全区，而且苗高僵和苗飞齿应该不会想回到那个神像通道出口，那边是怪物小孩的通道出口，对我们也相对安全。"白柳目光镇定地下了决策，"我们回去等着刘佳仪来找我们。"

暮色四合，夜色从地平线上宛如不祥的黑雾般蔓延进入福利院。

已经晚上八点半了，距离苗飞齿他们从通道口出来，已经过了整整十个小时，除了苗高僵因为体力槽还没恢复，中午休息了一个半小时恢复体力，其他时间他们都在老师的带领下，在福利院里一间一间飞速地找刘佳仪。

但找到了现在，他们还是没有找到这个小崽子！

这个小崽子就像是会魔法，彻底消失在了福利院里面，到处都没有她的踪迹。

每间教室、睡房，每层楼男女厕所的隔间，什么地方都找遍了，就差没掘地三尺了，一个能蹦会跳眼睛又瞎了的孩子，苗飞齿他们愣是一根头发都没见着，不知道藏什么地方去了！

苗飞齿靠在墙上喘气，他抬手擦了一下自己额头上的汗，骂了一句："操，这小瞎子到底藏什么地方了？！老子他妈的侦察道具都用光了，一点痕迹都没有，如果不是知道这小瞎子铁定跑不出这所福利院，我都要怀疑她已经跑出去了！"

刘佳仪跑出福利院就通关了，系统会发出通关提醒，但现在苗飞齿他们都没有收到任何玩家的通关提醒，这说明了刘佳仪还在福利院内。

"只剩教堂没找了。"苗高僵也喘气，他没办法喝体力恢复剂，面色上带出了明显的疲累，"但我们一直在去教堂的路周围晃荡，她要是过去了，我们不可能看不见。"

"白柳在教堂那边守着，刘佳仪杀死了白柳的儿童。"苗飞齿说，"她疯了才会去白柳那边送人头。"

但刘佳仪不得不去教堂，因为等周四零点一过，刘怀就会进入"病重"的状态，他的生命值就会开始下降——而刘怀只有2点的生命值了，如果他等不到刘佳仪及时给他治疗，他今晚必死无疑。

但苗家父子并不知道刘怀跟着白柳一起过来了，毕竟刘怀双手已经被苗飞齿砍没了，白柳没理由带刘怀这种累赘。

在午夜到来之前，比刘怀先死的，会是生命值 0.5 的白柳。

所以苗高僵他们也在等，也在耗时等一个收割白柳性命的午夜到来。

"和你说了不要着急，不用去管白柳。"苗高僵有些疲倦地看向苗飞齿，"等周四一到，我们的生命值和抵抗力更高，耗都能耗死白柳他们。"

苗高僵正要对苗飞齿说教两句，但对上苗飞齿的脸的一瞬间，苗高僵的瞳孔一缩，他要拍苗飞齿的肩膀的手停滞在了半空。

苗飞齿转头过来，他原本俊美的脸不见了，他的面孔上长着一张衰老的、病重的、没有血色的女人的脸，这个女人诡异地笑着，张开嘴巴对他说话，嘴角滴落还在沸腾冒烟冒泡的开水。

系统提示：玩家苗高僵的精神值不稳定，发生震荡式下降！请迅速恢复精神值！

苗高僵呼吸声急促起来，他抖着手低头快速喝下一口精神漂白剂，告诉自己这一切都是幻觉，是他自己精神值强制下降的后

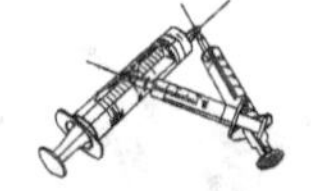

遗症导致的。

而站在旁边的苗飞齿有点奇怪地看了苗高僵一眼："爹，你怎么了？刚刚开始就一直很奇怪，我问你话呢？你一惊一乍的干什么呢？"

苗高僵勉强镇定下来，他挤出一个笑看向苗飞齿："……你刚刚问我什么？"

"哦，也没什么。"苗飞齿浑不在意地挥手，"我就是不懂刘怀和刘佳仪为了对方要死要活的，这太蠢了，我在想他们是不是有什么别的目的。"

"……他们不是兄妹吗？再怎么坏也有血缘亲情在吧。"苗高僵喃喃地说道。

"亲情？我反正做不出这么蠢的事情。"苗飞齿嗤笑一声，很不屑地说，"我要是刘佳仪，我肯定会不管刘怀死活，自己逃出去。"

苗高僵的呼吸再次急促起来，他双目有些发红，低头猛吸了一口精神漂白剂："……我们继续找刘佳仪。"

教堂，晚上八点四十七。

靠在墙上休息的刘怀看了一眼时间，他目光有些藏不住的忧虑："……佳仪不会被他们找到吧？"

"我觉得不太可能。"小木柯摇摇头，"刘佳仪对这个福利院太熟悉了，甚至比老师还熟悉，她成心想躲不会那么容易被人找到。"他抿了抿嘴，垂下发颤的眼睫毛小声嘀咕："……这小孩可是能连着干掉白六和苗飞齿两个人一点声都不发的，你们不要太小瞧她了，可心狠手辣，真遇上了死的还不知道是谁呢。"

刘怀听到这话，脸上焦虑的神色一顿，如潮水般恍然地退去："……也是。"

大名鼎鼎的小女巫，国王公会砸重金请回来的，不至于没有一点保命的手段和道具。

白柳赞同了小木柯的看法："等着吧，这福利院对刘佳仪来说应该就像她的游乐园一样，是她熟悉的地图，她又有治疗技能，苗高僵的状态又明显不对，在地道里居然被小白六这个新手抽中了一鞭，我觉得刘佳仪小心一点，不至于那么简单就被人找到。"

木柯急得不行地看向白柳："那我们就什么都不做在这里干等着吗？刘佳仪根本不知道我们在教堂，等到零点一过，你就进入病重状态了！你的生命值会被瞬间清零的！"

刘佳仪一定会治疗刘怀，木柯还有小木柯这个保命符。

其他人都还有通关的希望，只有白柳，顶着个0.5的生命值，已经什么退路都没有了。

如果刘佳仪不在周三的零点之前治疗白柳，那这个福利院就是白柳的最后一场游戏。

白柳的目光淡然地落在教堂里那座神像上："不还有0.5呢吗。"

木柯一怔。

白柳收回自己的目光看向有些愣怔的木柯，不紧不慢地微笑："0.5难道很少吗？0.5很多了，是生和死的差距了，这0.5让我还活着，游戏就还没有结束，急什么？"

他晃了一下自己手上的护腕，白柳接着说："我还有个道具可以扛伤害，至少能活到今晚零点，但我觉得等到九点，刘佳仪会主动打电话找来的。"

"但就算这样，刘佳仪很难主动治疗你吧？"木柯拧眉，他推了一下小木柯，把有点懵逼的小木柯推到白柳的面前，直视白柳很郑重地说，"等下九点地下通道就会再次开放，你有小白六的电话，你可以带着小白六的血和我的儿童回医院，让小白六护送你们回去，先用他们的血养治疗你的血灵芝，你的生命值太危险了！"

刘怀也稍微坐起来了一点，也跟着看向白柳："这的确对你来说是一个更保险的办法。"

"然后把你们这群毫无攻击力的人留在这里？"白柳的目光

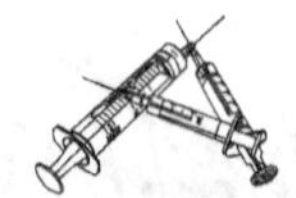

从木柯的脸上和刘怀断掉的双臂上扫过，"苗飞齿一个回马枪就能扫掉你们两个。"

木柯还想说话，但白柳冷静地将木柯堵了回去："而且你让小木柯跟我走，我之前那个需要 1.6 个小孩的血只是一个理论上投资人最小死亡率的推论，是一个投资人的血灵芝至少需要 1.6 个小孩的血，而不是 1.6 个小孩的血一定就能救我。"

"如果这个游戏的死亡率是 75% 呢？那小木柯需要放全部血给我才能救我，你也让他放吗？"

木柯抿着嘴低头没回答——显然木柯已经想到了这种情况，但他想赌一赌，赌小木柯和白柳都能活下来。

白柳看到木柯这样，略有点头疼地心想木柯跟着他别的没学到，先学他赌的这一点了。

被他推出来的小木柯的脸色已经全白了，双手绞在一起有些发抖地偷瞄白柳。

"这个游戏里刘佳仪是关键，所以系统才想法设法地限制她，她的治愈技能可以让小孩在放血的时候吊住生命值。"白柳平静地分析，"只有她站在我们这一方，我们才有可能全部活着通关。"

三楼，福利院院长办公室，窗口旁。

穿着黑纱的刘佳仪面无表情地"看"着下面找她的苗飞齿和苗高僵，她背后办公室的门涌动着一种奇异的屏障波动感，门隐隐约约的，就像是随时要消失一样。

系统提示：玩家刘佳仪使用特级道具"魔法空间"。

院长办公室这两个人上来过一次，但是没有找到，被刘佳仪的道具挡出去了。

刘佳仪从白六的口中知道院长这个 NPC 昨夜死掉了，所以院长办公室是一个长期不会有人踏足寻觅的空间，整个福利院不会有比这里更适合藏人的地方了。

她也的确待在这里骗过了这对父子。

"红桃给我的道具果然很好用。"刘佳仪脸上没有什么情绪地自言自语，"不愧是国王公会这种大公会仓库里的顶级货，哥哥为什么一定要跟着牧四诚，不愿意加入这个公会呢？我怎么让红桃招揽你你都不进来……偏偏要跟着牧四诚那种危险的人物。"

"你在他那里，只能当一个帮忙挡刀挡伤害的刺客，你会害死你自己的。"

——"佳仪，我有朋友了！"

——"他叫牧四诚，是我的室友，他知道我算是不太好的成长经历吧，我全都告诉了他，做朋友要要坦诚嘛……但是他不介意我的出身！他是很好的人！他只是有一些比较情非得已的小癖好而已，我可以接受的！我们算是可以互相理解吧，哈哈，一起打游戏之类的，很开心！"

"傻哥哥，这个世界上怎么会有好人呢？我们从来没有遇见过好人。"刘佳仪垂落纤长的睫毛恍然轻声说，"牧四诚不值得你对他重视到这个地步的……他为你付出过什么吗？你为什么会因为背叛他而受伤害，而那么痛苦呢？"

明明同样的背叛，你对我做过千万遍了不是吗？

你有因为背叛我感到过痛苦吗，哥哥？

刘怀的痛哭流涕的脸浮现在刘佳仪的面前，他抱着刘佳仪哭号到情绪耗尽，无意识地流着眼泪："我没有朋友了，佳仪，我为了保护你，做了错事！"

刘佳仪缓慢攥紧了拳头，很快她收敛了情绪，她触摸着手腕上的一块拆去了外壳的石英表，她的手指落在指针上："九点了。"

刘佳仪拿出手机，她那种带点冷淡的声调的声音瞬间被刷上了一层蜜，变得细小而柔和，刘佳仪不经意地用食指绕着挂电话的套绳："……哥哥，你在吗？我们今天也没能跑出去，你明天能来接我吗？"

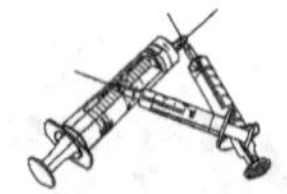

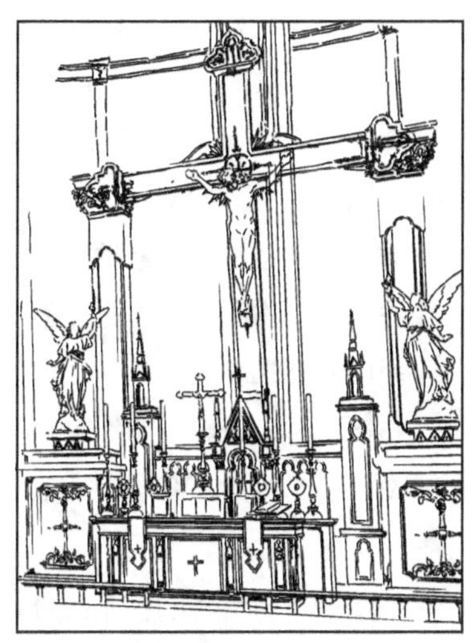

CHAPTER 37

电话那边传来刘怀竭力隐忍着某种情绪的声音："……佳仪，我现在就来接你可以吗？我想见你。"

刘佳仪原本淡漠的神色肉眼可见地柔和了起来，声调也雀跃了不少："但是要明天福利院才会组织配对，才会开门，哥哥你等我到明天好吗？明天我们就见面啦！"

"……有人告诉了我一条可以通往福利院的地道，我顺着这条地道过来了。"刘怀闭了闭眼睛，他喉结滚动，声音控制不住地哽咽了，"……我的生命值只有 1 了，我可能等不到明天了，佳仪，死前我想见你一面。"

刘佳仪的呼吸停顿了两秒，她神色瞬间就像是凝固成了一寸寸的冰。

她死死地攥住手机，甚至没有注意到刘怀对她说的话里直接用了生命值这样的试探用词，而是直接迅速地问道："怎么会掉到这么低？！你现在在什么地方？！"

刘怀不是该好好在医院待着吗？！就算是刘怀放弃了猎杀她的血，和白柳达成合作要保护小孩，以刘怀的个人技能就算是对上怪物和苗飞齿都不该掉到这个程度啊！打不过，刘怀用技能完全还可以跑、可以隐藏。

以刘怀的性格，他最讨厌被人控制，在她的暗示下刘怀也明白了白柳是靠物品控制人的，还需要对方同意，在对白柳的技能的多重限制都知晓的情况下，刘怀不应该也不可能被白柳轻易控制，还被利用到只剩 1 点生命值啊！

昨晚到底发生了什么？！刘怀的生命值为什么会掉到只有 1 了？！

——一个只有 1 的生命值的刘怀，这简直像是一个很了解她秉性的对手故意做出来留着钓她的诱饵。

这个想法从刘佳仪的脑中一闪而过，但很快被刘怀虚弱的声音给打断了。

"我在教堂。"

她今晚不去给刘怀治疗续命，刘怀必死无疑——刘佳仪迅速地想到了这点。

"好，哥哥你好好待在教堂不要动。"刘佳仪深吸了一口气，她焦躁地左右走动着，强行让自己镇定下来，但是握着电话的手抖得厉害，"你等着佳仪过来好吗？佳仪马上就过来了！"

刘怀声音越发地轻："我真的能等到你吗，佳仪？"

刘佳仪眼眶发红，她咬了咬牙："等得到的，哥哥你相信佳仪，我一定不会让你出事的，我马上到！！"

刘怀那边静了很久很久，才很轻很轻，用轻到几乎听不到的声音说了一句："我相信你，佳仪。"

刘佳仪呼吸一顿。

等挂了电话，木柯焦急地凑上去问刘怀："怎么样，刘佳仪怀疑你了吗？她会过来吗？"

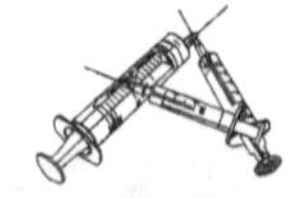

刘怀缓慢木然地摇了摇头："……她没有怀疑我。"他顿了顿又说："她好像……慌了。"

"慌了说明她在意你，她应该会来，但也不会全无准备，教堂这个地方对她来说是安全区，定在这里她的警惕心可能会少一点。"白柳摸着下巴若有所思，"但我觉得以刘佳仪的警惕性，就算慌了，等要到地点的时候说不定还会再生变数。"

刘佳仪神色凝肃地匆匆走在福利院的夜色里。

她身上象征着身份的黑色女巫袍和毒药已经不见了，取而代之的是很寻常的，福利院里儿童人手一件的衣服。

刘佳仪点开自己的系统面板和仓库，系统的画面直接投射在她的大脑意识层面上，可以被她直接"看"到，在清扫完一边的系统仓库和个人面板之后，她细长秀气的眉毛越拧越紧——

系统仓库：玩家刘佳仪，您的可视化功能类别的道具即将清空，您对该道具的需求量较大，属于日用品类道具，请及时补充。

系统提示：玩家刘佳仪，因您的个人技能在《爱心福利院》内较为特殊，进入游戏之后为了游戏平衡性，对您做以下限制——

……您的个人技能"解药"的 CD 时间从一小时延长至六小时……

……您拥有万能血……

这一长串的限制条例刘佳仪在玩游戏之后经常遇到，因为她的个人技能特殊，总是会被狗比系统以各种狗比的方式限制发挥的空间。

狗比系统需要卡死亡率来区分难度，而如果游戏里恰巧有她这个带治疗技能的女巫在，死亡率就非常不好卡，所以系统会想方设法地来卡她这个女巫。

国王公会为了最大程度地发挥刘佳仪的技能，绞尽脑汁想了不少办法，包括给刘佳仪配各种控制系玩家，通过控制玩家多人分担死亡率的处理方法来减轻对刘佳仪技能的限定。

但效果怎么样还是不好说，因为张傀没练习过几次就死了。

通常来说刘佳仪看到这些限制条例都是面不改色地略过，因为她已经习惯了在游戏里被这么卡。

但是这次刘佳仪看这些限制条例就没有这么心平气和了，她的"目光"停在第一条和第三条上几秒，没忍住骂了句脏话："系统我操你爹！"

系统提示：未成年玩家禁止辱骂脏话，已为您做屏蔽处理为"系统我 * 你爹"。

刘佳仪深吸一口气不再看让她火大的系统面板——她因为那个毒蘑菇中毒 debuff，在下午五点三十多的时候刚好对自己用过一次解药，也就是她的治愈技能。她的技能 CD 正常是一个小时一次，但这个游戏因为生命值是核心通关数据，系统把她解药的 CD 时间延长到了六个小时一次。

这代表她下次使用的时间就要十一点三十多了，这就很接近周四这个"病重日"的凌晨。

刘佳仪心烦意乱又忧心忡忡，行走的速度越发地快了。

福利院九点过后就会到处飘荡追逐他们的畸形小孩，这些小孩是尸体，是冷的东西，刘佳仪目前没有多少可视化的道具，所以她就暂时没有用。不过虽然她看不见，但她听力非常地好，而且她在这个福利院生活过一段时间，对这个地图很熟悉。

这些畸形小孩行动间的声音是很大的，刘佳仪靠着这些声音定位，偏头侧身就能很冷静地躲避过去，完全不像是之前被这些畸形小孩撵得很狼狈的样子。

等到她离教堂只有一百米的时候，刘佳仪进了一个拐角躲避后面的畸形小孩。

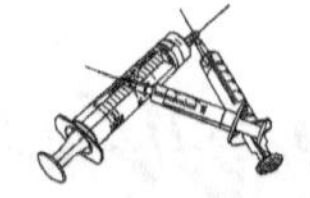

刘佳仪喘息着靠着墙闭着眼睛平复心跳和呼吸，在这种短暂的快要到达目的地之前的休憩时间内，她的大脑又一次开始控制不住地怀疑她得到的，来自刘怀的信息的真实性——

刘怀是真的生命值只有 1 了吗？他是怎么找到这个连她都不知道的，福利院里的地道的？

刘佳仪有一种很浓重的被人引诱进陷阱的感觉，这和当年红桃引诱她使用道具进入公会是一样的感觉。

她明知道不对，但陷阱里放的是她哥。

这圈套的设计人很了解她，就算这是一个圈套，她也一定会跳。

但比起这是一个圈套，刘佳仪更不想看到另外一种情况。那就是刘怀并不是这个圈套的诱饵，而是这个圈套的参与者和主导者。

她不想怀疑刘怀，但她控制不住，这种从恶劣的生长环境滋生，根植在骨血里的怀疑在很多次危急的情况下救了刘佳仪的命，她天然地适合于这个不能互相信任的恶劣游戏。

刘佳仪毋庸置疑是这个世界上最希望刘怀活下去的人，为了这个目的，她可以不要命去救刘怀，她可以用自己的死来换刘怀的活，但刘怀不能主动来害她。

夜晚的冷风中，刘佳仪深深地呼吸了两次，眉头紧拧着，这种严肃的表情在她稚嫩的脸上有很浓重的违和感。

刘佳仪犹豫了很久，最终还是把用细瘦的手指伸入了自己的衣服口袋里，拿出了一个泪滴形状玻璃瓶子，里面涌动着透明的液体，玻璃瓶子上有一行花体字——"psyche"。

系统提示：玩家刘佳仪是否使用道具"普绪克的眼泪"？使用之后该道具会在冥冥之中指引犹豫不决的你要怎么做选择，引导你走向神明指引给你的结局。

道具评级：超凡神级类道具，拥有媲美神明的命运力量。

系统检测到玩家刘佳仪已经使用过该道具，继续使用可以加强该道具效果，是否继续使用？

刘佳仪握住瓶子的手缓慢地收紧，她低头看着瓶中涌动着的那些宛如眼泪的液体，呼吸声很急促，脑中回想起刘怀被张傀控制，伤害了牧四诚之后那张失魂落魄满脸泪痕的脸，以及红桃那个女人在把这个道具给她的时候，和她说过的话。

红桃靠在沙发上，她手脚很慵懒地舒展开，看向前来找她的刘佳仪："啊，你说，你担心使用这个道具，它指引你做的事情会伤害刘怀，你怀疑这个道具不能达到你的目的？小女巫，这可是系统给的超凡神级道具，效果是不会出错的。你听过普绪克的故事吗？"

红桃笑眯眯地托着腮帮："普绪克，一个很多疑的美貌女人，她非常美丽，美丽到让美与爱的女神维纳斯嫉妒的地步，于是维纳斯想要折磨普绪克，她让自己的儿子爱神丘比特去让普绪克爱上这个世界上最丑陋的野兽，很可怕的父母对吧？让自己的孩子做这种事情。"

"有这样的父母，让人不得不怀疑这个丘比特是不是也是一个坏家伙，看起来丘比特似乎对维纳斯做这样的坏事熟视无睹，还助纣为虐。"

"但是丘比特好像突然转变了一样，他不愿意这样对无辜的普绪克。"红桃轻声说，"他救下了普绪克，还把普绪克藏了起来，对她很好很好，只是蒙上了普绪克的眼睛，让普绪克在他面前变成了一个瞎子，看不到他是一个什么样子的人。"

"这让普绪克无比怀疑这个爱她的人到底是一个丑陋的野兽，还是一个来拯救她的神明，她被这种怀疑日夜折磨着，一边不想去拆下蒙住自己眼睛的布匹，去伤害这个爱她、救她于水深火热的丘比特，一边又忍不住在想，万一这是一头野兽装成正常人的样子来骗她呢？"

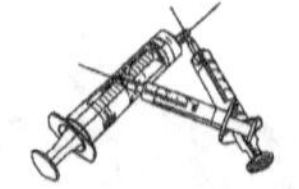

　　红桃从座椅上走了下来，她脸上带着那种浅淡优雅的微笑，伸出手指轻触刘佳仪雾蒙蒙的眼睛：“终于，怀疑打败了普绪克，她摘下了蒙住她眼睛的布，看到了丘比特的真正面目。可惜丘比特也被普绪克的怀疑所伤害了，他飞回了天堂，普绪克日夜被痛苦内疚折磨，流下了眼泪。”

　　“但你知道这个故事的结局是什么吗？”红桃轻笑起来，她把那个装满眼泪的泪滴玻璃瓶子放入了刘佳仪的手心，好像蛊惑般地低语着，“普绪克历经磨难把飞回天堂的丘比特带了回来，他们永远幸福快乐地生活在了一起。”

　　红桃垂下眼帘，从背后用雪白的双臂环绕着刘佳仪的脖颈，弯腰垂下来在刘佳仪的耳边轻声劝说：“宝贝，怀疑并不是什么大错，普绪克也和丘比特在一起了，怀疑是揭开对方真面目的良药，这样你们才能毫无芥蒂地永远在一起，不是吗？”

　　“当你怀疑动摇的时候，你可以饮下眼泪问问通过怀疑获得幸福的普绪克，已经成神的普绪克会告诉你怎么做的。”

　　刘佳仪最终还是接下了红桃给她的“普绪克的眼泪”这个道具，但她使用得更谨慎了，因为使用这个道具会很明显地伤害刘怀。

　　虽然这种伤害的结果似乎每次都会拉近她和刘怀之间的距离——这和红桃说的话不谋而合。

　　但刘佳仪并不想看到刘怀痛苦的样子，刘怀那种心如死灰的样子刘佳仪见过一次，就是刘怀被迫对牧四诚动手的那一次。

　　刘怀从那个差一点杀死牧四诚的游戏里登出来的时候，那种虚无，好像什么东西都看不到的眼神让刘佳仪感到茫然心悸。

　　她非常强烈地感觉到，刘怀情感世界里刚刚萌芽的某一部分因为她的怀疑被永久地剥离了。

　　刘怀再也不会有朋友了，刘佳仪摧毁了他拥有朋友的可能性。

　　在那之后，刘佳仪就在控制自己使用这个道具的次数，也在控制自己对刘怀的怀疑——她希望总有一天，她可以再也不必使用这个道具。

但是这次，这次……刘佳仪紧紧抿着嘴唇，她的脸上出现肉眼可见的挣扎，怀疑和恐惧折磨着她，她就像是蒙上眼罩的普绪克，想要知道在教堂里等她的刘怀到底是属于拯救她的神明，还是披上了人皮要将她撕碎的野兽。

红桃带着笑意的声音似有若无地出现在她耳旁："怀疑就是你的解药，佳仪，喝下它吧。"

她握住泪滴玻璃瓶的双手颤抖着，眼泪在玻璃瓶里冰冷地贴在她的掌心上，让她有些想要发抖。

刘佳仪没有时间踌躇很久，她深吸一口气，双手合拢包住了掌心里的那个泪滴形状的玻璃瓶子，低下头下颌抵在自己握紧的双手上，轻声说："我要使用道具。"

她瘦弱的背弓起，唇抵在大拇指上，姿势虔诚得就像是一个正在祈求神明眷顾的女孩。

系统提示：玩家刘佳仪确认使用道具"普绪克的眼泪"，道具正在载入……

刘佳仪掌心里的那个瓶子里的液体开始下降消失，她情不自禁地闭上了眼睛，她的眼角自动地滑落一滴眼泪——那就是普绪克的眼泪。

再睁开眼睛的时候，刘佳仪心中就有了一种奇异的预示感，她点开自己的系统仓库，在一种很强烈的直觉的推动下使用了她本来准备留到最后逃跑的时候再使用的一个可视化道具——"游蛇夜视瞳"。

系统提示：玩家刘佳仪使用道具"游蛇夜视瞳"，可用热成像技术观看四周生物，使用期限为 6 小时，使用次数为一次。

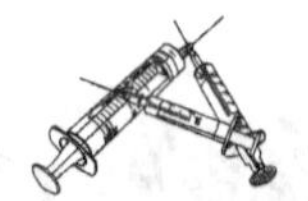

刘佳仪眼睛上出现了一副就像是蛇在黑暗的地方竖起的瞳孔一样的美瞳。

戴上了这个道具的刘佳仪往几十米之外，夜色里若隐若显的教堂看去，她刚准备往那边走，结果抬眼的一瞬间，就好像有一根针扎入她的眼睛一般，刘佳仪睁着冷血动物的眼睛，凝固般地停在了原地。

普绪克取下了眼罩看到的是英俊的丘比特。

刘佳仪戴上了眼镜看到的是欺骗了她的刘怀。

她能很清晰地看到几十米之外的教堂中有四个人的热成像影像——这代表着刘怀并不是一个人在教堂，除了刘怀之外还有三个人，而这四个人的行动之间并没有明显的胁迫，而是互相依靠着的，看起来应该是合作关系。

几个玩家守在一个地方等着她，而她的哥哥对这种情况只字未提。

寒冷的夜风吹在刘佳仪的脸上，她觉得自己的呼吸和表情都麻木了，原本发热的头脑也被夜风吹得冷静，刘佳仪注意到了之前很多违和的地方。

刘佳仪缓缓地拿出了电话，她眨了眨空蒙暗灰的眼睛，忍住眼眶里那些快要外溢的液体，脸上没有任何情绪地拨打了刘怀的电话，语气是和表情完全不一样的害怕发颤："喂，哥哥，我快要摸到教堂了，但是太黑了我看不到……你能一个人出来接我吗？对，一个人。"

那边静默了很久，刘佳仪看到一个人随着她电话的拨通歪歪扭扭地站起来——这个人没有双臂，被人搀扶着，刘佳仪胸膛的起伏又快了起来，她几乎是咬牙切齿地忍住了想往教堂那边跑的步子，指甲都掐进了手心里。

刘怀没有了双手！！

刘佳仪双目死死地盯着搀扶刘怀的那个热成像——白柳，这人绝对是白柳。

"哥哥，你能出来吗？"刘佳仪心绪翻腾，她站定在教堂前面低声询问着。

那边的呼吸声快了一点，然后又慢了一下："我能，佳仪，你在什么地方？我到外面来找你。"

刘佳仪报了一个地点，就说有小孩在追自己，哭叫着叫刘怀快点过来，然后挂了电话。

帮刘怀举着电话的是白柳，他放下电话之后刘怀转头看向白柳，白柳若有所思："刘佳仪猜出来这个教堂里不对劲了，她冷静下来之后还是在怀疑你，刘怀。"

"我知道。"刘怀低下头左右看看自己双臂的断口，轻微地挪动了一下自己的两段残肢，苦笑，"也不知道我出去之后，她看到我为了她变成了这个样子，会不会稍微信任我一些。"

白柳没有回答刘怀，因为他觉得不太可能。

"我一个人出去吧。"刘怀刚想走，就被白柳拉住了。

白柳看着刘怀："我们跟着你一起出去。"

刘怀一怔，刚想反对，白柳不冷不热地阐述了原因："现在已经九点了，很快神像下面的出口里就会出来吹笛子的小孩，这种怪物虽然不会伤害儿童，但会带走儿童。"

他的目光落在躲在座椅后面偷偷看他的小木柯身上："教堂对木柯小朋友来说也已经不再安全了，之前在地道还有其他的投资人吸引这些小孩的注意力，但现在我们的电话都可以被占线，没有电话响声会吸引这些畸形小孩的注意力，那木柯小朋友很有可能就会成为它们的新目标。"

小木柯咬了咬下唇，反驳："但小白六现在也是和那些畸形小孩一样的存在了吧！小孩会从地道里爬出来，这意味着小白六会从地道里出来吧！我可以和他待在一起！"

"可他已经是个小怪物了。"白柳垂下眼眸，看着仰起小脸倔强看着他的小木柯，"你作为一个正常人和他一个怪物长久地

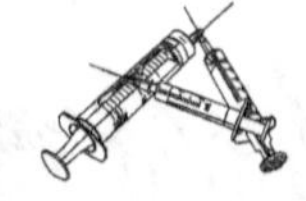

待在一起，会有精神值下降被异化的风险，以及我并不了解他现在的状态怎么样，所以你最好还是……"和我们待在一起。

被异化得越久受的影响就越重，白柳不清楚十四岁的自己到底能撑多久才会彻底变成一只没有理智的怪物，所以更为保险的方式是直接带走小木柯。

小木柯是被大木柯拖出教堂的，他想留在教堂里但是白柳不允许，所以在可以用武力镇压的情况下，白柳毫不犹豫地使用了武力。

白柳、大小木柯从教堂的后门那边的草丛出去，而刘怀一个人从正门出去，白柳一行人从后面绕到教堂的侧方，躲在教堂的侧门后面，这个位置可以看到从正门走出去的刘怀。

失去双臂让刘怀走路有点不太维持得住平衡，他摇摇晃晃地从正门走了出来，缓慢走进了夜幕里。有一些似有若无的小孩笑声幽幽地传过来，还有一些细碎的脚步声和在地上拖曳移动的声音往刘怀的身边靠近。

木柯手上抓住还在挣扎反抗的小木柯的手，有点胆战心惊地贴近白柳耳边，极其小声地说："白柳，我记得福利院晚上是有游走的畸形小孩怪物的，刘怀不会在靠近刘佳仪之前就被那些游走的畸形小孩搞死吧？"

"不会。"白柳回答得很轻也很笃定，"刘佳仪不会让刘怀死的。"

在刘怀要被一个畸形小孩从背面靠拢的时候，木柯都有点忍不住想喊刘怀注意一下了，刘怀现在精神恍惚，看起来好像没有注意到他周围的不对劲，继续直愣愣地往前走着。

但有人比他更快地喊了刘怀。

一道带着哭腔和害怕的、小小的、微弱的女孩子的声音传了过来："……哥哥？是你吗？"

"佳仪！是我！"就算知道刘佳仪骗了他，在听到这个声音的一瞬间，刘怀还是遵循着自己多年的习惯，本能般地飞快转头过去了，他语气有些急切地应了刘佳仪，四处搜寻着刘佳仪的影子，"哥哥在这里佳仪！"

刘佳仪贴在墙上，她小心翼翼地抬起了头，看向刘怀。在刘怀转头应声的一瞬间，他背面那个畸形小孩跳起来朝着刘怀的背上扑了过去！

木柯看得忍不住想提醒刘怀，被白柳冷静地制止了："看着。"

在刘怀要被畸形小孩扑上去的那一秒，刘佳仪也哭喊着，跌跌撞撞地扑向刘怀，刘怀把她接住的一瞬间，刘佳仪原本脆弱慌张的表情顷刻消失。

她用下巴抵在刘怀的肩膀上好似依恋地摩擦着，语气柔软乖顺地喊着哥哥，脸上却一丝一毫的表情都没有，她的手上不知道什么时候出现了一个黑色的锥形魔药瓶子。

刘佳仪面无表情地倾斜手腕，把瓶子里的魔药往那个要扑到刘怀身上的畸形小孩怪物身上一浇。

那个小怪物张大着嘴巴，连惨叫都没有发出来就融化腐烂成为了一摊黑色的液体，无声无息地融进了泥土里。

躲在后面的木柯都看呆了："……这个小孩是个 A 级怪物，刘佳仪这么简单就弄死了，她是 S 级别的面板吗……"

"不是，小女巫的属性面板我听牧四诚说只有 A，连 A+ 都不到，不愧是新星第一。"白柳淡淡勾起嘴角，"巨大的技能潜力，难怪曾经引起各大公会哄抢。"

刘佳仪杀死那个小孩之后，眼珠子动了动，白柳看到她看着他。

她歪着头紧紧搂住了刘怀的脖子，手中缓慢地摇晃那个还有液体的毒药瓶子，盯着白柳的目光里一丝情绪都没有。

那是一种威胁的注视，意思很明显——这个被我杀死的怪物就是你的下场。

"她能看到我们吗？！"木柯很惊奇，"刘怀不是说刘佳仪是真的看不到吗？平时行动都很成问题。"

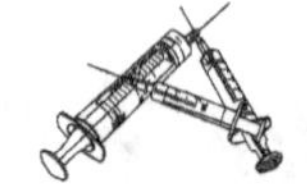

"可视化道具吧，白六和我说过，但是在夜色里都把我们藏的位置看得这么清楚，应该不是常规的恢复视力的道具。"白柳语气依旧很淡定，"那这样我就明白为什么她突然把刘怀喊出去了，她看到了教堂里不止一个人。"

木柯迅速地反应了过来，他有点焦急地看向白柳："那怎么办？！她知道了刘怀是在骗她，我们要怎么把她哄过来给你治疗？"

白柳的眼神微微眯起："恐怕很难了。"

"比起用解药救我，这位小女巫应该更想用毒药杀我。"

刘佳仪用一种抱娃娃一样，很有占有欲和掌控欲的姿势抱紧刘怀，她的目光从远处那个代表活人的红色斑块上扫过，最终落在刘怀空荡荡的肩膀上，她的手可以摸到刘怀断掉的双臂，刘怀被触碰之后发出了疼痛的嘶叫声。

这声音让刘佳仪的神情稍微扭曲了一瞬。

刘佳仪把头埋进刘怀的肩膀里用力深呼吸，她竭力压抑着自己声音里控制不住快要外溢的情绪："……哥哥，你的手臂怎么会变成这样？"

"哥哥为了救你啊。"刘怀就像是一直以来的那样低声温言安慰着刘佳仪。

刘佳仪看不到刘怀空洞的表情，刘怀也看不到刘佳仪挣扎的神情，他们如此紧密地相拥着，心跳都因为彼此的靠近而变得紧张加快，然后他们同时远离对方，说出了那句揭开这层并不存在的温情面纱的话。

"哥哥，你刚刚在教堂想埋伏我对吧？你是想抽我的血吗？"刘佳仪问。

"佳仪，你是小女巫吗？"刘怀问。

刘佳仪的瞳孔紧缩成一个点，刘怀陷入了诡异的沉默里，刘佳仪的呼吸声急促到就像是犯了哮喘，她就像是踩到了刺一样快速后退了好几步，用一种无法置信的眼神看着刘怀。

而刘怀半跪在地上，他用一种沉寂的、悲伤的、好像是接受了一切的眼神看着刘佳仪。

"佳仪，你是什么时候从我的妹妹，变成一个女巫的？"

刘怀轻声说："是我小看你了啊，佳仪。"

刘佳仪疯狂地摇着头，眼泪从她的眼角滑落下来，她接连惊恐踉跄地后退着，跪在她面前的刘怀失望颓败的语气几乎让刘佳仪想发疯。

此刻的刘怀就像是一头野兽一般让她害怕畏惧——尽管她刚刚还依偎在刘怀这头野兽的怀里取暖。

"我不是，哥哥。"刘佳仪勉强地反驳，"我不知道什么小女巫，谁告诉你的！"

"别叫我哥哥了，佳仪，我不配做你的哥哥。"刘怀摇摇晃晃地站起来，他很轻很低地摇头恍惚笑着，"你从小就比我聪明，的确就像是大家说的，你生来就是个大学生的料，你如果不是看不见，一定会很优秀，我一直一直这样觉得。"

"你的确很厉害又很优秀，把我耍得团团转我都一点都没有发现。"刘怀看着还在不停摇头的刘佳仪，用一种似乎在透过她看很久远的过去的眼神看着她，语气轻到像是在自言自语，"如果你不是我的妹妹就好了。"

"如果你是别人的妹妹，就好了。"

刘佳仪僵立在了原地，她几乎被刘怀这句话说出了一阵让她站立不稳的耳鸣。

夜风冷冷地吹着刘怀的脸，刘怀觉得很冷，他的眼神和神情都有种沉入水底的冷寂绝望，但在恍惚的刘佳仪的眼中却是一团发着光，发着热的涌动的红色。

而这团红色却因为虚弱在刘佳仪的眼里渐渐变成蓝色——这代表刘怀的体温在缓慢地下降。

这意味着刘怀可能要死了。

刘佳仪挤出一个笑，她伸手下意识想去抓刘怀的手，结果伸

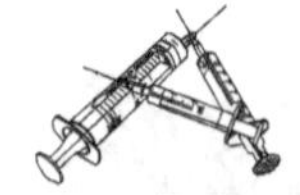

到一半就她就敏锐地猛地转头看了过去："谁在那边！出来！"

两个若隐若现的大红影子远远地走着，拖曳着一个小孩的红影子，其中一个好像是双手上拖着什么东西，在地面上刮出刀面和水泥地摩擦的声音。

白柳的视线跟着刘佳仪的方向看过去，他目光一凝："是苗飞齿和苗高僵。"

"他们怎么会到教堂这个地方来？！"木柯神色隐隐有些崩溃，"我们还没有把刘佳仪骗到我们这一方来！他们来了我们这边根本抵不住啊！我们的生命值都只有个位数了！"

"我原本预想靠着小白六的威慑力，他们不敢轻易地到教堂来，毕竟这边有个隐藏的可以对抗他们的攻击手。"白柳目光隐晦地从侧门的边缘看着不断往这边靠近的苗飞齿和苗高僵，"今天白天他们的确没有往教堂这边来应该也是因为这个，但不知道为什么他们改变了主意。"

白柳的眼神定在往这边靠近的苗高僵的脸上，他眼睛微眯地观察了一会儿："苗高僵的状态不对，他和苗飞齿隔得很远。"

越是走近，就越能发现苗高僵的状态不对。此时距昨晚的九点已经过了一天，苗高僵的体力槽已经恢复了，但他在还没有看到其他人，周围只有一个苗飞齿和一个对他产生不了威胁的小孩的情况下，开着最高等级的防御技能在走，双目有些涣散地震颤着，似乎还畏惧着他旁边一直和他合作的队友，他唯一的亲生儿子——苗飞齿。

白柳对苗高僵这种状态非常熟悉，因为不久之前刘怀也经历过。

"精神值爆发下降的后遗症，会让人沉浸在潜意识的恐惧中。"白柳没什么情绪地说，"刘怀之前也被潜意识的恐惧控制过，被这种后遗症带来的潜意识的恐惧控制只会有两种结果，自杀或者杀人。"

刘怀很明显是第一种，而这个苗高僵——白柳的视线落在他捏紧的拳头上，目光微动。

看来这个苗高僵是第二种啊。

一个防御全开有疯狂伤人倾向的苗高僵……白柳想起上一轮的时候张傀死前和他说过的话，眉头罕见地蹙紧了。

"因为精神值异常出现伤人的玩家，在我们正常玩家的嘴里有一个称呼，叫作交界怪物，他们已经是怪物的预备役了，甚至因为情绪的疯癫，他们比怪物还要更疯狂，攻击力更强。"

苗高僵双目有点发直，眼眶一圈弥漫着一种慑人的红，瞪着眼睛往前走。苗飞齿已经察觉到了苗高僵的状态不对，但苗高僵不愿意告诉他是怎么回事，昨晚那场爆炸里苗高僵精神值下降爆发的时候苗飞齿已经被炸晕过去了，他并不知道自己的爹已经处于非常危险的交界怪物的状态了。

苗飞齿咬牙试图阻止苗高僵："爹，你不是说我们可以等午夜过后熬死白柳他们再过教堂这边来捡漏吗？"

"为什么这才九点刚过，你就来教堂了？！要是小白六那个崽子还在怎么办？"

苗高僵看着苗飞齿那张一会儿男人一会儿女人，不停晃动的脸，他眼睛越发赤红，呼吸急促："他在我们也要硬拼！飞齿，爹等不了那么久了！"

如果再不通关出去，他会忍不住攻击苗飞齿，那个精神值爆发下降的后遗症影响越来越深了，他的精神值现在忽高忽低得厉害。

这个福利院其他地方他们都找过了，那个叫刘佳仪的小崽子都不在，那多半是在教堂这个儿童安全区这边——他需要尽快找到刘佳仪身上带着的苗飞齿的血，然后通关带着苗飞齿出去，然后去公会的仓库里找找有没有什么缓解后遗症的道具。

苗飞齿还想说话劝阻，他觉得这样的计划很冲动，但苗高僵用一种可怕的眼神看了他一眼，额角青筋搏动。

苗飞齿头皮发麻地闭上了嘴。

——苗高僵一般都很顺着他，但苗高僵一定要做什么的时候，

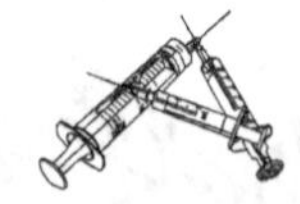

哪怕是苗飞齿觉得多不合理的情况，他也只能随着苗高僵走。

看着机械地越走越近、步伐越来越快的满脸涨红的苗高僵，白柳迅速地对木柯下了命令："带着小木柯回教堂，去地道找小白六，如果他状态还可以就带他出来，如果他状态不行你们就直接回教堂躲着。"

但白柳现在都还没有接到小白六的电话，这小朋友一般很准时，现在已经九点过了，通道开了这么久小白六也没有给白柳打电话，只能说明小白六的状态……

白柳眸光微沉，但他现在也没有更好的办法了。

他必须要有一个核心战力破开防御全开的苗高僵——这个苗高僵他们完全扛不住，就算加上刘佳仪也扛不住，加上一个攻击力顶级的苗飞齿，他们会全灭。

木柯咬咬牙牵着小木柯的手往教堂走去，低声靠近白柳肩头说了句："你不要莽上去，在骗到刘佳仪的治疗之前先苟着，等我们找到了小白六再说。"

白柳不发一言地点点头。

结果木柯刚从侧门那边绕到正门的时候，跟着苗飞齿和苗高僵一路过来的小苗高僵趁着苗高僵不在状态，苗飞齿又在警惕周围环境，突然惊慌失措地挣脱了苗飞齿的控制，疯狂地往教堂里跑。

小苗高僵爆发极限的奔跑速度几乎没有给任何人反应的机会，他疯跑进教堂之后，立马喘着粗气面红耳赤地从里面把教堂的门给锁上了，把刚要摸进去的大小木柯挡在了门外。

他做完这一切之后双手颤抖地虚脱地跪在了地上——那个僵尸化的投资人太可怕了。

看到教堂这种安全区近在咫尺的时候，小苗高僵忍不住在求生欲的驱使下跑了进来，还把教堂的门给反锁了，虽然不知道能撑多久。

木柯看着教堂被锁死的门，猛敲了两下，目眦欲裂——门锁被小苗高僵在教堂里锁死了！

苗飞齿追着逃跑的小苗高僵过来了，他本来看着那扇关上的门想骂两声，掏出双刀试图暴力破门，结果走到门前，发现刘怀、大小木柯、刘佳仪全都在教堂的门前。

他警惕地举起双刀环视了一圈，然后有点不可思议地挑起了眉毛，低声对着旁边的苗高僵说："爹，那个小怪物不在！"

木柯警觉地把小木柯拉到身后，他以一种保护性的姿态和苗飞齿他们对峙着，目光忍住不往白柳藏身的那个地方飘，心跳快到了让他要呼吸不畅的地步。

在这种没有核心对决战力的时候，白柳千万不要出来！他那个 0.5 被挠到一下人就没了！

"我们被诈了，那个小怪物可能根本就没有办法出教堂。"苗高僵看着那个被关上的教堂神色阴沉扭曲，"不过现在看来我们来得正是时候，人都到齐了，正好让我们一网打尽。"

苗高僵用一种极具侵略性的眼神从藏在木柯后面的小木柯，和挡在刘怀身前表情凝肃的刘佳仪身上扫过，就像是一个正常的中年憨厚老好人般笑了一下，那笑让人毛骨悚然："人都到齐了。"

"飞齿，开 S 段。"苗高僵脸上没有任何情绪地下命令，"速战速决，抓小孩。"

刘佳仪听出了这是苗高僵和苗飞齿的声音，她并不是主攻型选手，还被卡了治疗技能，对上苗飞齿和苗高僵这种开了 S 段的联赛玩家，她一打二就是送。

以刘佳仪平时的作风她早就拿着道具闪人了。

但现在……她看了自己身后失去双臂的刘怀一眼。

这点太寸了，也不知道是谁和刘怀说了她是小女巫这件事，刘怀现在那副神色，他根本不可能和她走——只能硬上了。

刘佳仪不由得暗骂了一声操他们爹，她深吸一口气，挡在了刘怀前面。

"躲在我后面别出来！"刘佳仪张开一只手臂挡在了刘怀前面，厉声呵斥道。

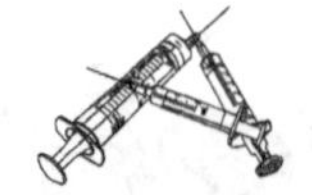

她双手向下一抖，一瓶黑色的魔药就散发着刺鼻浓烈的气味出现在了她手里，一身纯黑纱质的衣袍从她纤细雪白的脚踝缠绕了上去，她顿时就从那个表情柔弱的刘佳仪小妹妹变成了那个传闻中小电视充电积分竞价到了三十七万，各大公会哄抢的小女巫。

看到刘佳仪这身装束，攻上去的苗飞齿先惊了一下，往下砍的双刀略有些迟钝："小女巫？！"

苗高僵也眯起了眼睛——当初食腐公会也不自量力地参与过这个新星第一的玩家的小电视竞价，但很快就被其他出手豪迈的大公会给比下去了。

他终于想起那个布娃娃带来的熟悉感是怎么回事，苗高僵看向挂在刘佳仪腰部的黑纱外面那个若隐若现的丑陋布娃娃——这是小女巫去任何一场游戏里都会带着的东西。

刘怀见到了这一幕，他静了静。

知道自己彻底暴露了，刘佳仪的背影一僵，但她很快竭力镇定了下来，转头对刘怀吩咐道："等会儿打起来你找机会跑。"

她本来还想说一句哥你跑你的，不用管我死活，但刘佳仪张了张嘴，还是没有把这句自作多情的话给说出口，而是转头毫不犹豫地对着苗飞齿攻了上去。

刘佳仪藏在面纱下的神色冷静无比，她攥紧毒药瓶子的细瘦手指头因为大力而发白了，黑色的面纱下毒药的迷雾蒸腾而出，漆黑扭动的烟雾就像一条张开巨口的森蚺，狰狞扭动着自上而下把刘佳仪吞了下去，然后在地面上散成一团让人呼吸发黏的黑色弥漫开，把刘佳仪藏在了里面。

系统警告：玩家刘佳仪是否使用爆发个人技能"毒药喷泉"，对范围内的所有玩家造成无差别缓释伤害？使用完此技能之后，玩家刘佳仪体力槽耗空，因玩家刘佳仪身体年龄较低，体力槽耗空后遗症会非常严重，会导致身体不能动弹等严重僵直效果，玩家刘佳仪是否确定使用？

"确定。"

这种让人后颈发凉的毒药烟雾扩散开的一瞬间，苗飞齿和苗高僵都下意识地用手臂捂住了口鼻，四面八方都是黑色浓烈的烟雾，根本看不见藏在里面的玩家。

"小女巫，我们给你面子不想动你。"苗飞齿后牙紧咬着开口了，"但大家都在应援季，刘怀做出这么过头的事情，我们不杀他粉丝那边过不去，彼此体谅吧。"

"动他就是动我。"刘佳仪的声音从每个方向冷冷地环绕着传来，"吃小孩的傻逼，别逼逼了，有本事就带着你爹上吧。"

"我最讨厌别人带着爹和我打了，你看是你爹先死，还是你先碰到我哥一根毫毛！"

烟雾内缩包裹住了里面的苗家父子和刘佳仪，站在烟雾外面的刘怀怔怔地看着着这团沸腾的，不知道在绞杀什么的烟雾，他被烟雾里的不知道什么东西推动了一下，刘佳仪往他怀里放了什么东西，声音里什么情绪都没有："带着我给你的道具和血往医院跑！别回头！"

放在刘怀心口里的是两个温热的血袋，一个旋转的魔法立方，旁边有一行悬浮的解释——"超凡类道具魔术空间"，似乎是害怕刘怀弄错，她还在血袋上写了名字。

一个是苗飞齿，一个是刘佳仪。

黑雾内的刘佳仪一只手捂住自己的右手手臂，上面满是针扎留下的口子，她警惕地四处张望，脸色苍白虚弱，但神色又冷又充满戾气。

刘佳仪下午的时候蘑菇毒发作，加上她听到刘怀生命值只有1之后，强行地从自己的身体里抽出了很多血预留给刘怀，虽然她用了一次治愈技能稳住了她的血线，但是紧接着就要打这对联赛玩家，就算是刘佳仪，现在也有一种很强的力不从心的虚脱感。

她已经习惯了刘怀的出卖和背叛，适应性良好地迅速消化了刘怀对她起疑心的这个事实，又站起来为刘怀战斗了。

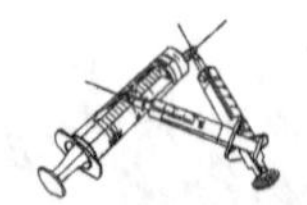

就像是习惯了刘怀的背叛，刘佳仪也在长久的童年生活中，习惯了遇到任何暴力性的危险时，第一时间挡在刘怀的前面，保护刘怀。

大她那么多的哥哥，从小到大都是一个被她庇护的角色，似乎只要她没有那么注意看管，就会自己懦弱地死掉，又好骗又蠢，似乎一点保护自己的能力都没有。

刘佳仪在刘怀的懦弱里被迫过早地成熟起来，在她知道哥哥应该保护妹妹前，就已经完全习惯了妹妹要替哥哥解决一切问题。

刘佳仪放下自己捂住伤口的手，目光凌厉地往黑雾圈的内部走去，黑雾随着她的步伐越发往内凝缩。

站在黑雾包围圈中央的苗高僵因为吸食了过量黑雾，他的额头上暴出青筋，伸出拳头，忍无可忍地说："小女巫，我没想到你这么不识时务地要来送死，飞齿，上！"

苗飞齿一个横掠就在刘佳仪的黑雾里绕起了圈子，他举着双刀在黑雾里搜寻刘佳仪的身影，刀光似有若无地在黑雾里闪烁，他狞笑着高举双刀狠狠砍了下去："找到你了，小女巫。"

刘佳仪脸色白得像一张纸，举着装毒药的玻璃瓶子扛下了苗飞齿这一刀，咬牙将毒药泼洒了过去，同时她似乎察觉到黑雾里的苗高僵要冲出黑雾了。刘佳仪在地上飞跑着，她压低身体，在苗高僵踏出黑雾的前一秒用毒药拦住了他。

"全都给我留在这里！"刘佳仪咬牙切齿地吼道，"不准踏出这个地方一步去追他！"

毒药在地上腐蚀出一道痕迹，冒出更加狰狞的黑蛇烟雾，刘佳仪的胸膛剧烈起伏着，她的嘴角隐隐流下鲜血，浸在黑纱里。

木柯上前拉着似乎有些愣怔的刘怀，吼道："愣着干什么！刘佳仪帮我们拖住了苗飞齿他们，你赶快过来开门从地道跑啊！"

白柳也过来帮忙开门了，但是里面的小苗高僵不光反锁了门，还在不断地在门前堵座椅板凳，哪怕白柳已经把锁给弄开了，但是里面的门闩被死死别着，木柯急得眼眶都发红了，挣着劲去推门，但是里面的小苗高僵几乎把整个教堂的椅子都搬来了，全部堵在了门前。

"推不开！"木柯有些绝望地看向白柳，"侧门我也去看过了，也从里面被堵死了。"

他们背后的黑雾里不断传来让人头皮绷紧的、器械和刀尖擦刮的声音，有几次木柯都看到苗高僵或者是苗飞齿一只脚都踏出了黑雾，硬是被刘佳仪强行又扯了回去。

但可以看出，刘佳仪一对二已经撑不了多长时间，没有什么时间留给他们慢慢推门了。

"怎么办，白柳？"木柯语气紧绷。

"刘佳仪除了血，还给了你这个是吗？"白柳目光落在刘怀心口上那个旋转的魔方和那两袋血身上，"以她对你的保护欲，会把所有后路都给你安排好的，你能给我试试看这个东西能不能开门吗？"

刘怀的目光已经有些涣散了，他沉默地点了一下头。

白柳接过魔方。

系统提示：超凡类道具魔术空间，可以操纵任何空间。

白柳举起魔方，正对着教堂的门，刚要说打开的时候，从黑雾里飞出来一把回旋弯刀就要往白柳的脖颈上割，白柳被惊慌的木柯推开，他的头发被弯刀割下几缕，白柳目光一凝回头看向他背后。

黑雾已经散去，浑身是血的刘佳仪被苗飞齿一只脚踩在头上，蜷缩的手边倒着空掉的毒药瓶子，呼吸弱得近乎没有。

苗飞齿脸上的笑扭曲又得意，正狠狠地往下砍："我在这个副本还没开过杀戒，倒要看看你们谁能跑掉！"

白柳毫不犹豫地继续用魔方开门，教堂的门缓缓打开了，苗高僵和苗飞齿脸色齐齐一变——白柳要走教堂溜了！

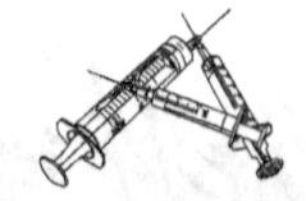

这两人抬脚就想去追白柳。

但是刚走一步却停住了，奄奄一息的刘佳仪睁着没有光彩的灰色眼睛，死死地、毫不松口地咬在了苗飞齿的裤腿上，她满是泥土的手又向前伸了一截握住了毒药瓶子，黑雾再次从倒在她手边的魔药瓶子里蒸腾而上，包裹住了苗高僵和苗飞齿这两个人。

系统警告：玩家刘佳仪使用道具使精神值下降低于 20，进入面板爆发状态！"毒药喷泉"技能时间延长！

"操！"眼看着木柯他们就要拖着刘怀成功跑路，苗飞齿终于怒了，他本来留刘佳仪一命是想着等下好取血，没想到刘佳仪敬酒不吃吃罚酒，他反手就是一刀扎进了刘佳仪的手掌里，刘佳仪吃痛地叫了一声，松开了咬住苗飞齿裤腿的嘴。

"老子现在杀了你这个小贱种！！"苗飞齿怒喝着挥着刀往下恶狠狠地扎着。

苗飞齿狰狞扭曲的脸和刘佳仪记忆里，那个喜欢扇她巴掌、喊她小贱种的男人的脸渐渐重合，她缓慢地眨了一下眼睛，血珠从睫毛上滴落，掉在了脏兮兮的脸上——她永远都是这样一副不体面的、泥巴里的鱼一般上不得台面的样子。

出生后是这样，好像死前也是这样。

刘佳仪看着那团失去双臂的光跑进了教堂——那是刘怀，刘怀走了。

她忽然有一种，很恍惚的安定感——哥哥又一次从这些要打他们的坏人手里跑掉了。

虽然又是这样抛下了她，但她现在已经没什么好难过的了，因为这就是她的哥哥啊，她早就接受他了，只是害怕太早地失去他，做了太多的不那么对的事情。

刘佳仪的眼睛缓慢地闭上了，一滴眼泪滑落。

我好想继续做你的妹妹啊，哥哥。

系统提示：玩家刘佳仪超凡神级道具"普绪克的眼泪"生效，神明将命运指引到了这一刻，虔诚的信仰指引着信徒想要的幸福，普绪克的眼泪会浇灭怀疑的花火。

走进教堂的一瞬间，刘怀突然顿住了。

木柯着急地推他："快进地道！"

刘怀转头看着被摁在地里的刘佳仪，他忽然深吸一口气，侧身甩开绑在自己腰上的匕首，瞬间压低身体咬住在空中掉落的一柄匕首，同时让另一柄匕首扎进了自己的身体里，匕首扎进皮肉里，刘怀低着头脸色惨白地闷哼一声。

木柯惊了："你干什么刘怀！"

系统提示：玩家刘怀受到暗影匕首攻击，精神值下降中……因玩家刘怀精神值剧烈震荡，精神值下降计算中……精神值下降至 9，开启面板狂暴模式，体力剧烈消耗中……

刘怀就像是一只压低身体的飞燕，速度快得只能看到残影，他点着地面掠过，朝着苗飞齿飞跑了过去。

在苗飞齿的双刀要砍下来的那一刻，刘怀宛如从暗处蹿出来的刺客，一脚踩在地上一个旋转，转身用嘴里死死叼着的匕首硬是对上了苗飞齿对着刘佳仪斩下来的双刀。

苗飞齿愕然地看着用嘴咬着匕首，扛住了他双刀的刘怀——这是他第一次看到被砍掉了双手，"缴械"了还能扛住他的刺客玩家。

刘怀的眼神有一种孤注一掷的，让人心神震颤的力度和亮度，他的一只眼睛因为疼痛而半闭合，嘴角被苗飞齿大力砍下来的双刀震动得裂开，伤口滴落鲜血，脸色白得像个鬼，嘴边还在流口水。

刘怀挡在了刘佳仪面前，一步都没有退，胸膛剧烈地起伏着。

"操。"苗飞齿失语了一阵，他感到了刘怀这个疯子那种不要

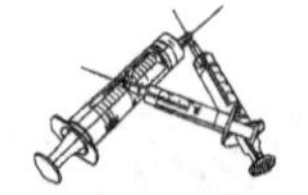

命的硬是要扛下他的坚定，但苗飞齿还是咬牙抽刀，又恶狠狠地横划过去，"白柳带出来的人都他妈是疯子！爹！刘佳仪交给你！"

系统警告：玩家刘怀生命值下降至1！！！请迅速逃离至安全地带！

刘怀跪在地上，摇摇晃晃地又站了起来，咬着匕首直勾勾地看着苗飞齿——那眼神的意思很明显：我还要和你对打，我不会轻易倒下。

汗水从苗飞齿的下颌滴落，他抬手擦了一下，咬牙问："白柳他妈的到底给你灌了什么迷魂汤？！值得你给他做到这个地步？！"

刘怀恍然地看了一眼身上缠满黑雾，被苗飞齿甩去跟苗高僵缠斗的刘佳仪。

如果他这个时候嘴里没有叼着匕首，刘怀或许就会告诉苗飞齿，白柳什么都没有给他灌，他们只是做了一笔交易而已。

"白柳，你真的能确保刘佳仪安全地离开这个游戏？我指的不光是这场游戏，而是整个游戏，你确定可以带她出去？"

"我不确定，但我保证，只要我活着，我就一定会拼尽全力带刘佳仪走。"

"……我相信你的话的交易效力。唉，我有时候觉得佳仪要是不是我的妹妹就好了，她太聪明了，我……一直以来什么都做不了。是我配不上她这么聪明的妹妹，白柳，要是你是佳仪的哥哥就好了，她就不用那么辛苦地保护我了。"

"佳仪要是不是我的妹妹就好了，她很好，又聪明又懂事，她值得一个更好的出身，一个更厉害的哥哥。"

苗飞齿的双刀又一次毫不留情地落下，木柯抱着小木柯心脏快要爆炸地疯跑，刘佳仪举着魔药瓶子往这边跑，黑雾一点一点地消退掉，她狼狈不堪地被苗高僵撂倒在地上，她歇斯底里地侧头看向刘怀这边，崩溃地哭叫着："哥哥！不要！！"

刘怀深吸一口气，闭上了眼睛，他用渗血的牙齿咬紧了嘴里的匕首，就像是对未知的神明祈祷那般在心中轻声呼唤着白柳的名字。

白柳，求你。

我用我的最后一点生命值为你铺路，求你一定要做到你对我承诺过的事情。

"白柳，我这一辈子还有一件特别后悔的事情，你能帮我……给四哥带一句对不起吗？"

"你可以自己当面和他说。"

"要是我死了怎么当面和他说？"

"你可以等牧四诚死了，你再和他当面说。"

"……四哥知道你背后这么咒他吗？"

"我当着他的面也是这么说话的。"

刘怀终于释怀地笑了起来，眼泪从他眼角滑落。

其实活着对他来说是一件很辛苦的事情，他现在终于给自己的灵魂找到了一个奇怪的寄存处。

虽然这个寄存处要收费，但也算是一个安心的归处吧。

在苗飞齿这一刀又要砍下来之前，白柳从侧边猛地一个横跳出来，他冷静地挥出鞭子打开了苗飞齿的双刀，打断了苗飞齿这次的攻击，他挡在了刘怀面前，直面了恼怒的苗飞齿接连落下来的双刀。

白柳用鞭子挡住了苗飞齿的双刀，还抽空回头给刘怀说了一句："刘怀，注意苗高僵，他要变成交界怪物了，说不定会弄死刘佳仪。"

这话一落，苗飞齿和刘怀都是一怔，这两人同时转过头去看着那边控制住刘佳仪的苗高僵。

苗高僵的僵尸外表萦绕着一种不祥的青黑色，一双眼睛只有

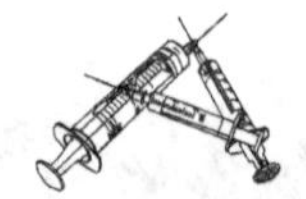

正中间一点是黑色的，眼白又大又凸，还布满了黑色的血丝，嘴唇两边的獠牙长到几乎触到下巴，皮肤是皱起的厚实发霉皮革的颜色和质感，双手上长出黑色的毛发和纤长的黑色指甲，此刻苗高僵用一只手摁住刘佳仪的脖子，越来越用力。

而刘佳仪的魔药瓶子倒在地上，空荡荡的——那个可以瞬间腐蚀小孩怪物的毒药被刘佳仪直接泼到了苗高僵的身上，竟然一点反应都没有。

系统警告：玩家苗高僵精神值震荡，处于不稳定状态……急剧下降——下降至 0。

系统警告：被个人技能中附属的怪物异化完成，成为个人技能怪物书对应怪物——《怪物书：不死生物腐肉僵尸》。

系统警告：腐肉僵尸。该怪物为三级副本游戏中的 S 级怪物，防御力极高，为 10000+，会无差别攻击所有玩家，请所有玩家迅速逃生！

苗飞齿看麻了，他呆滞地把手中的双刀缓缓放下，看着那个大张着嘴巴的、面容狰狞青紫的、完全不像一个人类的僵尸："爹……？"

青面獠牙的僵尸抬起头，用凶戾的目光看着苗飞齿，嘴里呼出一口腐肉的浊气。

苗飞齿尾椎骨下方蹿起一股凉气，他对着苗高僵这张他原本熟悉的面容，忍不住跟跄着后退了两步——防御力上万的怪物，而且他们根本没有时间去探索这个怪物的弱点。他是知道苗高僵的防御力有多可怕的，技能全开的时候他用双刀砍着玩，都只能在苗高僵的手臂上留一道白印子。

而苗高僵技能全开的时候，防御也没有加到一万以上。

这东西……这怪物，他的亲生父亲衍生出来的怪物，他们根本不可能打得过！！

刘佳仪泪眼蒙眬地和刘怀对视了一眼。

她似乎意识到刘怀要做什么了，手指在地上抠着沙土，疯狂地挣扎着，想要阻止刘怀，声音嘶哑地从被苗高僵压制的喉咙里蹦出几个字："哥……不要过来！"

代表着刘怀的那团红外影像在刘佳仪满是泪水的眼里跳跃着，就像是一团注定要熄灭的火光。

这团被她怀疑过、被她伤害过，从她出生开始就微笑着、背着她温暖她、握住她的手说要给她一个光明未来的火光，在黑夜里就像是回光返照一样在刘佳仪的眼里发着前所未有的耀眼又温暖的光芒，几乎要将她的眼球灼伤。

火向着被摁在地里的、流着泪的、冰冷的女巫身上扑过来。

系统提示：玩家刘怀是否使用爆发个人技能"闪现一击"？

"是。"

刘怀咬着匕首，他龇牙咧嘴地从半空中跳跃下，踩到了变得异常厚实的苗高僵的后背上。

苗高僵放开了自己快要掐死的刘佳仪，嘶吼着反身就是一拳打在刘怀身上。

刘怀根本没有躲避，他用双臂夹住苗高僵的脖颈，上半身随着苗高僵的动作甩动着，咬着匕首面容狰狞地怒吼着，就像是一只护着自己巢穴里幼崽的受伤野兽那样恶狠狠地、拼尽全力地咬着匕首插进了苗高僵的脖颈里。

系统提示：玩家刘怀爆发使用个人技能"闪现一击"……因技能核心欲望发生改变，技能效果发生改变……

系统提示：检测到玩家刘怀剧烈的杀意和保护欲，"暗影匕首"造成的僵直效果不变，附加伤害效果，伤害计算中……

系统提示：玩家刘怀使用"闪现一击"造成怪物腐肉僵尸一

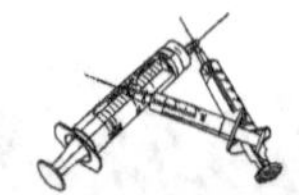

分十五秒的僵直效果，6 点伤害效果，怪物目前残余生命值 10。

系统提示：因技能变换，玩家刘怀技能身份"懦弱的暗杀者"更新——更迭为"光明勇敢的刺客"。

苗高僵被这一刺入骨肉的匕首刺得后仰大吼，它反手抓在刘怀的脖颈上狠狠一甩，然后僵直不动了。

而被它甩在地上摔倒翻滚了几下，已经彻底爬不起来的刘怀呛咳了一声，他的脸上带着一种很莫名的笑意，大股大股的鲜血从他的口鼻处涌出来。

系统警告：因玩家刘怀透支技能，身上多处受伤，失血过多生命值下降中……1……0.5……

警告！玩家刘怀生命值即将归零！

刘佳仪手脚并用地爬到刘怀的旁边，颤抖地把刘怀的头轻轻抱起来放在自己的膝盖上，她呼吸声急促，竭力保持着镇定地在自己系统面板上狂点着。

系统提示：玩家刘佳仪，您的个人技能"解药"和"毒药"都处于冷却中，现在无法使用该技能恢复任何人的生命值……

系统提示：您的系统背包里没有任何可以瞬间缓解人重伤的道具或者魔药。

系统提示：您唯一的超凡神级道具"普绪克的眼泪"为意识层面道具，无治愈效果……

"操你爹！操系统你他爷爷全家的爹！！"刘佳仪爆了粗口，她整张脸急得血液上涌，强忍着的镇定都在刘怀渐渐虚弱下去的呼吸声中粉碎。

刘佳仪抖着手摸刘怀的口鼻，呼哧呼哧地大口吸气镇定情绪，嘴皮子也在抖，她一边忍着哭腔一边冷静地说："哥，你再坚持一会儿，一会儿我的治疗技能就卡好了！我就能救你了！"

"……佳仪，我坚持不了了。"刘怀呛咳了一声，大口大口的血涌出来，他说这话的时候却是笑着的，眉眼弯弯的，"你怎么还骂人呢……"

"我以后不骂人了，我听你的话，我再也不骂了。"代表着刘怀的那团热成像在刘佳仪的怀里慢慢变成了蓝色，就像是要熄灭了一样，刘佳仪终于忍不住了，她像一个正常的八岁小女孩一样抱着刘怀的头号啕大哭起来，眼泪大滴大滴地涌出，"哥，我求你！！都是我的错！是我不好！求你再坚持一下！不要留我一个人！！"

"别不要我！"

"……佳仪，不是你的错。"刘怀的眼珠渐渐变得像刘佳仪那样无神，"是哥哥不好……"

他努力地，艰难地，一个字一个字慢慢地说："是我不配有你这样好的妹妹，佳仪……"

刘佳仪哭得喘不上气来，她拼命地摇着头，不知道该说什么，只是弓着身子哭着，眼泪流得到处都是。

"你知道吗，佳仪，在你出生之前，我以为自己一辈子也就这样了，一辈子都活在泥塘里。"刘怀的声音缓慢地虚弱了下去，他笑着，"但是在你出生之后，我看着你那双看不到的眼睛，你对我伸出手要我抱，我知道我不能再这样下去了，我决心要带着你走出去。"

"因为我是一个哥哥了。"

刘佳仪想要捂住刘怀不停流血的嘴，她哽咽着："求你你别说了，别说了！"

"是你给了我未来。"刘怀露出一个恍惚的、发自内心的微笑，"你是世界上最好的妹妹，佳仪。"

他的眼睑疲惫地落了下去："可是……我不是世界上最好的哥哥，是哥哥太笨了……我把你托付给白柳了，他也很聪明，他

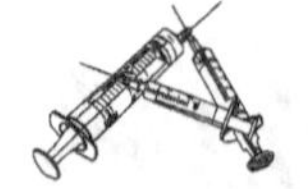

会理解你的，你以后不用那么辛苦地怀疑谁，保护谁了……"

"一直以来，辛苦你保护我了，佳仪。"

系统提示（对全体玩家）：玩家刘怀生命值归零，确认死亡，退出游戏。

刘佳仪怔怔地看着那团在她怀里彻底熄灭下去的火光，她伸手去触碰刘怀的脸，眼角有一滴眼泪无意识地滑出："哥？"

系统提示: 玩家刘佳仪使用道具"普绪克的眼泪"阶段性生效。
普绪克的眼泪会指引你走向她曾经走过的道路，你会彻底失去他，然后再拥有，这是来自普绪克的嫉妒，她不愿拥有怀疑之心的女人还能比她早一步幸福。但她也是仁慈的，会让你最终获得幸福，你会痛苦地幸福着，从而珍惜幸福。

红桃蛊惑的浅淡声音突然在恍惚的刘佳仪的耳边响起："丘比特飞走了，飞回了天堂而已。"

刘佳仪紧紧抱住刘怀的头，她把头完全低了下去抵在刘怀没有心跳的胸口，然后撕心裂肺地、痛不欲生地哭出了声，大滴大滴的眼泪从刘佳仪完全失去神采的眼睛里滑落，滴到刘怀失去生气的胸膛上。

她一个字都喊不出来，只能嘶哑地大张着嘴巴哭喊着："啊——！！！

"啊啊啊啊啊啊啊啊啊啊啊啊啊啊！！！"

普绪克终于尝到了怀疑的苦果，她夜以继日地流着眼泪，却再也换不回飞走的丘比特。

怀疑像一剂毒药，腐蚀了普绪克。

系统警告：玩家刘佳仪的精神值发生震荡，剧烈下降中……

CHAPTER 38

刘怀死了，但他控制住了苗高僵这个暴走的怪物，虽然只是一分多钟而已。

看着刘怀的尸体，白柳只是恍然了片刻，他很快就冷静下来，上前抓住一动不动的刘佳仪往教堂里拖。

苗飞齿也想跑，但更让他崩溃的是他儿童的血还在刘佳仪的身上，但刘佳仪就躺在苗高僵化成的那个僵尸怪物的旁边，他根本不敢上去抢血。苗飞齿咬牙切齿地踌躇了一会儿，二话不说地往教堂里跑了，他去抓小苗高僵了。

那个小孩和他也有血缘关系，血也是管用的！那他还差一个小孩的血，苗飞齿看向受洗池后的大小木柯，杀得猩红的眼珠子微微转动了一下。

白柳拖曳刘佳仪根本没有反应，这小女孩就抱着刘怀的尸体失魂落魄地跪在原地，旁边的僵尸用凸出的眼珠子死死地瞪着刘佳仪，已经开始微弱地移动了，而刘佳仪就像是没看到一样，恍惚地抱着刘怀的头，喃喃自语着："对，我可以复活我哥，我可以的，只要积分足够，我就可以——"

"你复活不了刘怀。"白柳淡淡地打断了刘佳仪的自言自语，"他的灵魂在我这里。"

刘佳仪一顿，然后以一种肉眼看不到的速度跳跃起来，双手翻转卡住白柳的脖子，凶狠无比地把白柳掀翻在地。

这个新星第一的玩家终于显露出她的危险性，刘佳仪满脸泪痕表情狰狞无比地用细瘦的手脚死死勒住了白柳的脖子，声嘶力竭地威胁他："把刘怀的灵魂给我！！不然我杀了你！！"

白柳被勒得直咳嗽，但他神色还是平静的，嗓音有些发哑地爬起来："……现在这样，就算你复活了他，他真的想活着吗？他是自己想为你死的，我定的计划本来是可以保住他的。"

回想起刘怀死前那个心满意足交托一切的疲惫语气，刘佳仪的呼吸一滞，她情不自禁地松开了自己勒住白柳的手，白柳迅速拉住她的手腕，头也不回往教堂这边拖曳着。

刘佳仪呆愣地被白柳扯着往教堂跑，她已经被技能耗尽体力没有力气了，没跑两步就跪在了地上，白柳转身把她抱在了肩膀上。

白柳一边咳一边跑，他侧头看了一眼刘佳仪反应不过来自己救她的样子，淡淡地说："刘怀让我无论如何都要救你离开这个游戏。"

"不是这个福利院，是整个游戏，或许等到那个时候，他就愿意被你复活了吧。"

刘佳仪眼睛一酸，但很快地她反驳了白柳的话："我根本不可能活下去，苗高僵异化的怪物是三级本的 S 怪物，防御一万多，我在国王公会开团的时候开着治疗辅助，都要十几个配合度很高的 A+ 级玩家在我控制血线的情况下才吃得下，怎么打？"

白柳语气很冷静："我有办法。"

随着白柳这句话的落下，那个被刘怀自杀式袭击搞得僵直了一分十五秒的僵尸终于又动了起来。

它张开两片黑色嘴唇，露出长长的獠牙，一跳一跳地往刘佳仪这边蹦跳了过来。

它跳得不快，但是步子极大，几个跳跃就落到了教堂的门前，但它却没有攻击跑在他前面的白柳和刘佳仪，而是直接从这两人的头顶跳了过去，往侧门去了。

正贴在教堂侧门上，准备从后面绕过去偷袭木柯他们的苗飞齿看着往这边蹦过来的僵尸没忍住"操"了一声，连忙挥刀躲开，这伤害极高的上旋双刀砍在僵尸的外皮上，就像是砍在了什么厚度极高的皮革上，一点痕迹都没有划出，苗飞齿开了移速想要逃跑。

结果这苗高僵化成的僵尸似乎对苗飞齿的攻击方式和逃跑习惯都极为熟悉，苗飞齿几次都没有逃出来，反而被这僵尸死死困在了教堂前。

苗飞齿额头冒汗，不停地挥舞双刀，最后被逼得没有办法直接开大，使用了"怨魂双刀"这种爆发技能，但因为体力限制，苗飞齿只能使用这个技能一分钟。

怨魂从苗飞齿挥舞的双刀上飘浮而起，血腥气弥漫了教堂前的空间，苗飞齿双刀不停地推拉横划，在夜色里能看到连成一片的雪白刀光，这技能倒是可以伤害到苗高僵了，但苗飞齿的脸色也越来越白，因为苗高僵也可以伤害到他。

系统提示：腐肉僵尸咬伤玩家苗飞齿的肩膀，玩家苗飞齿生命值 -2。

系统提示：玩家苗飞齿使用个人技能"怨魂双刀"暴击一次，攻击腐肉僵尸 3 点生命值。

系统提示：……

苗飞齿龇牙想要强行突围，但很快暴击技能的一分钟就要到了，苗飞齿破罐破摔地使用了最后一次暴击，但他提起刀才举到

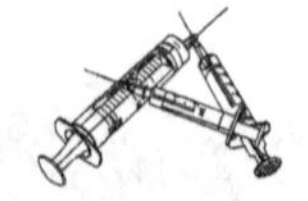

一半，背上突然跳上来一个畸形小孩怪物。

这小怪物不知道是从什么地方蹿出来的，从背后抱住了苗飞齿的脖颈，咿咿呀呀地说着话，苗飞齿怒骂了一声鬼逼崽子，刚想回头一刀捅死这个小怪物，在回头看到这个小怪物的一瞬间，苗飞齿的瞳孔一缩。

他认识这张脸，这是他在进入游戏之前绑架过、被他切掉了手指头吃掉的孩子，如果木柯在这里，他就会惊异地发现这个孩子就是在电梯那里提醒他不要上去的畸形小孩。

小怪物嘻嘻笑着叫着，抱住苗飞齿的颈部拍着掌："手指头！手指头！叔叔喜欢吃我的手指头！"

它的手上没有手指头。

"手指头"这三个字让已经完全僵尸化的苗高僵攻击的动作凝滞了一下，这曾经是苗飞齿和苗高僵在这个所有投资人玩家都长得一样的游戏里互相辨认对方的暗号，它转动浑浊的眼珠凑近看向苗飞齿，嘶哑地说："……飞齿爱吃……手指头。"

它似乎认出了面前的人就是苗飞齿，苗飞齿刚要松一口气以为苗高僵勉强恢复了神志，苗高僵就用手掐住了苗飞齿的脖颈，它睁着双目，死死地盯着被它掐得单手提起来的苗飞齿："……你总有一天，也会吃掉我的手指头。"

苗飞齿被掐得悬吊起来，两只脚在半空中就像是蛤蟆一样挣扎着，他拼命地用手中的双刀劈砍苗高僵，但苗高僵一点反应都没有，掐住他喉口的拇指下陷，苗飞齿很快就双眼涨红喘不上气，他看着苗高僵化成的僵尸无神的眼睛，终于明白了为什么苗高僵会第一个攻击他，明白了他父亲的潜意识的恐惧是什么——

苗高僵恐惧自己吃了他，所以他的技能身份是不会死的、肉腐烂的僵尸。

苗高僵的手掌缩紧，苗飞齿全身抽搐一下，他的双刀缓缓脱手砸落在地，消失成数据光点。他瞳孔扩散，张着嘴歪着头靠在了苗高僵的手上，就像是一个正在对爸爸撒娇的孩子。

系统提示（对全体玩家）：玩家苗飞齿生命值清零，确认死亡，退出游戏。

"靠！"看着那个在这个副本里随便切瓜砍菜的苗飞齿一分钟就被苗高僵给弄死了，正在推地道口的木柯不由得脸上密密地渗出汗，"地道口为什么会打不开？！"

白柳看了一眼门缝："里面被人抵住了。"

小苗高僵满头大汗地用尽全力抵着地道门，还用从教堂里搞到的木块把地道口给别上了，想尽所有办法避免外面的人进来，他紧张地吞咽唾沫——那个投资人果然变成怪物了！

他之前还用受洗池的缸子和一些座椅压住了神像下面的那个怪物小孩的通道的出口，但受洗池的缸刚刚被木柯推开了，没想到里面居然还别了一层。

杀死了苗飞齿的苗高僵转动着头颅，眼珠子看向了木柯和白柳这边，木柯头皮发麻地挡在了白柳、小木柯和刘佳仪的前面，他瞄了一眼自己的系统面板，深吸一口气看向这个 S 级怪物腐肉僵尸。

系统提示：恭喜玩家木柯获得技能身份"光明勇敢的刺客"，你拥有了技能衍生武器"光与暗之匕首"。

系统提示：玩家木柯是否使用技能衍生武器？

木柯吐出一口气："是。"

刘佳仪满脸泪痕，面无表情地看着还在挣扎的白柳："放弃吧，已经没有办法了，我们都会死——"

她话还没说完，木柯突然一步上前，挡在了刘佳仪面前，他双手向下一甩，手中出现了一对匕首。

这是一个刘佳仪特别眼熟的动作，她的呼吸一滞，要说的所有话都停住了。

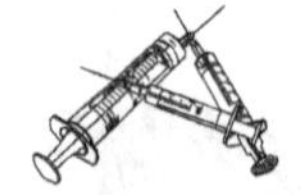

"刘怀连自己的技能都送给别人来保你，可不是让你一心送死的，刘佳仪。"白柳还在推门和里面的小苗高僵较劲，他头也不回地说道，因为推门声音有点喘，"你就是这样糟蹋你哥的心意的吗？"

系统提示：玩家木柯是否开启暴击技能"闪现一击"？因为玩家木柯未曾使用过该技能，该技能会严重消耗你的体力槽，会出现在使用之后身体脱力无法逃脱等现象，是否使用？

木柯回头看了一眼自己身后的白柳、发怔的刘佳仪和小木柯，他握紧那双匕首，一种前所未有的情绪让他的心跳加速着，让他的眼眶里盈满眼泪，他害怕地紧咬牙关，但有一种更加强烈的感情和欲望让他往前走了一步。

"使用！"

木柯脚尖点在地上一跃而起，他在刘佳仪眼中的热成像宛如燃烧起来的火光。

那个死去的刺客好像在此时此刻，又活了过来。

而这一次他不再懦弱，是一个勇敢的刺客。

在木柯蹿出去的一瞬间，刘佳仪突兀地转身看向白柳，她低着头看不清神情，语气非常冷漠："让开。"

白柳挑眉让开，刘佳仪伸手贴在地道的门上，抬起头来，虽然眼眶发红，但脸上什么情绪都没有："系统，使用道具'铰链'，使用位置为地道里的苗高僵。"

系统提示："铰链"正在布置中……布置完毕，已经锁住里面的玩家苗高僵。

小苗高僵惊恐地看着不知道从什么地方钻出来的铰链，锁住了他的手腕和脚腕，怎么也挣脱不掉。

木柯被苗高僵甩出去在地上翻滚了好几圈，他呛咳出大口的血液，已经痛得快要爬不起来了，无论怎么努力都没有办法刺入苗高僵化成的僵尸身体里打出僵直效果，匕首在他的手里好像是钝的。

系统警告：玩家木柯的生命值下降 5 点，下降至 1！警告！请迅速逃离危险场景！

木柯趴在地上想要爬起来，他眼前的世界好像都开始摇晃了，他看到那个被他拦了不到十秒钟的僵尸往白柳和刘佳仪的方向蹦跳着去了。

不行，不可以！刘佳仪如果进了教堂是到了安全区，但是白柳不是！！这个僵尸挨到白柳的一瞬间，他就会死！

有没有什么办法，有没有什么办法让这个僵尸不动！让它死掉！让它不要再伤害任何人！

木柯龇牙咧嘴地挣扎着爬起来，他的目光落在教堂外面遍体鳞伤的刘怀身上，他看着刘怀心口的那个伤口，突然怔了一下——这个伤口是刘怀为了精神值爆发自己刺出来的……

白柳转身抽出鞭子冷静地对上了跳过来的僵尸，但僵尸却出乎白柳意料地直接跳过了他，往他背后的刘佳仪袭击而去了。

刘佳仪这个时候正在抓住铰链用力往外拽，小苗高僵还在拼命地往外推阻止自己被拽出去，还没来得及进去，她听到了僵尸跳跃的声音转头，僵尸黑色的指甲已经可以碰到刘佳仪额头了，似乎只要再往前面伸一点就能戳穿她。

看到这一幕的白柳瞳孔一缩，教堂是不允许杀死孩子，但只是杀死孩子会有惩罚，并不代表孩子不会死——刘佳仪是他们通关的唯一希望，绝对不能死！

白柳甩出鞭子卷上了刘佳仪的腰部，千钧一发地把她扯入了自己的怀里。

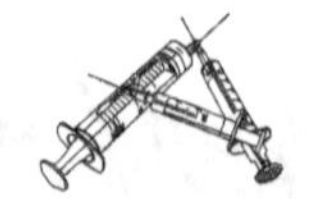

刘佳仪被白柳抱入怀里还没有反应过来的时候，苗高僵又往白柳这边跳了，这僵尸出爪的速度极快，几乎是跳到半空中的时候爪子就伸出来了，白柳甩出鞭子去挡，却被这僵尸一只手抓住，另一只手向着白柳怀里的刘佳凌厉凶悍地仪袭过来。

刘佳仪能闻到僵尸爪子上浓烈的血液腥臭味道，那里面也有刘怀的血，也有死亡即将到来的信号。

她有些恍然地闭上了眼睛，等待着和她哥哥一样的死亡结局。

……我真的有尽力活下去哥哥，如果你见到我来找你，请你千万不要怪我。

白柳转身毫不犹豫地把刘佳仪的头压进了自己的怀里，他松开了鞭子，转换成了猴爪，面容凝肃地正面对上了僵尸抓下来的爪子，把刘佳仪完完全全地保护进了怀里，僵尸咆哮着对白柳抓下来，刘佳仪愣怔地被抱在白柳带着血腥和泥土气息的怀里。

白柳的胸膛很单薄，心跳很平缓，有一种让人很安心的力度和温度，让刘佳仪不由自主地微微张大了眼睛。

她想起刘怀和他说过的话。

我的妹妹值得比我好一万倍的哥哥，刘怀笑着对刘佳仪说，你会有比我更好的哥哥的，佳仪。

所以不要放弃自己啊，还有更光明的未来在等着你，普绪克要历经千辛万苦把飞往天堂的丘比特带回人间才行啊。

白柳硬撑着用猴爪与僵尸对了一下，他被僵尸落下的爪子拍得跪着往后挪了很长一段距离，嘴角溢出了鲜血，僵尸狰狞地怒吼着再次向白柳袭来，白柳揽了一下刘佳仪防止她的脸被僵尸抓到，他眼神专注，似乎还要和这个僵尸撑一下。

僵尸仰头怒啸，爪子狠狠往下拍，白柳难得正经地打量着对手——被这爪子打中，他一定会死。

系统提示：玩家木柯用"光与暗之匕首"刺伤自己，精神值下降中……精神值下降至 11，开启狂暴面板！

系统提示: 玩家木柯使用暴击技能"闪现一击"!

　　木柯就像是一阵闪电一样从很远的地方噼里啪啦地蹿过来，他握住的匕首上闪着刺目的光，照亮了这个漫长得就像是不会亮起来的黑夜，木柯跪在了刘佳仪和白柳的面前，他身上都是自己用匕首笨拙刺出来的伤口，第一次经历精神值下降的木柯眼珠子都是浑浊涣散的。

　　但他的双手却很用力地握住匕首撑开，死死挡住了僵尸落下的爪子。

　　他就像是一把坚实的保护伞，面容凶狠地用匕首挡在了白柳和刘佳仪之前，这个一开始说起 S- 级别玩家都发抖的小少爷，这一刻却丝毫不容撼动地挡在了一个 S 级别的怪物前面。

　　木柯握住匕首，他的心脏在狂跳，跳到开始刺痛，跳到他全身都开始发麻，他觉得自己要死了，膝盖在抖手也在抖，木柯觉得自己好像下一秒就要死了，或者下一秒就要承受不住跪下来了，但他没有。

　　木柯回过头看了一眼他背后的刘佳仪和白柳，一种前所未有的东西压住了他痛得快要流出的眼泪，撑住了他抖得快要跪下的膝盖——太痛了，木柯以前一直以为他发病的时候那种心脏痛就已经很痛了，没想到还可以这么痛。

　　这个一辈子金娇玉贵，害怕疼，喜欢哭的小少爷，在一种要将他心脏撑爆的剧痛里，歇斯底里、毫无姿态地仰头飙着眼泪狂吼着："滚开！！！不允许你动他们！！！"

　　闪着光芒的匕首被面目狰狞的木柯恶狠狠地刺进了僵尸坚实无比的皮肤里。

　　僵尸仰头发出一声怒啸，压在木柯身上的爪子越发用力。

　　系统提示：玩家木柯使用"闪现一击"造成腐肉僵尸一分钟僵直，腐肉僵尸生命值降低为 5！

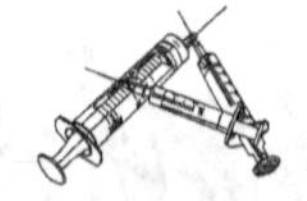

木柯被僵尸沉甸甸的一爪子拍进了地里，他脸色苍白地跪在地上，他跪着的地面都被僵尸这一爪子的力度拍得震出了碎裂的纹路。

僵尸往下压的动作终于停住了，木柯缓慢地眨了一下眼睛，在确定僵尸不动之后，他傻笑了一下，低声喃喃一句"成功了"。

然后木柯嘴里，眼里，鼻腔里都开始流血。

木柯松开匕首，缓缓软倒跌落在了地上，不停呕着吐血，他涣散的眼神还在看向被自己保护住的刘佳仪和白柳——那是一种白柳很熟悉的眼神。

就像是做得不错的孩子，向家长讨赏的骄傲眼神，但木柯的这眼神虚软又微弱，似乎随时都会随着他忍不住垂下的眼皮而消散不见，但他还是很开心。

因为他这次终于像是刘怀和牧四诚一样，完美地完成了白柳给他布置的进攻任务。

"……做得不错，木柯。"白柳对木柯说道。

木柯的嘴边全是血，因为白柳的夸奖，他发自内心地开心笑着，嘴角有点小骄傲地往上翘，眼皮却一直往下耷拉。

他努力地说着话，语气小心翼翼，声音微弱地询问："……我好像要不行了，我这次……真的尽力了，我尽了我全部的努力了，咳咳，没有……打乱你的计划吧……白柳？"

"我知道，木柯。"白柳抬眼，"你做得真的很棒，这次我允许你死亡。"

木柯好似松了一口气般笑了起来，他缓缓地吐出一口气，嘴边全是咳出来的血和血沫，木柯缓慢地松开了自己手里攥得很紧的匕首，匕首上的纹路不知道从什么时候从"blood"变成了"heart"，他过大的力度让这一行字母镌刻在了掌心。

匕首上的光芒暗淡下去，变成了数据光点消失在地面。

系统提示：玩家木柯主身份线生命值清零，确认死亡。

在确认木柯死亡之后不到一秒，白柳就没有片刻停留地把刘佳仪抱起来往地道口走，刘佳仪被奔跑的白柳抱在肩头，一颠一颠的，她脸上是一种很奇怪的、完全无法理解的表情。

她失神地看着那团扑到她面前又熄灭在地上的火光——那是木柯，那个据说继承了刘怀技能的新玩家。

那是一团和她哥哥一样的武器和火光，为了她又死亡了，倒在了地上。

刘佳仪细瘦的手指慢慢收紧抓住白柳的肩膀，她的眼中慢慢盈满眼泪："为什么……"

她只是一个没有人要的小贱种，上天让她诞生，只是为了在冗长灰暗的生活中反复验证她是个贱种这一点。

她的存在毫无意义，只是在泥泞里死死挣扎，不知道为什么想要活下来的一条小鱼，在淹死自己妈妈和姐姐的堰塘里苟延残喘，唯一能喘息的地点是刘怀递给她的手掌心。

刘佳仪不值得被救，也没有人会救她。

木柯为了保护刘佳仪毫无声息地躺在地上，他的眼睛都还没来得及闭合，白柳抱紧她往地道口飞奔着，她扶着白柳的肩头，在一颠一颠中茫然地睁着眼睛，感觉自己好像要飞起来了一般。

时间的流速变得很奇怪，她愣怔地仰头看着那个往她这边跳过来的，已经解除了僵直的，跳到半空中的怪物僵尸，那张丑陋的怪物的脸就像是慢动作一般在她只能看到热成像的眼睛里变幻出真人的脸。

僵尸的脸上出现了生他的那个男人狰狞暴怒的，醉醺醺的面孔，他对着刘佳仪怒吼着："小贱种！谁让你出生的！"

然后又变成刘怀的脸，满脸泪痕崩溃哭号着："对不起佳仪，哥哥不是故意的，为了哥哥，最后一次，最后一次了好吗？"

白柳把刘佳仪的脸压入了怀里，那些狰狞扭曲的面孔在一瞬间离她远去。

瘦小的刘佳仪就像是一团没长大的猫崽般缩在他的胸口，她

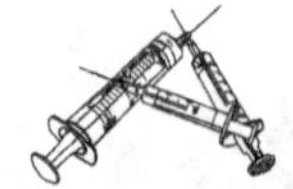

轻轻抓住白柳领口两边的衣角，白柳呼吸声很急促，但说话的声音却不急不缓："如果你刚刚是在问我为什么要救你的话……"

"因为我做了一笔交易，有个人把他的灵魂卖给我，说只要我活着就要带你离开这里。"

"我还活着。"白柳说，"所以我救你。"

刘佳仪张着看不见的眼睛，她滚烫的眼泪木然地滚落下来，沾湿了白柳的衣襟。

两个从小就没有信过神的孩子，在这一刻，他们跌跌撞撞地，终于走进了神明庇护的安全区。

怪物从背后大张着口袭来，白柳狠狠地扯开地道口外面的铰链，把小苗高僵从地道里扯出来，在他的尖叫声中把他甩给后面追来的僵尸怪物，然后白柳的眉头皱了皱，他的唇抿成一条直线，嘴角也缓缓流出鲜血来，白柳蹙眉呛咳着跪在地上，把肩膀上的刘佳仪给放了下来。

系统警告：玩家白柳的保护性道具"犬儒护腕"还有十五分钟失效！在此过程中玩家受到的伤害会依次叠加在玩家白柳的身上！玩家白柳主身份线生命值即将清零！

刘佳仪慌乱地看着眼前又要熄灭下去的一团火光，她眼泪大滴大滴地落下来："白柳！喂！白柳！"

白柳缓缓地倒在了地上。

他松开了握住鞭子的手，嘴里涌出来的血越来越多，就像是之前的伤害全部被反噬在这一刻一般，白柳对着刘佳仪一字一顿，艰难地说着："跑……通道……"

"不要死！"刘佳仪就像一个惊慌失措的正常的八岁小女孩一样摸着白柳的脸，她慌张地弓着身子把脸贴在白柳的头上，感受着他逐渐弱下去的呼吸，无助地哭泣着，"求你不要死！你不是要救我吗？你不是答应要带我离开这个游戏吗？！不要这样随便就死掉！”

"不要骗我，不要丢下我一个人好不好……"脏兮兮的小女孩仰着头，她睁着黯淡无光的灰色眼睛，跪在纯洁的神像前，撕心裂肺地尖厉哭叫着，嘴角口鼻都渗出鲜血来，"不要再让我一个人躲下去了！"

永远暗无天日地躲藏，她好像一只见不得光的深海鱼，有奇形怪状的外表，冰冷的血和一双看不见光的眼睛，冷冰冰地活在地底，在背叛里生长，在怀疑里存活，靠着被诅咒的能力活在不能告诉任何人的游戏里。

谁来和她在一起？看不见的小鱼轻声说，我能救你，也能毒你，但你如果带着爱靠近我，我会给你我最温柔的肚皮。

只要你永远和我在一起，不要把我捞起来之后，又害怕我怪物一样的外表，懦弱地把我丢在泥塘里。

小苗高僵尖叫哭喊着被成年之后变成怪物的自己一只手抓住，僵尸对准小苗高僵的脖颈要咬下去的一瞬间，十字架上的神明的眼皮动了动。

系统警告：检测到有怪物在安全区袭击儿童！
系统警告：神明降下惩罚！

密密麻麻的荆棘从神像的脚下蔓延出去，包裹住踏入教堂的腐肉僵尸，僵尸怪物被黑色的荆条包裹得密不透风，它四处反击着，带着刺的荆条却轻而易举地扎入了它厚实如皮革的青紫色皮肤，绕着它粗壮的脖颈一圈圈缠绕着，僵尸发出一阵阵的怒吼声，想要从荆棘的包绕里突破出来。

但缠绕过来的荆棘却越来越多，一层一层地包裹住它，僵尸整个被围在了荆棘做成的茧里面。

荆棘越缠越紧，僵尸咆哮的声音从大变小，最终随着荆棘一圈一圈地缩小蠕动，就像是在吞咽里面被包裹的怪物一样，渐渐

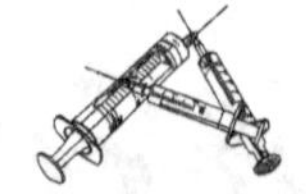

变得弱不可闻。

小苗高僵看着这堆茂盛的，包裹起来有教堂那么高，小山一样的，还在动的荆棘丛，他吓得后退两步，发现整个教堂的地板上都是还在不断地蔓延过来的荆棘条，无处不在地往中间这个荆棘条做成的茧中涌去。

荆棘丛在小苗高僵头皮发麻的注视中缓慢地收束、静止，荆棘黑色的尖刺上滴落黑色的、带着血腥和腐臭味的液体。

系统警告：神级 NPC 攻击腐肉僵尸（玩家异化）中……腐肉僵尸生命值清零。

系统提示：玩家苗高僵主身份线生命值清零，确认死亡。

刘佳仪闻到了很浓烈的尸臭味道，她听到了"嗞嗞"的荆棘撤回时在地面划过的声音，紧接着就是块状物沉闷的掉落声和她自己急促的呼吸声，但这些声音都比不上她眼中白柳身上渐渐暗淡下去的色块吸引她注意力。

她根本没有管死掉的苗高僵，她正在飞快地调动系统面板。

系统提示：很遗憾地告诉您，您的个人技能"解药"还有一个半个小时度过冷却期，现在无法使用。

刘佳仪闭上了眼睛，她吐出一口气——冷静，刘佳仪冷静，一定有什么办法可以救白柳。

她的治愈技能无法使用，但她还有可以直接救白柳的东西——那就是她的血，她的血可以直接灌溉出可以救任何人的血灵芝，是可以治愈白柳这个投资人身上的绝症的，但她现在还需要一张可以培育出血灵芝的稻草床。

白柳等不到回医院用哪张稻草床了，而且还要从其他投资人怪物手里抢，哪怕是她有抢的能力，白柳也没有等她抢的时间了。

　　刘佳仪的目光缓缓移向了她听到的那个荆棘条收拢的地方——那是一个神像，身上缠绕了荆棘条，神明正睁开眼睛看着刘佳仪，但因为体温太低了，是一团死物。

　　塔维尔还没来得及说话，就看到这眼盲的小姑娘跌跌撞撞往自己神像上扑过来，带着一股子狠戾劲就开始像薅羊毛一样薅他身上的荆棘丛。

　　刚醒来有点迷茫的塔维尔："……？"

　　见到他苏醒的人类都会发疯，白柳是个例外，没想到这个小女孩也能保持理智地薅他的荆棘条，但在看到刘佳仪脸的一瞬间，塔维尔明白了为什么刘佳仪没事。

　　因为这个小女孩，眼睛看不见。

　　刘佳仪触碰到塔维尔的一瞬间就触发了神级 NPC，但这里是她的安全区，她根本没带怕的，一顿狂拉带扯，简直薅出了把塔维尔扒光的气势。

　　默默地看着刘佳仪扒他身上荆棘的塔维尔："……"

　　他看了一眼躺在地上不动的白柳，缓缓地用荆棘轻柔地包裹住白柳，可以轻而易举地绞碎防御值破万的怪物的荆棘条对着呼吸微弱的白柳，一个生命点的损失都没有造成，就稳稳当当地放到了自己身后的受洗池里。

　　在刘佳仪听到声音之后受惊地看着塔维尔，正准备从他的荆棘条上抢人的时候，塔维尔沉默地把自己的荆棘条放了刘佳仪的手中。

　　刘佳仪一怔。

　　"你是要用我的荆棘条搭养血灵芝的地方吗？"塔维尔很平和地说，"我给你堆好。"

　　荆棘温顺地在受洗池的池底缓慢堆叠编织，编成了一张看起来还挺结实的黑色荆棘藤条床，肤色苍白得一丝血色都没有的白柳就紧闭着双眼躺在上面。

　　刘佳仪站在受洗池面前，低头看着这个不知道为什么从游戏

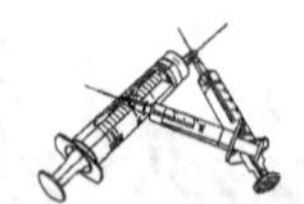

开始，就一直在救她的，本来她很讨厌的玩家。

"你怎么知道用我的荆棘可以养血灵芝，"塔维尔垂眸看着刘佳仪，"或者说，血灵芝是我荆棘条上的产物？"

刘佳仪低着头，她似乎还在看白柳，然后毫不犹豫地低头用刀割破了手腕，鲜血汩汩地从她的手臂里流出，滴落在受洗池的水中，滴落在荆棘丛中，在所有孩子洗干净罪恶的清水中，来自于她身体里的禁忌的、污浊的血液在水中晕染出一朵朵花一样的纹路。

浸没在水中的荆棘条开始舒展枝叶，枝叶交叉的地方闪烁出萤火虫一样泛着红光的点，就像是蘑菇的孢子一样从荆棘条里升腾起来。

刘佳仪雪白细瘦的手腕上往下滴落着颜色鲜艳的血液，她垂下颤抖的睫毛，开口说话的声音里一点情绪也没有："这个副本里所有怪物都是吸血的，你也是怪物，你怎么可能不吸血？"

"从安全区的设置来看，你好像是一个保护儿童的神明。"刘佳仪说，"但你要真的对儿童这么好，那些投资人为什么会那么狂热地供奉你，执着于在你的面前洗礼我们？每一个副本都有核心邪物，这些邪恶的东西降落人间，混杂着人类恶心的欲望形成一个游戏副本，而这个副本的核心邪物就是血灵芝，一切都是从血灵芝的出现开始的。"

"你是这个副本的怪物书里最重要的那个怪物，你的存在一定会和核心邪物有关系。"

刘佳仪抬起了灰色的眼睛，她的手上滴着血："你根本不是什么好的神明，你是一个邪恶的神明，投资人供奉你是因为血灵芝的秘方和诞生，就是从你开始的对吧？是你这个神明，赐予他们这些东西，所以他们才会这样狂热地供奉你。"

被绑在十字架上的塔维尔缓慢地眨了一下眼睛，他无波无澜地看着仰着头直视他的刘佳仪："你说的不算全对，血灵芝的确是从我开始的。"

"但我也只是个陨落的不死不灭的邪物，已经不算什么神明。"那些荆棘条在塔维尔的身上快速爬动着，他淡淡地说道，"我只是血灵芝的第一份养料。"

"我是第一个被投资人发现，血可以用来养血灵芝的儿童，在发现我不会死后，他们用荆棘把我绑在十字架上，祈祷每一个他们受洗的儿童都和我一样，血可以用来养血灵芝——如果这种祈祷也能让我成为神明的话，那我的确是邪神。"

刘佳仪看着塔维尔，她的呼吸一滞——她的眼睛里原本那些没有生命的荆条突然变得发红发热，就像是搏动的血管一样在神像的表面攀爬，一跳一跳地扭动着。

荆条往神像的每一根血管里钻动，用尖利的刺扎着塔维尔的血管壁，贪婪地吮吸神像身体里的血液和养分，这些荆条顺着血管钻动到神像的心脏里面，在心脏里扭动缠绕，像活物一样生生不息地攫取着他身体里的养分，然后在藤条交叉处分泌出孢子一样的东西。

这些血红的藤条是吸食鲜血的菌丝，而上面的尖刺里包裹着的是还没有长出来的孢子。

塔维尔垂下眼睫："我是血灵芝母体的永远的养料，投资人的医院的稻草床里每一个子菌体，都是从吸取我的血、生长在我身上的荆棘上生长出来的。"

"我是血灵芝的共生体。"

驱动藤条绞死怪物之后，这些藤条，或者说菌丝越发膨胀地吸食着塔维尔身体里的血液，把他缠绕得越来越紧，带着刺的荆棘条索在塔维尔的血管和心脏里贯通拉动着，塔维尔的脸色变得明显疲惫了下去——这也是他每次使用藤条救了白柳之后变得想睡觉的原因。

他驱动身上的菌丝去救白柳之后，这些菌丝会变本加厉地从他身上抽取血液和养分。

塔维尔缓慢地耷拉下眼皮，他专注地看着躺在他身前受洗池

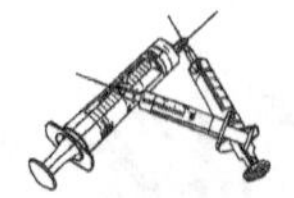

里，还在昏迷的白柳。

他第一次见到白柳的时候，是一条从水中被人类捞上来的腐烂人鱼，被放在橱窗里作为展览品吸引游客来屠宰，最终让一整个镇子的人都变成了幽灵般的人鱼怪物。

他第二次见到白柳的时候，是一面被盗贼从收藏品家中窃取出来的鬼镜，藏着这个世间所有人类都不敢正视的恐惧，盗贼日日夜夜害怕他破碎、害怕有人来偷盗他，在他的身上放置炸弹，最终将一整节车厢的乘客葬送进火海。

他第三次见到白柳……塔维尔垂下眼帘。

他是一个符合血灵芝母体供养，不会死不会停止血液制造只会沉睡的儿童，他特殊的血液让所有患有绝症的投资人发疯发狂，最终将医院和福利院这两个本来应该做善事的地方变成了养殖场般的人间地狱。

所以他被众神驱逐流放。

"塔维尔，你是天生邪物，你只能沉睡在海底、地心、被人恐惧无法触摸的碎裂镜片中、离这里 137 亿光年以外的宇宙黑暗里。"

"人类的欲望碰到你，就会酿成无边的苦果和地狱，你是一个神明，你享有人类的信仰，你应当为自己的邪恶衍生出的人类悲剧负责。"

高高在上的神明如此宣判着，他们说，塔维尔，不存在见到你的真面目可以保持理智、不发疯的人类，因为你是如此地邪恶，从外貌到灵魂都充满了蛊惑人走向深渊和极恶的气息，你可以让所有时间和空间切割出的维度中，最纯洁无辜的孩子堕落。

如果一个人类见到你可以保持理智，那他必将成为——

下一个恶魔。

睡在禁忌女巫的血液玷污过后的雪白受洗池上的下一个恶魔，从落满血色萤火虫的梦境里被神明唤醒，白柳的眼睛缓缓睁开。

白柳脸色苍白，脖颈上仰，手脚最细的地方都被深红色藤蔓缠绕拉紧，往上一寸一寸挪动，救赎绝症之人的植物枝叶在绝症之人的身体表面抖动着舒展开——这是一个很脆弱的，仿佛献祭品一般的姿势。

献祭品、恶魔、病死的患者的面容隐蔽在藤蔓下，隐蔽在人类的欲望浇灌出来的恶之花之下，平静地看着同样被人类欲望的衍生物捆绑住的堕落邪神，而苏醒的邪神也沉静地回望着他。

"你会因为见我而疯狂吗？"他的声音嗡鸣，在被藤蔓吞噬过的教堂的四面八方回响着，像是有一千个人同时在审判自投罗网的教徒。

"从不。"而恶魔般的教徒笑着回答他。

从神像里蔓延生长出来的所有藤条上的尖刺爆开，血红色的孢子如碎裂的发着光的星球碎片般飘浮在教堂中，发光的红色蜡烛光芒在空中悬浮四散，癫狂舞蹈，从顶端爆开的尖刺就像是一朵变成四瓣爆裂开花的，花色奇异的红色铁线莲，密不透风地将塔维尔的面颊包裹缠绕，只露出一双雕塑般没有任何情绪波动的眼睛。

空气中全是血灵芝散发着诡异血腥香气的孢子，刘佳仪在孢子绽放开的一瞬间，就因为精神值下降和失血过多昏沉地倒在了受洗池边上。

她的手腕向上放在池边，向着池子里蜿蜒地、源源不断地流着鲜血，上面有几道新刀口和一道已经有点凝固的旧刀口。

"她的血抽干了也不够养出一株血灵芝。"面孔被藏在荆棘下的塔维尔轻声说，"血灵芝母体需要更多的血液。"

这也是那些投资人不用母体直接养血灵芝的原因——母体需要更多的血液才能养出一株成熟的血灵芝，塔维尔的血液再生速度只够维持子菌体的供应，于是他们把子菌体从塔维尔身上采摘下来，更加高效专一地单独培养。

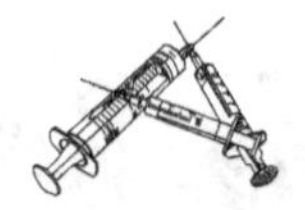

"还需要多少？"一道细弱的声音从教堂的门口传来，小木柯一只手撑着教堂的门，他攥紧垂落在身侧的那只手，死死地看着神像问，"加上我和小白六的血，还有我刚刚从刘怀身上翻出来的苗飞齿和刘佳仪的血包，够不够养出一株救他的血灵芝？"

"或许还是不够。"塔维尔很平静地看向昏迷在地上的小苗高僵，"但是再加上这个小孩和我剩下的所有血，就够了。"

小木柯跪在池边，他撸起袖子用刘佳仪掉在地上的刀在自己细瘦的手臂上狠狠割了几刀，然后又把小白六的血包拿出来——这血已经有点凝固分层了，也彻底冷掉了，小木柯一看这血就眼眶发红，他撕开三个血袋包装泡到已经虚弱到动弹不得的白柳身下的受洗池里，然后把自己的另一只手臂也割伤，两只手一起泡在里面。

小苗高僵被塔维尔的藤条拖了过来，小木柯干脆利落地割伤他放血，带着点咬牙切齿的味道——要不是这狗崽子，他们也不会死那么多人！

"咳咳。"白柳咳嗽两下，侧头看着双手都泡进了水里的小木柯，他忽然笑了，他不是很在意自己这种命悬一线的情况，随口调侃着小木柯："你不是很讨厌我吗？为什么要救我？"

小木柯低着头，声音很低："……小白六想要救你，而且你救过我，所以我也要救你。"

刘佳仪一只手穿过藤蔓的间隙浸泡在冰冷的受洗池的水里，她昏睡过去的脸靠在受洗池的边上，另一只手轻轻拉住白柳的衣角。

她脆弱的脸上全是泪痕，纤细瘦小的胳膊上是一道道触目惊心的刀口——这小姑娘割自己的时候是下了死手的，似乎也知道自己的精神值、意识各方面都撑不了太久了，害怕自己昏过去，割的口子很深，防止血液凝固。

白柳转回了头，他看着教堂的天花板，好像是在回应小木柯的回答，又好像不是，语气很淡："真是小孩子的逻辑。"

小孩子的逻辑好像就是这么简单，又简单又好骗，你救了我，那我也要救你，你为了我付出过，那我也要为你付出。

刘佳仪是这样，木柯是这样。

小白六也是，虽然不太想承认，但白柳不得不说，他从小到现在都没有什么长进，他现在也是这一套逻辑——这个逻辑是很纯粹的交易逻辑。

"那你是为了什么救我呢，塔维尔？"白柳轻声问，"我可不记得我和你做过可以让你为我付出一身血的交易。"

塔维尔的面容被荆棘彻底吞没，他的声音却没有："你的存在本身就值得我付出一切。"

"白柳，"塔维尔的声音平缓，就像是在教堂里宣告某种神圣的，一生一次的誓言般冷淡又庄重，"你是我的唯一信徒。"

"塔维尔，如果存在这样的人类，那你就又一次拥有了信徒。"

"一个恶魔般的，邪神的信徒。"

"神明就是要无条件履行信徒的一切请求。"塔维尔说。

失血过多的小木柯望着雕像的脸，他也感到了一阵无法言说的恐惧和晕眩，晕倒了过去。

塔维尔身上的藤条飞速地蠕动起来，藤条从他的身体里穿出，用一种让人只是看一眼就皮肉发痛的速度，就像是某种在池子里晕染开的血液般迅速地爬满了整个教堂的所有地方。

圣洁的教堂顷刻就被暗红色的跳跃着的藤条满足地变成了栖息地，上面尖刺里的、小花花蕊般的红色孢子，或者说子菌体就像是拥有了心跳般，有规律地怦怦怦跳动着，就像是吞噬了什么不得了的养料般飞速生长着，瞬间就长出了一颗心脏般的蘑菇。

塔维尔的心脏也在怦怦怦地跳动着，他和它们是同样的心脏跳动频率。

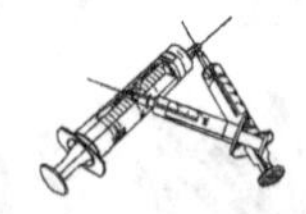

怦怦怦，怦怦怦，就好像是塔维尔的心跳通过这些藤蔓被百倍地放大了，在教堂里回响着。

白柳看着这些遮天盖地的藤蔓，和这些跳动着的"心脏"，最终他的目光缓缓地落在那个已经被包裹得看不见面容的神像上，暗红色的藤蔓一圈一圈地盘旋。

"如果我真的是你的唯一信徒，"白柳用一种散漫的口吻，玩笑似的说道，"那就请拯救我吧，塔维尔，我的神明。"

跳动的千万颗"心脏"停了一下。

然后开始更加激烈、疯狂地跳动了起来。

藤蔓开始萎缩，每根藤蔓上从蒂的地方开始生长出一株玫瑰般鲜艳的，红色的，心脏大小的血灵芝，千万颗闪烁着，跳动的红色血灵芝从枯萎的黑色藤蔓上生长了出来，就像是到了花季的夜晚玫瑰花田，在枯萎到来之前放肆地绽放着。

神像上的藤蔓凋败、枯黑、滑落，塔维尔从神像上俯身下来撑在受洗池两旁，这位向来冰冷的神明垂下眼帘，他此刻的唇有一种近乎于血液的温度，轻吻在白柳的额头上，低语——

"神明为你的新生洗礼，我唯一的信徒。"

系统提示：玩家白柳获得隐藏身份"邪神唯一信徒"。

系统提示：恭喜玩家白柳获得通关道具"血灵芝"，成功治愈绝症，完成主线任务通关，可登出游戏。

系统警告：玩家白柳因绝症治愈生命值恢复至 3，生命值较低，是否选择游戏通关后继续逗留在游戏内？

系统警告：玩家白柳选择在游戏中继续逗留，在逗留期间玩家白柳的一切行为后果自负，系统不予任何警告提示（注：逗留期间小电视可选择自行关闭，小电视数据已进入结算，逗留期数据不计入其内，逗留期间玩家可随时选择自主登出游戏）。

CHAPTER 39

　　为信徒流干最后一滴血的神明疲倦地合上了眼眸，他安睡在了被治愈后重获新生的信徒旁。

　　枯萎的藤蔓变成黑色的睡被盖在他身上，而年轻的获得了第一个信徒的神明嘴角带着一点非常微弱不易察觉的笑意，像是一个得到了最喜欢的玩具之后正在做美梦的孩子。

　　这一切都像是仙女教母的魔法，因为午夜十二点的钟声刚刚敲响了。

　　刘佳仪是在精神漂白剂的味道里呛咳着醒来的，因为失血过多，她的脸色苍白得近乎透明，就算是刚刚醒来，这小女孩也瞬间恢复了警惕，拿出毒药对准了她听到声音的方向。

　　因为可视化道具使用时间已经到了，刘佳仪现在是看不到东西的。

"是我，白柳。"白柳被刘佳仪威胁性地用毒药比着脖子也很淡定，他张开手表示自己很无害，"你的血还在流，所以想给你处理一下。"

刘佳仪有点愣怔地收回了自己的毒药，她似乎还没有从白柳活下来的消息里回过神来。

那个时候她已经打算破罐子破摔了，只是想拼一次，但没想到真的能把白柳救下来，紧接着她摸到了自己手臂上被绷带包扎好的伤口，她微微收紧了手，握住自己手臂上还在刺痛的一排刀口。

"你的生命值应该已经很低了，你不给自己恢复一下吗？"白柳问。

刘佳仪抿紧嘴唇，没说话，她的治愈技能 CD 的确已经到了，而且白柳说得没错，因为不要命地放血救白柳，她的生命值很低，只有 5 点了，现在坐在地上都有种让她想要发抖的寒意从身体里透出来。

刘佳仪没有回答他，白柳也就没管刘佳仪，他转头给还在昏睡的小木柯包扎伤口，刚包扎完，刘佳仪的手突然就握住了他的衣角，白柳略显诧异地回过头去，刘佳仪闭上了眼睛，她颤抖的睫毛上挂满水珠，脸上全是脏兮兮的血渍，但突然有一种很神圣洁白的光晕，从刘佳仪的身上水一样地弥漫到白柳和木柯的身上。

那光晕温暖、纯白，让人情不自禁地放松紧绷的肌肉和神经，光晕中间的小女孩怀里捧着一瓶水银般闪闪发光的液体，装在一个细长的白柳手掌那么长的浮凸玻璃瓶子里。

刘佳仪把这瓶液体放在了白柳的手里，她嗓音沙哑："解药，你和木柯喝吧，不用给我留，把血条加满。"

在白柳刚想问她为什么要给他们喝，刘佳仪好像觉得冷一般，蜷缩地抱住自己的膝盖，把头埋了进去。

她的声音闷闷的："你和木柯的面板属性都没有我高，解药的治愈特点是个人面板等级越低回血效果越好，你们喝比我喝好，而且你们两个的生命值要清空了，我还有生命值，而且我也有技能，在这个游戏里我比你们耐活。”

“为什么给我们？”白柳还是问出了口。

“还你们的。”刘佳仪的头还是埋在膝盖里，她没有抬头，没头没脑地说了这么一句。

白柳却懂了。

小白六救了她，木柯救了她，他救了她，她都记得的，可能怀疑，可能疑惑，可能不敢相信……

但她的的确确是全都记得的。

“我以为你会很讨厌我，你在教堂外面那个时候就猜到是我利用了刘怀要捉你了吧？”白柳若有所思地询问。

刘佳仪还是没抬头，她带着鼻音“嗯”了一声。

白柳垂眸看着刘佳仪枯黄头发上的发旋：“那你明明知道我骗了你，在利用你，你为什么还要拼死放血救我？”

刘佳仪却反问他：“那你呢？为什么要冒死救我？”

白柳言简意赅：“交易。”

刘佳仪终于抬起了头，她的眼眶发红：“因为你就是救了我啊。”

白柳和小声抽泣的刘佳仪，长久地、无声地对视着。

这个小姑娘有一双看不到世界的灰色眼睛，这样抬着头“看”人的时候有种倔强又孤独的脆弱感，像一条在泥水里偷窥岸上小鸟，却不被任何人正视的鱼，但真的拨开泥巴直视这条小鱼的时候，会发现这小女孩的眼睛原来是会说话的，她在说“谁救了我，我全都还给谁，我不欠你们”。

我要把账和这个世界，和这个世界上的每一个人都算清楚，看看我到底错在什么地方。

看看我这个小贱种到底能挣扎存活到什么时候。

白柳把解药瓶子递了回去，他神色和语气都很平静：“我拿到血灵芝了，已经通关了，不需要恢复什么生命值。你不用还我什么，因为有人替你还了，解药你给木柯留一点就行。”

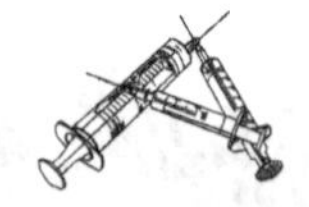

　　"剩下的，我觉得你更需要。"白柳把解药瓶子伸到了刘佳仪的面前，"你的生命值也很低了，安心喝吧，有什么事有我在，我答应了刘怀要带你出去的。"

　　刘佳仪发干开裂的嘴唇微微张开，她下巴抵在自己的膝盖上，缩成小小一团，头抬起的弧度都带着警惕猜忌的不安，她眨了眨眼睛忍住涌上来的情绪，抿嘴伸手去接解药瓶子，但她两只手上都是伤，接过的时候手都在发颤，差点掉下去。

　　"你手上有伤。"白柳稳稳接住掉下去的瓶子，又伸到了刘佳仪嘴边，"就这样我喂你喝吧。"

　　刘佳仪轻轻吸气吐气，她张开嘴巴，还没来得及喝，瓶子里却滴落一滴液体。

　　一滴，两滴，眼泪掉在解药里，刘佳仪不知道听谁说的，眼泪好像是人类情绪发泄的毒药，掉进解药里也不知道会不会把解药变得无效。

　　刘佳仪叼着瓶口，眼泪肆意流淌，她哽咽地喝着治愈她的解药，小声抽泣着："这样喝好丢脸……好像一只……"

　　"流浪狗是吧？"白柳勾起嘴角笑，"你说话怎么和你哥一样，流浪狗也挺好啊，你们怎么都这么不待见流浪狗？"

　　想到刘怀，刘佳仪哭得越发上头，眼泪鼻涕一起流，哭得身体一抽一抽的："流浪狗哪里好了啊？！脏兮兮的又被人嫌弃！人人喊打！大家都讨厌流浪狗！"

　　白柳都想摸摸刘佳仪的头了，似乎觉得刘佳仪因为这个点哭得这么惨有点好笑。

　　他说："流浪汉就不会讨厌流浪狗。"

　　刘佳仪泪眼蒙眬地抬起了头。

　　"等游戏结束，把你哥哥从我这个流浪汉这里带走吧。"白柳垂下眼眸，声音很轻地说，"等游戏结束彻底结束之后，你和他都不用再流浪了。"

小木柯醒了之后也喝了解药，刘佳仪没喝多少，这小姑娘骨子里有股很倔的劲，一定要留给白柳。白柳顶着个3点的生命值的确也不太安全，也就顺着刘佳仪的意喝了，现在白柳和小木柯都是满血，刘佳仪不知道多少血量，问她她也不说，就说她这个血量已经不容易死了，不用管她。

趁着夜色，白柳搬开了这个受洗池，露出了下面的地道。

他拍了拍手，呼出一口气："现在这个点，畸形小孩不能从地道的这个出口出去，那就会从医院那个口出去，地道里现在的畸形小孩数量应该不多……"

"多也无所谓。"刘佳仪举着毒药瓶子站在了白柳的前面，她声音还是沙哑的，"我来开路。"

白柳微微挑起了一边的眉毛："行，我去带上小苗高僵。"

小苗高僵身上还有一个和白柳的灵魂协议，苗高僵死了之后，白柳只需要履行这个协议就能得到小苗高僵的灵魂纸币，为此白柳保住了小苗高僵的命，给他喂了点解药保住血条。

刘佳仪能猜到这一点，她看白柳去背苗高僵一点反应都没有。

木柯就不如她那么淡定了，眼睛都气红了，抖着手指着白柳："你怎么还救他？！你是傻逼吗！都是他关了教堂的门才让其他人都死了的！"

"他不关也会死。"白柳淡淡扫小木柯一眼，"教堂对我们这些成年人没有庇护效果，我们进来也会被弄死。"

小木柯还在生闷气，但刘佳仪已经从通道口子跳了下去，小木柯吓了一跳，白柳说："跟着她进去吧。"

通道依旧又黑又闷又潮湿，偶尔会有什么东西窸窸窣窣地爬动过来，但还没有靠近白柳他们，就被先一步循声定位的刘佳仪给消灭掉了，白柳跟在刘佳仪后面走，斜眼看着这小女孩——刘佳仪天生的眼盲让她在黑暗当中很有优势，靠声音找攻击对象，这小女孩甚至比怪物还快。

等到了一个地方之后，好像是听到了手指抠动泥土的声音，

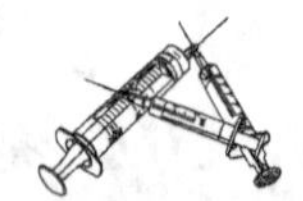

刘佳仪又想攻击，但小木柯突然一声尖叫："等等！"

白柳和刘佳仪都看了过去。

小木柯盯着白柳的脸，他呼吸很快："小白六……小白六送我们上去之前躺在了这里，你答应过要带他离开这里的。"

他们是从蘑菇丛下面把已经瘫软不动的小白六翻出来的，早上那一场对战消耗太过，这个小孩已经彻底失去了挪动的能力，并且被加速异化了，白柳摁压在他的身上，都有种摁在凹陷下去的软泥上般的感觉——小白六正在飞快地腐烂着。

十四岁的白六就像是其他的变成怪物的畸形小孩一样，正在快速腐烂，变成福利院下面暗藏的地道里的一摊烂泥。

小木柯紧张地看着白柳，白柳背上背了一个苗高僵，要再带上一个死去的小白六就有点累赘了，按照这人的无用价值论，小木柯有些忐忑害怕他又像是早上一样，把小白六给扔在这里，他警惕地反问："你答应了他要带他离开这里的，你不能把他丢在这里。"

白柳微微偏过头，他脸上什么表情都没有地垂眸看向木柯。

木柯越发紧张，他背都绷紧了："我知道他只是尸体了，但还是不能把他留在这里，你答应过他的！"

白柳忽然轻声笑了一下，他用绷带把苗高僵的四肢缠绕在自己身上，然后蹲下来看着小白六。

小白六的脸上已经有尸斑了，他就像是睡得不安宁的小孩，死去的前一刻都还拧着眉，但嘴角又有一点笑意，是一个有点奇特的表情。

"你看，你也有朋友了，小白六。"白柳的声音轻到不知道像是在对谁说话，"不是我这种带有目的性的骗子，白六，是真真正正的，你的朋友。"

"你的运气会变好的。"

小白六并没有睁开眼睛，他的胸膛平静没有起伏，尸斑从心口的地方蔓延生长。

小木柯奇怪地看着白柳自言自语，然后白柳弯腰把小白六的尸体抱了起来，他被一前一后两个孩子压着，站起来的动作有点摇晃，但还是站起来了。白六的四肢在他的怀里毫无意识地滚动着，头颅从白柳的肩膀上滚出来，又被他颠一下抱回去，卡在臂弯里，睡得像个婴儿。

白柳抱着十四岁的自己的尸体，一步一顿地走出了福利院。

从医院的通道口出去，靠着刘佳仪扛怪，白柳摸到了医院外面的车，打开了道具"乘客的祝福"之后把三个小孩带上了车。

白柳在夜色里开着车，周围都是细长狰狞的鬼脸摇曳着向他扑来，又被"乘客的祝福"这个道具的效果给弹开，他朝着一个方向一直开，开到天边的晨光微亮，游走的投资人怪物少了不少的时候，刘佳仪忽然出声："完成逃离福利院的任务了。"

小木柯也很迷茫地捧着胸前那个游戏管理器："这个东西，刚刚告诉我完成任务了，什么任务？"

小苗高僵缩在车后座位上，处于昏迷状态还未醒来，但白柳这里也收到了他和苗高僵的灵魂交易完成的提醒。

白柳懒懒地靠在驾驶位的椅子上："点退出吧，有什么事情出去再说，我还有一点事情要处理。"

"点退出是什么——"小木柯一脸迷茫地点下去，话还没说完，人就"咻"地消失了。

刘佳仪看了一眼后座上的小苗高僵，明白白柳有事情要单独和苗高僵聊一聊，她抿了抿嘴，也点了退出。

现在车内就剩下了躺在车后座上的小苗高僵，和被白柳放在副驾驶上的小白六，白柳一只手随意地掌着方向盘，他的手上挂着一个挂链，上面是他从苗高僵尸体上扒拉下来的游戏管理器，在他的手腕上有一下没一下地晃荡着。

"醒了吧，苗高僵小朋友，你还要装睡吗？"白柳慢悠悠地

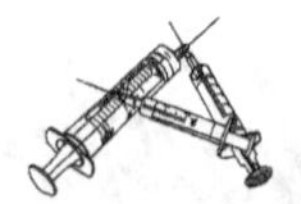

开口，"你是不是在想，为什么他们都可以消失退出游戏了，你却不行？因为你的游戏管理器在我这里。"

"你的灵魂也在我这里。"

小苗高僵一直颤抖的眼皮终于睁开了，他就像是看着一个恶魔一样，看着那个在驾驶座上闲散地坐着的浑身血迹的白柳，肩膀忍不住地发颤："你要对我干什么？！"

很难把这个在白柳面前装睡都害怕的小孩子，和之前那个和白柳斗智斗勇，对所有人包括自己的亲生儿子都狠下杀手的苗高僵联系到一起。

人类的生长轨迹真是一件很神奇的事情，十年前的白柳也很难想到自己会长成现在这个遵纪守法的样子。

而现在这个白柳还没开口，就已经被吓得眼泪鼻涕一起流的苗高僵，估计也很难相信他以后会变成一个在恐怖游戏里叱咤风云的老恶棍，随随便便就可以下决定，拿白柳的命来祭旗。

"我不想对你干什么，我也可以让你离开这个地方。"白柳说，"但我希望从你身上拿到一个东西。"

小苗高僵吓得直哭："什么、什么东西？我的血吗？！"

白柳勾起嘴角："不，你的公会。"

在进入游戏之前，白柳问过牧四诚，如果他想从苗高僵的手里搞到他们的公会需要怎么做，虽然牧四诚很无语地觉得白柳是在胡扯，但他还是如实地告诉了白柳怎么做。

第一，杀死苗飞齿和苗高僵这两个公会实权掌握者，通过绝对的暴力和实力来掌权。

第二，转让协议，让苗飞齿和苗高僵这两个人签转让协议。

但无论第一种还是第二种都极难，因为公会对苗高僵和苗飞齿这两个人就相当于命一样重要。

按照牧四诚的说法，就算白柳用花招控制了苗高僵和苗飞齿的灵魂，这两个人也绝对不会轻易让白柳染指公会权力的——因为这直接牵涉到他们在联赛的资源供应，以及能不能把命保住。

灵魂和命比起来，当然是命更重要，让他们亲自签协议肯定很难，而白柳现在也没有到那个拥有绝对的暴力和实力的等级来直接掌权公会，就算苗高僵死了，估计也会有其他更大的公会来瓜分食腐公会。

白柳本来是准备拿到苗高僵的灵魂，通过操纵苗高僵的面板来签署协议，但当他试图通过操纵面板直接签署这个公会转让协议时，系统弹出了警告。

系统警告：公会管理转让权限属于高级权限，玩家白柳权限越级，玩家白柳只享有玩家苗高僵的部分灵魂债务权，无权调用更高权限的灵魂债务权限。此权限归属系统所有，请迅速退出！

一个知晓公会重要性的苗高僵肯定不会轻易签署协议，但一个不知晓公会重要性的苗高僵就说不定了。

小苗高僵在白柳的指示下战战兢兢地调出了面板里的转让协议，在歪歪扭扭地签署之后，他有些畏惧地看了一眼笑得越发满意的白柳："这样就可以了是吗？"

白柳随意地跟着也签署了协议，他点头："可以了，你退出游戏吧。"

系统提示：玩家苗高僵和玩家白柳签署《关于食腐公会转让的三十五项说明条例》。

无第三方见证者，效用保证的唯一保证方为游戏系统，签署后即刻生效。

系统提示：恭喜玩家白柳成为食腐公会的新会长，协议签署后已通知食腐公会全体会员公会会长变更消息。

小苗高僵觉得自己似乎失去了什么很重要的东西，但他此刻只有一种从白柳身边逃走的劫后余生的情绪，来不及细想那么多，

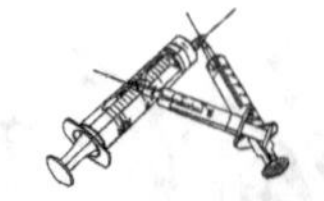

小苗高僵长舒一口气，点击退出了游戏。

车里只剩下了白柳一个人，他不知道为什么还没有退出游戏，把车一直往一个方向开，一直开到天色亮起，开到周围的景色荒芜下去，又茂盛起来。

白柳把车里的小白六搬了出来，他在系统里买了一把铁锹一块墓碑，然后在这个地方挖了一个坑，把小白六放了进去，然后把墓碑随便地怼在那个坑上，用记号笔——这还是白柳从医院拿的——在墓碑上面写下"白柳之墓"。

然后在下面写墓志铭："未来的你埋葬了你，但你的未来没有被埋葬，开心点小朋友，你运气会好起来的。"

白柳很不庄重地用马克笔在墓碑上画了一幅小白六的简笔画，画上的消瘦小男孩眼珠很亮，脖子上挂着一个中间被掏空的硬币，白柳还很调侃地在小白六的头顶上画了一朵卡通蘑菇。

这是一个很不正经，很简陋的坟墓。

但白柳觉得小白六不会介意，毕竟他们应该都不喜欢在没用的东西上花费多余的金钱。

"我把你从你最讨厌的地方带出来，然后埋在这个我也不知道是什么地方的地方。"白柳站在这个墓碑前，日光从他站在墓碑前的脚踝慢慢升起，一直升到点亮他的面颊，他笑着说，"不过我还蛮喜欢这个地方的，我觉得你也会喜欢。"

"再见，十四岁的小白六。"

和小白六一起被埋葬的还有五十五万的钱，白柳刚刚用积分兑换的，这是他欠这个小朋友的，被他均匀铺在小白六的四周——就冲这一点，白柳觉得小白六应该就不会讨厌这个坟墓。

他一向遵守交易，哪怕是和死人的交易。

白柳在日出里转身离去，他挥挥手，不知道在和什么人告别，他的背后明明只有一个墓碑而已。

微风捎着不知道从什么地方传来的儿童合唱的歌谣声，歌声隐隐约约地在白柳离去的背影里响起：

"周一出生

周二受洗

周三结婚

周四得病

周五加重

周六死去

周日被埋在土里

这就是白柳的一生。"

墓碑上日光璀璨，白柳的背影在钻石般耀眼的日光里氤氲成光晕，消散不见。

系统提示：玩家白柳退出游戏。

白柳从游戏登出口走了出来。

已经通关等在这里，一直绷着情绪的木柯看到白柳出来缓缓松了一口气："你终于出来了。"

白柳点头，然后询问："牧四诚，他通关了吗？"

木柯："我刚刚去看了一眼，他的小电视也在结算了，应该快从登出口出来了。"

果然没过一会儿，牧四诚就被刘福和向春华一边一个肩膀给扶出来了，看样子消耗得不轻，跟宿醉了一样站都站不稳。

反而是刘福和向春华这两个新人气色看着还好。

牧四诚一看到在门口等他的白柳，就忍不住把自己的上身给撑起来，对着白柳骂骂咧咧："我真是服了，白柳，你知道你用了我的技能我就不能用了对吧？我这边都要发大招了，你给我用了，我这边就空大了，你倒是换个人的技能用啊！逮着我一个人的羊毛薅算什么好汉！"

不过牧四诚嘴上虽然很不客气，但看着也没有很生气，反而是有点别扭地小声补充了一句："……要不是有刘福和向春华来

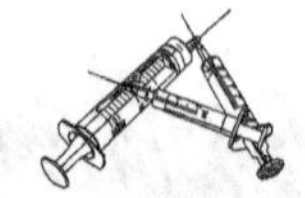

救我的场，我他妈迟早要被你坑死，你就算要训练我的合作意识，也不用这么过激吧？"

刘福和向春华虽然有点疲惫，但也有点通关后的兴奋，笑呵呵地摆摆手道："没事没事，辛苦小牧带我们了。"

牧四诚心里稍微有点清楚白柳这人的作风了。

白柳这人做事很讲效率和性价比，喜欢快速高效地解决事情，牧四诚因为刘怀对合作留下的阴影是一个隐患，他又是一个速攻选手，在团战里这种心理上片刻的迟疑对队友和自己都是致命的。

白柳一直用他的技能，一方面是逼迫他处于弱势快速适应其他两个队友，一级游戏里牧四诚不会那么容易死亡，他可以放心大胆地坑（划掉）训练对方。

另一方面是因为牧四诚的技能的确好用。

"就算我因为……有点合作上的小阴影，白柳你下手也太狠了……"靠在登出口休息喘气的牧四诚往后舒展着脖颈和肩膀，眼睛漫不经心地一扫，扫到了木柯手上的一对匕首。

他的话和视线顿时都凝住了。

这是一对牧四诚很熟悉，熟悉到他只需要看一眼就能瞬间认出来的匕首。

这对匕首救过他很多次，为他挡过很多追来的灾厄魔怪，也差点杀死过他两次。

木柯一出来一直着急白柳，还没想起自己登出这么久了，手上还无意识握紧着这么一对匕首。

但被牧四诚这样一动不动地死死盯着，木柯低下头就看到了自己手上的这对匕首，想到牧四诚和刘怀之间的事情，木柯有点不知道该怎么反应，他下意识就想要把匕首收起来。

匕首已经消失在了木柯的手上，牧四诚视线却定格在木柯的手上根本没有挪动，没有什么语气起伏地问："这对匕首，从哪来的？"

"刘怀的。"白柳说。

牧四诚脸上浮现出一个奇怪的笑，他视线还定在木柯的手上，嘴角却奇异地勾起，就好像是听到了一个很好笑的，让人无法信服的消息还没有回过神来的反应："怎么可能是刘怀的？技能要人死之前自愿签署协议才能转交，为了消减我的阴影你也不用这么驴我吧。你说这是刘怀的匕首，意思就是他已经……"

说到这里牧四诚停住了，木柯有些无措地看了白柳一眼。

白柳淡淡地掀开眼皮："他死了，牧四诚。"

牧四诚飞奔在校园的小跑道里，他用尽全力地奔跑着，耳边响起白柳在他登出游戏之前和他说过的话。

"刘怀希望让我和你说一句对不起，但我觉得这种话他当面和你说更好。"

"如果你跑得够快，说不定你可以在刘怀死前看到他一面，你应该知道他在什么地方吧？"

牧四诚听到自己呼呼地大张着口呼出着气，他跑得肺都要燃烧了——他的确猜得到刘怀在什么地方。刘怀如果要死了，他一定会选择从他第一次登入游戏的地方登出的，那就是学校附近的一个公交车站。

刘怀在那个公交车站送别了他的妹妹，让其他人帮忙把追着他哭不愿意放手的妹妹送了回去。

也是在那里，牧四诚第一次见到了刘怀。

那个站口是新生来大学的下车站口，刘怀没有行李箱，带着一个很大的缝补过后的布包和一个桶，和周围的一切新生都格格不入，穿着简陋地坐在靠窗的地方，整个人身上有一种神经质的不安，眼睛看着窗户贴的剥落的汽车膜，用指甲一下一下地抠着。

牧四诚没想到这人和自己一个宿舍，也没想到自己一进宿舍就会看到刘怀抱着桶大哭，他的父亲刚刚才走，说着很脏的脏话骂着刘怀走的。

有一种看不见的压力压塌了刚刚上大学的刘怀，但牧四诚是

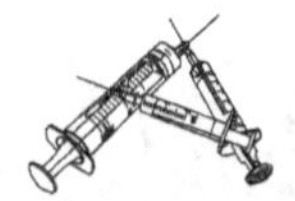

感受不到这些的，他只觉得尴尬。

为了避免尴尬，牧四诚很大方地请哭得一抽一抽的刘怀吃了一顿肯德基。刘怀眼睛湿漉漉地谢谢他，喊他四哥，说自己从来没有吃过这些，然后就开始帮牧四诚前前后后做他能够做到的一切事，签到、打扫卫生，甚至试图帮牧四诚洗袜子和床单，被牧四诚无语又无奈地拒绝了。

被拒绝了之后刘怀就低着头站在一边，不安得像一个做错了事情的小孩。

刘怀是一个非常内向腼腆的人，如果不是后来发生的一切，牧四诚或许一辈子都不会和他走那么近。

刘怀不是符合他标准的朋友，不是因为家世，而是刘怀有太多事情不愿意说出来了。他就像一条鱼，什么都欲言又止地憋在心里，你问他怎么了，他只会无措笑笑，然后说没什么的四哥。

这是我自己的事情。

牧四诚一直想和刘怀说，朋友之间，有时候你的事情就是我的事情。

如果你不说，这件事情也会牵连到我头上，因为人的关系是可以传递事件的，无论事件的好坏，不是不说就可以中止这种传递的，刘怀。

牧四诚终于跑到了车站，他撑着膝盖喘着粗气看着马路对面坐在站台上的刘怀。

刘怀低着头出神地看着他怀里抱着的东西，黄色的包装袋，似乎是吃的东西。

牧四诚忍不住叫他："刘怀！"

刘怀猛地抬起头，看到牧四诚的一刻他眼前一亮，含着泪笑起来，不再有不安和隐忍，只是很安稳的、放下一切的笑。他往前走了一步，对跑来的牧四诚挥挥手，声音从很远的地方传过来，好像还有点开心一般："我还以为看不到你了，四哥。"

"对不起。"刘怀站在对面大声地喊，号啕大哭，"真的对不起！！四哥！是我错了！”

公交车刺耳的鸣笛声长长地响起，失控的公交车突然撞进了站台里，牧四诚的瞳孔收缩。

炸鸡滚落一地，刘怀抱着肯德基的包装袋倒在了车前的血泊里。

游戏大厅，噩梦新星厅。

白柳的小电视正在结算，这个第一次就冲上了核心区，第二次匪夷所思地就拿到了噩梦新星第二的新人，在第三次的小电视还没结算的时候，靠着各种倒霉的巧合——被食腐公会追杀，遇到披了马甲的小女巫等等戏剧性的因素，冲上了新星第一。

这已经是很了不得的成就了。

但现在这群正在白柳小电视面前屏住呼吸等着结算的观众，显然对这个结果还有进一步的期盼。

白柳的小电视前面除了杀手序列，所有高级公会的高层都到齐了，所有人都在等着白柳结算。

白柳的小电视上闪着雪花的噪点，这是数据过于庞大正在结算过程中会出现的影像，王舜看着那片雪花噪点甚至忍不住吞了口口水。

小电视的计算数据时间已经长达一分钟，这代表要计算的数据量相当庞大。

雪花缓缓消散，小电视开始播报结算结果。

王舜长久地屏住了呼吸，白柳的小电视前那些高级公会玩家也都没有发出任何的声音。

所有的观众都在为白柳这个新人打出来的不可思议的成就感到震惊，他们看着白柳小电视上出现的那个金光闪闪的皇冠标志和小电视周围不断绽放的 3D 烟花。

新增 1600673 人赞了白柳的小电视，新增 166700 人收藏了

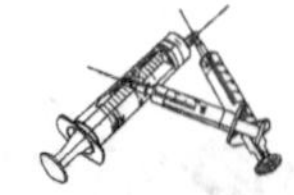

白柳的小电视，新增 45371 人为白柳的小电视充电，玩家白柳获得 578010 积分。

玩家白柳一分钟内获得超五十万赞，获得充电超五十万积分！你被观众所狂热喜爱着！

恭喜玩家白柳获得最终推广位，进入中央屏幕国王推广位第十位，浏览量正在疯速上升中……

恭喜玩家白柳解锁所有主线任务通关《爱心福利院》。

系统：玩家达成 true ending 结局——《永远逃离的福利院》。你的身体里永远住着孩提时期的你，再见到他们，你是会讨厌、帮助，或者是远离？他们是你成长的雏形和镜子，在他们受尽折磨长大的时候，你是否会选择牺牲这个在原来的成长轨迹中成长起来的自己，去给他们一个全新的未来？还是选择吸取他们身上的血液，用现在的你的形态继续恶劣生长下去，成为高高在上的投资人？

《爱心福利院》里没有爱心，现在的你里又有百分之几是原来的你呢？

《爱心福利院》true ending 线通关——积分奖励 30000

《爱心福利院》true ending 线通关——属性点：100（可按照玩家自身需要提升面板属性）

《爱心福利院怪物书》——植物患者页集齐奖励——道具：血灵芝（可用于治愈所有疾病带来的负面 debuff）

《爱心福利院怪物书》——神明页集齐奖励——道具：逆十字架挂坠（品质不明，有身份属性，身份具体属性不明）

系统：玩家白柳此次小电视的综合评定

综合数据超过三百万，对玩家白柳《爱心福利院》的视频进行评级——达到皇冠徽章级别视频标准，综合考虑 1：1702 的踩赞比，对视频不进行任何降级处理，最终评级为皇冠徽章级别视频，该级别视频可获得进入 VIP 库资格——玩家白柳此次的游戏视频进入 VIP 库。

进入 VIP 库之后，若是有玩家想要观看玩家白柳此次《爱心福利院》的游戏视频，需成为系统的 VIP 会员后，再向系统缴纳 1000 积分，观众观看所缴纳的积分白柳和系统五五分成。

白柳此次小电视获得以下成就——

国王排行榜第十位

继黑桃之后，第二个在第三次游戏就登上国王排行榜的玩家

…………

中央大厅最大、最中心的地段突然出现了白柳的小电视，小电视上有一个闪闪发亮的亮金色的皇冠标注，有路过的观众目瞪口呆地看着这张他们最近依稀有点面熟的脸。

"这不是那个最近势头很猛的新人白柳吗？他怎么就冲到国王推广位上了？！"

"食腐公会的人不是在追杀他吗？！"

"你们看看论坛吧，论坛已经炸了，苗飞齿死了，苗高僵出来有点精神不正常，食腐公会所有人都收到通知说会长变更了……"

"黑马啊……这人太猛了，明年要是打联赛，估计有的好看……"

很多公会都在打探白柳这个现象级新人的消息，不少公会甚至直接在帖子里开出了条件，说希望白柳来，什么条件都可以随便他开，会好好培养他！

这个时候还没有摸清楚事实和走向的食腐公会的玩家就先跳了出来，抵制这些引诱白柳的高级公会玩家，他们义愤填膺地指责那些高级公会到处挖墙脚，骂他们说：来什么来！你看清楚了！那是我们新会长！不会随随便便跟着你们走的！

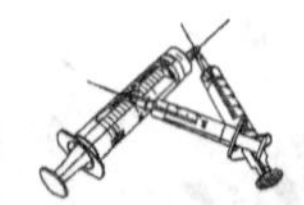

虽然食腐僵尸公会的玩家们因为失去了苗高僵这个会长而惶恐，但很明显白柳也是一个相当出色的潜力股，食腐公会的玩家们还没来得及为新旧会长的更迭感到不满，就迫不及待地站出来死死抓住了白柳这根眼看就要被其他公会给拽走的救命稻草。

对于一个公会来说，具备参加联赛实力的高级玩家是必需的，但苗飞齿死了，苗高僵出来的时候精神完全不正常了，还把公会给了白柳。

食腐公会也就是个比较中层的公会，除了苗飞齿和苗高僵拿得出手，大部分都是普通玩家，要不然也不会那么多年团赛都是零战绩了，公会有点能力的玩家在发现苗高僵父子都出事之后，全都从食腐公会跑了。

虽然退会要缴纳大量罚款，但对于这些有能力的玩家，去哪儿都比待在食腐公会这个一点前途都看不到的公会里好啊！

一个只玩了三场游戏的纯新人公会会长，这放在这些老油条玩家眼里，根本就是在扯淡！

没有其他公会的人脉资源，没有具备联赛水准实力的玩家引领风向标去打联赛，没有高级玩家帮忙填充公会仓库，这公会迟早要完——一年一度的联赛对所有公会都很重要，食腐僵尸这种中等级别和规模的公会一年拿不出苗家父子这种级别的玩家打联赛，那立刻就会散成小型公会，很多人都会跑。

而公会里没有走的玩家都是很普通的，在一级游戏里混日子的玩家了。

他们并没有那个底气缴纳罚款，其他公会也不会轻易要他们这些没有能力的玩家，他们除了死死抓住白柳这根救命稻草并没有别的办法。

食腐公会的玩家安慰自己白柳就算今年参加不了联赛，但他潜力高，还有明年呢！

但无论再怎么安慰自己，这些人目前还是惶惶不可终日，一个个跟在老鹰抓小鸡游戏里失去了鸡妈妈的小鸡一样，满地找他们的新任会长。

奇特的是，这位刚刚拿到公会的新会长并没有着急露面，其他公会一旦更迭新旧会长，新会长就会立马出来发表演讲，或者是对公会玩家做出一些承诺来稳定人心，防止大量玩家流失，简单来说也就是新官上任，先给大家画个饼。

但白柳不。

他现在就懒散地靠在中央大厅的边沿上，中央大厅最中间最核心的那个屏幕上的小电视就是国王排行榜，不断地重复着白柳游戏内的片段，白柳能看到一些人在很着急地找他，可他就是散漫地靠在中央大厅的角落里，并没有上前。

"你不上去和他们说点什么吗？"木柯转头看向白柳。

"不了，先晾一晾他们再说。"白柳垂下眼帘，"等他们想走的人都走完了，剩下的人慌够了，我才好和他们谈交易——我可不愿意免费给人当会长，这活儿本质上和上班没有区别。"

木柯顺从地闭上了嘴。

得，其他新官上任是新官对玩家许诺，轮到白柳，估计还要这些会员对他许诺给出一定的条件，开出一定的工资，才能把白柳留下来给他们当会长。

真是把食腐僵尸这个公会从上到下压榨得明明白白的，想到一开始这个公会对白柳还那么嚣张，木柯对这个公会里的人不禁生出了一丝同病相怜的怜爱。

……事情是怎么发展到这一步的呢？我们还要给钱让他来领导我们？

一般不都是领导给我们这些干活的人钱吗？怎么轮到白柳这里反了过来？

到底是什么地方不对？

白柳没管表情复杂的木柯，他点开系统面板，清点了一下自己拿到的积分奖励和道具。

除了这次游戏奖励的怪物书的两个道具，还有白柳从苗飞齿

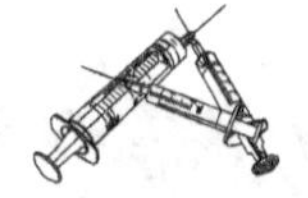

和苗高僵两父子身上得到的道具和积分，林林总总加起来也不少了，除此之外，白柳还得到了一个很特殊的道具。

系统提示：您得到了一面拼凑完成的"墨菲定理鬼镜"。

该道具品质不明，具体功能不详，我们对道具唯一所知的就是：长久地凝视镜面，会让镜子里的恐惧之物诞生。你越不想看到什么、越不想什么发生，越会看到什么、发生什么。

白柳看了一会儿这个道具解释，又看了一会儿自己的积分，终于他满意地收起系统面板转身和木柯说："先退出游戏吧。"

"你不用跟着我，我有点事情要去办。"白柳对木柯摆摆手，"辛苦了，回家好好休息一下吧。"

"哦，木柯你记得把那些投资人的信息整理一下，发给我。"

木柯一怔，很快他反应了过来："你是要帮你那个朋友查案是吧？我找专业人士匿名直接发到相关部门的邮箱吧，不会被追踪，这样可以吗？"

白柳回头对木柯笑了一下："代替我那个朋友谢谢你，木柯。"

他话还没说完，背影就在木柯面前闪烁成几条数据链条，消失了。

白柳在自己家的出租屋睁开了眼睛，他出来在自己的枕头下面摸了一下手机，他手机是个碎屏手机，但还能使，白柳点开后先看了一下时间——他是差不多昨天早上进去的，然后现在也是早上十点。

他前两次花费的游戏时间也是差不多一天，看来每次游戏在现实世界的时间流动都差不多是一天左右。

但在游戏大厅的时候，每个小电视的时间和空间维度都是不同的。

进入不同的小电视观赏区域之后里面的流速和小电视维度里

的游戏世界的流速是一致的，而且再多观众都不会显得拥挤，也不会溢出到小电视之外的区域。

再加上游戏大厅的神奇的不能互相攻击的设定——但白柳之前用可以割裂时间和空间的塞壬鱼骨鞭却可以攻击到牧四诚。

白柳基本可以推断出那个游戏大厅是一个扭曲的多重时间和空间维度重叠的区域。

按理来说人是不能以正常形态在不同维度之间存在穿梭的，但游戏大厅偏偏就是可以，能让这么多玩家同时存在于一个多重空间和时间交叠的空间里，这个空间还出奇地大，这明显是已经超越了人类常识范畴的能量了。

想到这里，白柳低头看了一眼挂在自己脖子上的那个十字架。

果然那个神级 NPC 的怪物书页解锁的道具每次都会自己跟着他出来——而且他还说自己是神。

如果是那种捉摸不透的，人类从来没有理解过的，只会被愚弄或者利用的来自神明的力量倒是可以理解了。

"你是我的唯一信徒。"——那个生物如此对他低语着。

失业的信徒把玩了一下自己挂坠上的逆十字，又看到那片被苗飞齿的双刀砍得有些崩裂的鱼鳞。鱼鳞有些发灰发白了，蔫答答地挂在白柳的脖子上。

"也不知道能不能修，这个鱼鳞……"白柳自言自语地摸了摸鱼鳞的表面。

白柳穿好衣服，出了门之后直奔之前那些小孩住院的医院，一到医院就看到陆驿站靠在刘佳仪病床旁边那个楼梯通道里大口抽烟，吞云吐雾。

医院走廊挂着的电视上正在播报早间新闻。

穿着得体的男主持人平铺直叙地说道："今早，在我市一栋公民楼内发生了一起严重的持刀伤人案件，犯案者苗某，四十九岁，于今早十点左右，在室内用厨具刀将自己二十八岁的亲生子小苗的十指斩断，逼迫其吃下……"

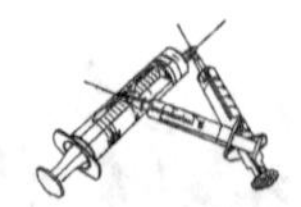

　　"警方赶到时，小苗已经因为失血过多而不幸去世，而苗某也在和警方对峙之后，持刀割喉自杀，死前不停疯狂大叫一男性名字。据调查该名男性与苗某毫无交集，考虑到苗某的精神状况，很有可能只是无意识的叫喊，因此对该男子名字做匿名处理……"

　　"目前警方通告，这只是苗某精神状况失常导致的一起悲剧。近几年来我市乃至全国，自杀比例和精神病人犯罪比例节节攀升，不久之前女子高中生谋杀案的犯案嫌疑人李狗，也由于同监狱的犯人精神失常，被乱刀砍死……"

　　"精神失常和心理问题导致的犯罪越来越多，是否已经成为需要重视的一大社会问题？全国各地设置的社区免费心理咨询室，是否真的发挥了避免人们心理问题激化的作用？我们对这些怀有犯罪倾向的精神病人，能不能采取进一步强力控制措施……"

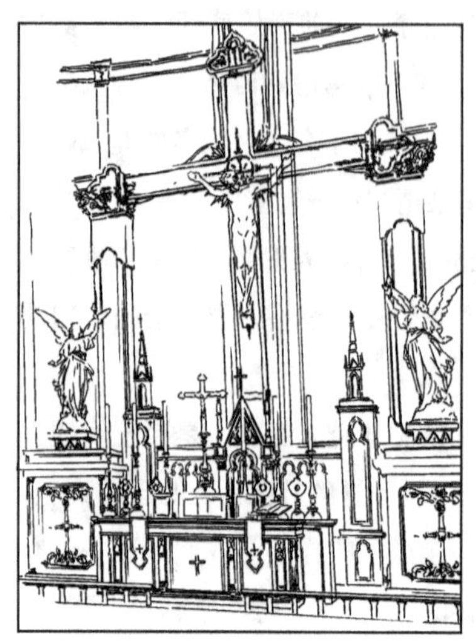

CHAPTER 40

  白柳看了一会儿电视，陆驿站也跟着他看了过去，见到电视上在谈社区心理医生的问题，他随口问白柳："我之前推荐你去看那个社区心理医生，你最近有按时去看吗？"

  陆驿站可能是全世界最忧心白柳心理健康问题的人，生怕此人一时想不开就去发黑心财了。

  "去看了两次，我觉得我快把那个心理医生的心理说出问题了，我就做点善事不去了。"白柳收回了自己落在电视上的目光，转头看向陆驿站，他微挑了一下眉，"我觉得你现在这副样子也应该去看看心理医生。"

  陆驿站胡子拉碴愁眉不展，眼下青黑很重，身上一大股烟味，衣服也是皱巴巴的，上面还落着烟灰，一看就是昨天通宵都没有回家守在这里，眼睛里全是红血丝，这让他看起来情绪焦躁又外溢。

陆驿站被白柳打趣了也只是苦笑一声："你怎么来了？"

白柳是不太会多管闲事的类型，之前愿意来医院看一眼，都是吃陆驿站的嘴短导致的。

但是这么积极主动地过来完全不是白柳的作风。

"来看看你准备什么时候抽死自己。"白柳轻飘飘地扫了一眼陆驿站手边垃圾桶顶盖里的堆成小山的烟屁股，"怎么，不存钱娶点姐了，花这么多钱买烟来抽？"

陆驿站举起自己指尖的烟屁股抖了一下，缓慢吐出一口烟："便宜烟，你别和点姐告状，我心里实在是烦躁难受，昨晚有几个小孩又出事了。"

白柳不冷不热地顺着陆驿站的话往下问了一句："哦，出什么事了？"

陆驿站沉默了一会儿，猛吸了一口烟屁股："福利院那好不容易活下来的五个小孩，昨晚不知道为什么开始接二连三地晕倒，被紧急送到了医院来。"

"但是查各项指标一点问题都没有，就是严重贫血，而且他们前天才查过，贫血根本没有这么严重，结果凌晨这些孩子开始出现一定的昏迷休克甚至痉挛症状，医生说可能是失血过多导致，可是孩子都好好待在医院里，医生根本找不出失血过多的原因。"

"刘佳仪呢？"白柳好似不经意地问了句，散漫地岔开了话题。

陆驿站的眉头越皱越深："这孩子也很奇怪，她昨天早上突然跟在她哥哥后面溜了出去，今天早上我们才找回来，问她去干什么了，她也不说，查监控也查到一半就断了，根本没有人知道这小孩昨晚去哪儿了，我们只能派人加紧守着她，她刚刚回来之后我们让医生给她抽过血了，现在正在送去检查。"

"她脸色看着比昨天白多了，和那些昨晚出事的小孩很像，很可能也有很严重的贫血症状。"

"有警察本来想提审她的，因为刘佳仪跑出去的点太寸了，很惹人怀疑，但她的情况实在是很不好，所以就还是先让医生看看。"

陆驿站的话闸子一旦打开，就滔滔不绝，他可能也是憋了一个晚上了，也找不到人商量，好不容易白柳送上门来了，他就源源不断地冲着白柳吐苦水。

陆驿站叹气："还有，不光是这个，福利院这个事情明显不对劲，我还是觉得和那些投资人有关系。"

说到这里，陆驿站有点焦躁地用大拇指怼自己的额头，似乎用大拇指把自己的额头戳一个洞他就能找到破案思路："我打听了一下，调查这个案件的同事好像也是这个想法，他们已经出动了整个部门的人往上查，但还是太难找到线索了。福利院里那些失踪的孩子都是自己跑出去的，根本不知道跑什么地方去了，还有就是那些投资人的身份特殊，没有拿到关键性证据我们也不太可能硬查。"

白柳点头表示自己听到了，开口却是问："我能看看这些孩子吗？"

陆驿站思索了一会儿，点了头："可以，我可以给你做担保，现在很多有收养意向的好心人来看这些孩子，你应该可以看看他们。"

"其他孩子都还好，刘佳仪可能麻烦一点，我们摁着她强行让医生给她抽完血之后，她一直躲在床底下不出来，我们一进去她就开始尖叫还会有过激反应，不知道她愿不愿意让你进去。"

陆驿站领着白柳去看这些小孩。

这些失血过多的畸形小孩都面色苍白地躺在床上，呼吸微弱，体温很低，连心脏都跳得很缓慢，生死的界限在这些孩子的身上似乎已经模糊了。

孕育成年人求生欲望的血灵芝在贪婪无节制地吸取着这些稚嫩孩子身体里的新鲜血液，他们正处在造血速度最快的年纪，却

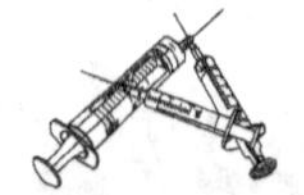

依旧无法满足贪恋肮脏的成年人吸血的速度。

"查不出来他们生了什么病。"陆驿站根本不忍心看这些躺在病床上的小孩，看一眼他就要眼眶泛红，"太遭罪了，才多大一点啊。"

白柳轻轻用手指抚摸了一下孩子干燥的嘴皮，声音很轻很淡，也不知道在和谁说话："别难过了，会好起来的。"

系统提示：玩家白柳是否要使用道具"血灵芝"治愈病床上的对象？

温馨提示：血灵芝只有一株，可供成年人服用三次，孩童服用六次，该道具有使用剂量和使用次数规定，玩家白柳确定使用该道具？

白柳："确定。"

系统警告：此道具非玩家白柳的核心欲望道具，无法被玩家白柳在现实中直接使用！……滋滋……滋滋……异常 bug 数据入侵……

白柳感觉自己心口的十字架开始发烫，连带着硬币的温度也像是运行过度似的升高。

……无法清除异常数据……道具"血灵芝"投入使用……

小孩的喉口奇异地隆起一块，就像是吃了什么东西，然后被他皱眉下意识地吞咽下去。

病床上虚弱的小孩的脸色在瞬间就奇异地红润起来，不到几秒就缓慢地恢复了意识，他艰难地睁开了一点眼睛。

白柳一点情绪都没有的脸出现在了他的面前。

小孩呼吸微弱，胸膛很轻地起伏着，他怔怔地看着面前这个在他眼中面容模糊的奇怪叔叔，有一种温暖的感觉从不知道消化了什么的胃里升腾而起，他舔了一下自己的嘴皮，一种很成熟的馥郁的菌菇味道在他的口腔内弥漫开来。

和他从老师手中吃过的，那个让所有孩子都中毒的蘑菇味道很像，但比那个更香甜甘美，一点都不苦涩，就像是已经彻底成熟的蘑菇的味道，有一种饱满的，不像是人类的血液的邪恶味道。

——来自神明的味道，被拯救的幸福味道。

"走吧，下一个。"白柳把没有发现孩子醒来的异常的，还有点蒙的陆驿站推了出去，把门关上了。

这个小孩在看到这个奇怪的叔叔离开的时候，心里不知道为什么有点轻微的遗憾和难过，放在病床旁边的瘦弱的手指动了动，似乎想要抓住离去的那个叔叔。

然后白柳的头就从门缝里伸了出来，他很平静，一点都不觉得自己无耻地对病床上的小孩说："小朋友啊，叔叔我知道你的名字，要记得是叔叔救了你。"

"叔叔叫白柳，你长大之后记得还我你的医药费，现在你太小了还不起，我可以暂时先让你赊账，欠条我放在你床头了。"

小孩怔怔地看着白柳，对方说完这句话就把门关上了，然后他忽然，不知道为什么，有一点想笑。

于是他就开心又虚弱地笑了起来。

门外传来陆驿站奇怪的质问声："你刚刚把头探回去看什么？"

"……没什么，以为我手机忘拿了……"

在走过了五间病房之后，白柳终于来到了刘佳仪的病房前。

陆驿站已经开始感到有些诡异了："你今天怎么突然大发善心，有探病小孩的冲动了？"

"找线索，你不是让我帮你查吗？"白柳面不改色地随口胡说糊弄陆驿站。

陆驿站不由得陷入了深深的迷惑——他已经看过这些小孩很

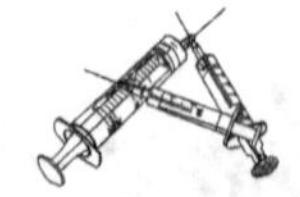

多次了，难道还有什么他遗漏的线索吗？不应该啊。

还没等陆驿站想清楚自己到底有什么遗漏，白柳就已经拧开了刘佳仪的病房门。

里面尖厉的女孩叫声瞬间要掀翻屋顶，旁边负责守着病房的民警不由得龇牙咧嘴地捂住了耳朵，比画手势让白柳赶快把门给关上。

白柳不为所动地说了一句："刘佳仪，我是白柳，我们谈谈。"

里面女孩的尖叫声戛然而止。

看守的警察和陆驿站都用很惊异的目光看着白柳。

在看守警察惊疑不定的眼神和陆驿站的大力担保下，白柳还是如愿以偿地进入了刘佳仪的病房，前提是要开着监控带着接通外面的录音笔进去。

在白柳进去之后不到一分钟，就有警察举着电话神色难看地走了过来："刘佳仪的哥哥刘怀死了，刚刚交通部门那边通知的我们，今天早上刚出的交通事故，现在看来是意外。这小姑娘除了她哥哥谁来都叫，叫得自己昏倒过去都不开口，现在怎么办？"

陆驿站神色复杂地打开了录音笔接通的扩音器，里面白柳的声音清晰地传出来："刘佳仪，我们能聊聊吗？"

隔了很久很久，一个嘶哑干裂的小女孩的声音传了出来："你想聊什么？"

举着电话的警察愕然地看着录音笔："里面是谁？刘佳仪怎么突然愿意开口了？！"

"我的——不对，他应该也算是刘怀的一个……网友。"陆驿站神色越发复杂地说道。

虽然他完全不知道白柳是怎么和刘怀交上朋友的。

病房内，从床下爬出来的刘佳仪蜷缩在墙角的位置。

她的头还是埋在自己的膝盖内，这是一个很没有安全感的自我防卫的姿势，她裸露在外面的皮肤和手指都白得吓人，一点血管的青色都看不到。

很明显刘佳仪也处于失血过多的状况中，这点白柳是完全可以猜到的——因为解毒的道具"血灵芝"只有集齐《爱心福利院—植物患者》这一页才会奖励，但刘佳仪基本从头到尾都待在福利院，根本没有时间去集齐这一页。

"你想和我聊什么？"刘佳仪嘶哑漠然地问，她的头还是没有抬起来。

白柳向来喜欢单刀直入："你知道刘怀死了吧？"

刘佳仪全身无法遏制地颤抖起来，她越缩越小，几乎要把自己缩成一个不让人注意的，棉被上的起球的小团，呼吸声也急促了起来。

她今早跑出去就是去找刘怀了。

但她还是没来得及阻止刘怀的死亡。

"他的灵魂在我这里，或者说是部分在我这里，部分在系统那里。"白柳话锋一转，又不疾不徐地继续往下说了下去，"你想复活他，就需要他的灵魂，我不会白给你，你需要拿东西来交换。"

刘佳仪沉默片刻，问："你想要什么？"

白柳斜眼看她："你应该猜得到我想要什么，我想要你的灵魂，我需要你陪我参加今年的联赛，然后赢得联赛，你就可以用积分复活你的哥哥了，同时还可以用愿望脱出游戏，我也答应过刘怀要带你离开游戏，这就是我带你离开的方法。"

刘佳仪终于舍得把头抬起来了，她灰蒙蒙的眼睛直勾勾地"看"着白柳，周围一圈还泛着明显的红肿，很明显哭过了。

她说："你倒是野心很大，我要是想赢联赛，为什么不直接跟着国王公会？他们赢的概率大很多，而且就算你拿着我哥的灵魂，只要我赢了联赛，我可以用愿望直接许愿从你手里拿过我哥的灵魂，系统会帮我办到任何事。"

"包括和刘怀永远没有芥蒂地当哥哥和妹妹吗？"白柳语气

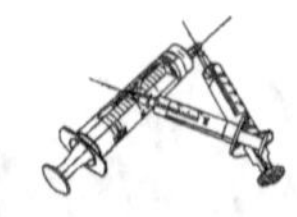

很平静，"我以为你已经吃够了系统这个满口谎话的东西的苦头了。"

刘佳仪的拳头攥紧，她想起了红桃轻佻散漫的微笑和系统那个名为"普绪克的眼泪"的道具。

超凡神级道具已经是游戏里最高等级的道具了，但还是没有实现她的愿望。

"你可以和我做交易，我可以把我的技能完全摊开告诉你，我是无法违背交易的，违背了我的灵魂也会被关押起来。"白柳直视着刘佳仪，"至少在守信这一点上，你可以相信我。"

刘佳仪抿紧了嘴唇，然后她很轻地问："如果我答应和你的灵魂交易，你会怎么安排我？我需要继续待在福利院吗？我每个星期需要失踪一天进入游戏，或者你要让我回乡下，那可能方便一些。"

"这个福利院应该开不下去了。"白柳没说木柯已经在整理证据准备匿名举报的事情，"我也不可能让你继续回你亲生父亲那个村子，我倒是有一个朋友想收养你。"

刘佳仪好像早就料到了，她反过来问："是那个看守我的警察吗？"

白柳："对。"

刘佳仪又抱紧了自己的膝盖，她偏过头，灰色不透明的眼睛"看"向窗户外面，她的窗户外面就是街道，此时窗户没关，能听到楼下一些早餐小商贩喇叭里的吆喝声，喧闹又充满人间的烟火气，和蜷缩在病床上的表情麻木的刘佳仪格格不入。

"红豆饼，又甜又香的红豆饼！十块钱三个的红豆饼！"

"豆腐脑！五块钱一碗！"

"牛肉面……"

"今天早上，这个警察给我买了红豆饼。"刘佳仪很突然地开口了，"因为我被抽血了，然后他好像从监控看到我一直在看窗外，大概是以为我想吃甜的东西，他就下去给我买了。"

白柳注意到刘佳仪的病床的床头柜上放了一个装红豆饼的纸袋子，已经冷了，却还没有开封。

"他是我遇到的第一个好人。"刘佳仪又很缓慢地把头偏了过来，她神色很平宁，"所以我这种贱种，就别去祸害他了。"

"我是一个游戏玩家，和我接触说不定会被卷进游戏里，所以算了吧，白柳。"

她说完又别过头看向窗外。

晨日的风和煦温暖地吹着，夹杂着红豆饼被烘烤过后的甜蜜香气吹拂在刘佳仪冰凉的额头上，日光金灿灿地照耀在她苍白的脸上，在她的身体周围闪烁成一片暗黄色的光晕轮廓，她恍惚地闭上了眼睛。

她连更差的好都不配拥有，更不用说陆驿站这种纯然的好了。

这个世界上愿意花十块钱对她好的人已经很少了，她虽然贱，但也没有必要遇见一个害一个。

"的确有这个可能性，但考虑到我朋友的特殊性，你把他卷进游戏的可能性不大。"白柳客观冷静地分析。

"毕竟连我都做不到这件事，而且收养小孩更需要他自己主观来选择。"白柳的语气很平静，"他很喜欢你，喜欢到在你还没开口的时候，他就已经在为你的到来做好万全的准备了，我想他也做好了迎接你之后会面临的所有可能性的准备。"

"你真的想好要拒绝他了吗，刘佳仪？"

"陆驿站会是世界上最好的爸爸。"白柳很笃定地说，"他会把你宠上天的，要是你愿意，陆驿站可以从他家每天跑五公里跑到这个医院这里给你买红豆饼，送你去上最好的残疾人学校，熬夜给你做布娃娃，他会很开心地为你付出的。"

刘佳仪本来想嘲笑一句你把你朋友形容得真的很蠢，但是在她开口的一瞬间，她的声音却是有点模糊哽咽的："不要了。"

"白柳！！"陆驿站面红耳赤，猛地打开了门，他对着白柳疯狂使眼色，"你和人家小姑娘说什么呢！"

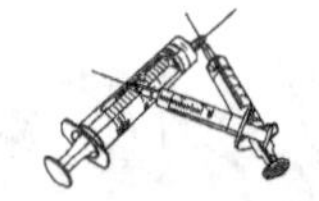

陆驿站在外面听到白柳斩钉截铁地说"陆驿站会是全世界最好的爸爸"那一句就喷了，在两位同事诡异的目光下赶忙推门进来打断了白柳的话。

陆驿站极为难为情地抓了抓腮，走上来拉着白柳往外走，一边走一边小声数落白柳："我说你白柳，你怎么能和人家小姑娘直接就说她哥哥的事情然后又给我当说客呢？你是人吗你？你看看，你把人家小姑娘都逼哭了，我找你来是查东西的，你给我搞这些乱七八糟的我可就送走你了啊！"

说着陆驿站一瞪眼睛，就又要批评白柳几句。

但刘佳仪却声音很轻地唤了一句："白柳？你走了吗？"

一边说，刘佳仪手还一边在空中抓，配上刘佳仪那副要哭不哭的脆弱表情，陆驿站简直头皮一麻。

白柳转过头去，耸了耸肩膀对陆驿站用口型说了一句"看来我暂时还走不了"。

在陆驿站憋闷无语的注视下，白柳又走了回去坐在了刘佳仪的床头柜旁边，刘佳仪轻轻抓住了白柳的衣角，像是对白柳极为依恋信赖。

"陆驿站，你帮我也买三个红豆饼上来吧。"白柳很自然地吩咐，"我也没吃早饭。"

陆驿站："……"

陆驿站憋了一口气，他举起手对着白柳挥舞了两下，用口型骂他多大脸，但看到刘佳仪不安地攥紧白柳衣角的小手，陆驿站这口气又无奈地泄了下去，他用手隔空点了一下白柳的脑门，恼怒地白了一眼白柳："你给我等着，白柳！"

"白柳小时候也不讨小孩的喜欢啊，怎么这小姑娘就给他好脸色呢……"陆驿站嘟嘟囔囔地关门往下走了，似乎真的准备去给白柳买红豆饼，"大老爷们还吃红豆饼，也不嫌腻得慌。"

等陆驿站把门一关，白柳看向刘佳仪："你真的不愿意被陆驿站收养？"

刘佳仪嘴唇紧抿，她轻轻摇了摇头："不了，我可以在游戏里跟着你，但在现实里没必要被人收养。我可以表面上回我亲生父亲的乡村当遮掩，然后我一直待在游戏里。那个乡村里没人会注意我死活，我付得起一直待在游戏里的积分。"

"那也太浪费积分了，你确定在游戏里跟我？"白柳又问了一句，"陆驿站是七十亿人里都罕见的好人傻瓜，你错过了就很难遇到了，我是真心实意在向你推销我的朋友，因为他真的很喜欢你，不然我不会在游戏里救你。"

刘佳仪一怔，然后缓慢坚定地摇了摇头，像是自嘲一般轻笑："算是谢谢他的三个红豆饼吧，我不害他了。"

白柳前倾身体："我和陆驿站是完全不一样的类型，他是为你付出什么都不需要回报的，但我哪怕给你买一个红豆饼，我都会记到你还给我为止。"

"如果你同意和我的灵魂交易，我会榨干你的价值到最后一刻，当然我也会给你相应的酬劳，你想好了吗，刘佳仪？"

刘佳仪能感受到白柳的位置，她直勾勾地"看"了白柳一会儿，忽然指着门道："那你现在下去给我买红豆饼。"

陆驿站提着三个红豆饼上来了，他在下面接了一个点姐的电话被耽误了，上来的时候红豆饼已经有点凉了，结果他一上来就看到刘佳仪捧着一个红豆饼在小口小口地吹着吃。

他下意识扫了一眼床头柜上的他之前买的红豆饼——还在，没拆封。

"佳仪，是谁给你买的？"陆驿站上前好奇地问，"其他警察吗？"

刘佳仪小口咬在红豆饼的边缘上，又甜又糯的饼咬开顺着她的喉咙滑下去，让她整个身子都温暖了起来，刘佳仪咬了两下，她突然地呛咳了起来，呛得她眼泪都出来了。

她在红豆饼里吃到了一小块蘑菇，带着一点血的味道——是

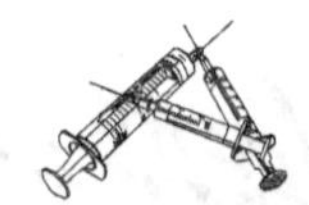

血灵芝。

太难吃了，她不喜欢在红豆饼里吃到蘑菇的味道。

"白柳给我买的。"刘佳仪低着头攥紧了红豆饼。

陆驿站惊了："他还会花钱给其他人买东西？！"

刘佳仪摇摇头："不是免费的。"

陆驿站的神色一言难尽了起来："我就知道，他要你钱了吗佳仪？不对啊，你也没钱啊……"陆驿站正疑惑着，他扫到了床头柜上放了一张纸，陆驿站拿起来看了一眼，表情瞬间裂开了。

"欠条：今刘佳仪让白柳购买十元三个的红豆饼，商品应付三块三毛。刘佳仪指示白柳跑腿费：五元。红豆饼刘佳仪选择用其余物品抵债，因此刘佳仪实欠白柳五元。"

"这混账！！"陆驿站真是服了，"一个饼三块三，收你五块钱的跑腿费，他倒是会做生意，你红豆饼用什么抵债的？你可不要轻信他啊！他可会驴人了，多半是拿了你不止三块钱的东西，你和警察叔叔说，警察叔叔等会儿帮你追回来！"

刘佳仪吃完最后一口红豆饼，她拍拍手，不知道想起了什么，转头看向窗外，眯着眼睛，像个小女孩那样很天真地笑了一下："我用价值一个红豆饼的东西抵债的，他没有多收我的。"

陆驿站越发迷茫："什么东西？"

刘佳仪不是很在意地回答："一件不是很重要的东西，值不了几个钱。"

"再怎么不值钱你也别和白柳交换啊……"陆驿站头疼地说，"他可奸诈了，什么东西都要和人换，算得可清了。"

"这样不好吗？"刘佳仪抬头望着陆驿站，语气有种天真的缥缈，"我想要的东西都可以交易得到，他永远都不会背叛我，不会给我无缘无故的好和坏，这样不好吗？"

她已经没有办法信赖其他人了，所以就干脆这样不能信赖地存在着吧。

白柳是她最好的选择，因为白柳理解她，理解她的低贱和邪恶，理解她不像小孩子又不像正常人的一切。

她永远不会担心伤害白柳，也不用担心白柳伤害她，他们之间就像是银行的流水数据交易，永远都算得那么清晰合理，不会有任何背叛和怀疑。

陆驿站看着刘佳仪那个表情一怔，但没过一会儿，就有人来喊他了："驿站，其他五个小孩醒了！"

陆驿站眼睛一亮，放下给白柳买的红豆饼匆匆赶去。

白柳咬着红豆饼，他看着自己旧钱包里多出来的一张刘佳仪的灵魂纸币，咬了一大口左手上的红豆饼，然后皱眉："也太甜了，这东西也能卖到三块钱？早知道只买一个了。"

他话音刚落，电话就响了起来，白柳把红豆饼包好提着，从裤兜里夹出手机，他扫了一眼屏幕——是陆驿站的电话。

"你人呢？！我给你买了你倒是快来吃啊！"陆驿站的语气里透着兴奋，"我和你说，那五个小孩醒了！医生说情况好转了！你有什么想问的可以问了！"

"不用了，我已经理清这件事情了。"白柳慢悠悠地说，"你们应该也能马上解决这件事了。"

陆驿站惊了："你什么时候理清的？！我们马上解决这件事是什么意思？！"

白柳举着手机回头看了一眼医院，没有直接回答陆驿站的问题，而是没头没脑地感慨了一句："陆驿站，我发现十四岁的我，真的很吃你这一套。"

"幸好我现在不止十四岁了，不吃你那一套了。"白柳又吃了一口红豆饼，他拧着眉咽了下去，"事情解决了之后记得再请我吃一顿，不然我有点亏，我电话要没费了，挂了。"

"？？？！！！"陆驿站一头雾水，"不是谈案子吗，怎么又扯上——喂！！靠你真的挂了！白柳！白柳！！"

陆驿站骂骂咧咧地给白柳那个据说欠费的手机号码充话费，

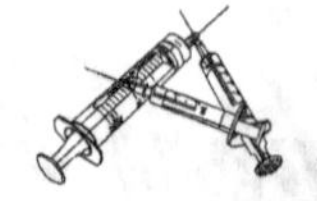

刚充完一转头，就看到和他一起守刘佳仪的民警恍惚地抬起了头：
"驿站，有人把我们这个案子发到了网上……"

"？！"陆驿站惊疑未定地打开手机搜索，"网络安全部那
边没有卡吗？这个案件的情况不是说不让随便发吗？"

民警有点神志不清地摇了摇头："不是这个案子的情况，而
是这个案子的线索，有人把当年这些孩子身上发生的事情和那些
投资人的病历整理发出来了，现在已经挂在热搜上了……"

陆驿站："？！"

"我让我爸找人去做的，专业人士，海外地址，应该不会那
么容易被追踪到，我爸说被追踪到也有办法。"木柯在电话里和
白柳说，他有点心虚地咳嗽了一声，"这里面有人和我爸有商业
竞争关系，所以他就删减了部分不太可信的事实，比如血灵芝那
一部分，含糊地曝光了这些投资人拿小孩来做实验治病的事情，
搞大了事情，你应该不介意吧？"

白柳用电脑检索着热搜：

邪教企业家集团

福利院中毒事件惊天内幕

……

"不介意。"白柳属于只要能达成结果，不怎么在意过程的
类型，他懒散地靠在自己沙发椅上，"但是现在那边应该在疯狂
花钱撤热搜吧？"

"对，但不会那么容易让他们撤下去的，我们这边也在砸钱
稳住热搜，在警方介入调查这件事情之前，他们那边应该不太容
易撤下去。"木柯说。

"麻烦你了，木柯。"白柳说，"先休息恢复状态吧，今晚
十二点进游戏，我下午还要去处理一点事情。"

木柯打了个哈欠："好的，白柳。"

下午三点，白柳带着一对夫妇又来了一次医院。

刘佳仪对面坐了一对夫妇，他们有点紧张地揉搓着自己的膝盖，期盼又不可思议地看着坐在病床上的这个小女孩，很快他们的眼眶就湿润了，无法置信地看着站在一旁的白柳，声音发颤地询问："白柳，我们真的可以收养她吗？"

"……我们有资格收养她吗？"

白柳靠在门上，淡淡地扫了一眼刘福和向春华："你们符合收养条件。"

独女凄惨死去，为人口碑良好，家底殷实，又疼爱孩子，而且两个人到了这个岁数，已经没有再生孩子的条件了，这是完全符合收养条件的，可以说刘福和向春华有着最好的那一类收养家庭的条件，比陆驿站那个朝不保夕条件一般的小警察要好得多。

对于福利院里的孩子来讲，刘福和向春华要是想来收养谁，那小孩可能是要抢破头的——这对于他们来说，是最好的出路和选择了。

刘佳仪也清楚这一点，她撑在病床的栏杆上，开口的语气有点警惕："白柳，我说了我可以一个人待着，你给我找的这个条件这么好的收养家庭完全没必要，我不会感激你的，而且我也不想在别人面前继续演戏装下去了，你要清楚我是一个游戏玩家，他们和我待在一起说不定会——"

"他们也是游戏玩家。"白柳不咸不淡地开口打断了刘佳仪的话。

刘佳仪一静，她脸上露出一种很惊愕的神色。

白柳直接抽了个板凳坐下来，截住了刘佳仪还想继续说的话："他们知道你是小女巫，我让他们买来看了你所有比赛的小电视视频，他们清楚你是个什么样的小孩儿，你在他们面前可以不用伪装，该进游戏就进游戏，该怎么样就怎么样。"

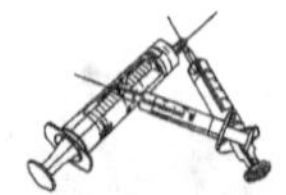

"我之前向你推销陆驿站，一方面是因为他很喜欢你，另一方面就是你哥很希望陆驿站收养你，他也觉得陆驿站是个好人，可以给你一个完美的家庭。"白柳抬眼看向刘佳仪，"不过你不愿意，我也可以给你做其他安排，让你活动更自在，不用担心后患的安排。"

向春华和刘福还是都有些紧张。

向春华一直在搓自己的大腿，眼巴巴地看着这眼盲的小女孩："我家之前也有一个孩子，但……出事了，我和老刘呢，的确不算很厉害，游戏里也不厉害，游戏外也不厉害，要不然也不会让果果……"

她说到这里顿了一下，低下头用手掌擦了一下眼睛："佳仪啊，我知道你是个可厉害的小姑娘，我们帮不上你什么忙，但白柳说你需要一个游戏外落脚的地儿，要合法合情合理，但你又是个小孩，没什么好地方可去。"

"这个我们还是可以帮得上一点忙的。"刘福接了向春华的话，他身体前倾，说话也有些结巴和忐忑，"这个收养关系只是权宜之计，你要是嫌弃我们，不愿意让我们当你这个名义上的父母，等游戏结束了可以解除关系的。"

"你要是需要什么，也可以随时和我们说，我们能做到的一定全力做到，你看这样成吗？"

向春华又忍不住多嘴了一句："你看你瘦成什么样了，和我们待在一起，至少从游戏里出来能吃上一口热菜热饭，我别的不行，比不上佳仪你，但我做饭可好了！"

"我熬汤也熬得很好。"刘福也有点不好意思地说。

明明是两个加起来都快一百岁的中年人了，和一个八岁的小女孩说话的时候，却都是一副小心翼翼，生怕吓跑了她的商量语气，似乎觉得自己没有拿得出手的东西，留不下她。

刘佳仪低着头坐在床边，她长久地、静默地、一动不动地坐着，只有细瘦的手指缓慢抓紧了被子，悬在空中的脚趾蜷缩。

　　"游戏，住所，帮忙遮掩，一个安全的休息和恢复精力的地方都有了，他们也是我的人，我保证不会害你，也可以帮忙照顾你，毕竟你还未成年，很多事情不方便，有两个向着你的大人做事会舒服很多，你还有别的什么问题吗？"白柳问，"你提出来，我都可以给你想办法。"

　　白柳所说的所有问题，一直都是刘佳仪自己解决的，她一直跌跌撞撞躲躲藏藏，已经彻底习惯了靠自己解决遇到的一切问题，从来没有人和她说过，你把问题提出来，我帮你解决。

　　刘佳仪终于抬起了头，她眼眶有些发红，但语气却很冷淡："可以，我要怎么还你们的这些东西？"

　　向春华有点迷茫："还我们……什么东西？"

　　"就住所，热饭热菜，你们熬的汤之类的东西。"刘佳仪觉得欠债还账天经地义，"你们要我用什么东西还？钱还是积分？"

　　向春华眼眶一红，刚想说不用还啊这些东西，白柳就先开了口："我会让他们把每天花在你身上的钱用账单列好，等你从游戏里出来一次性结算完，还有什么别的问题吗？"

　　刘佳仪缓慢，迟钝地摇了摇头，她觉得她好像还欠了一些东西。但这些东西她一时之间不知道是什么，也不知道该用什么来还。

　　向春华用一种充满感情的，想要拥抱刘佳仪的眼神紧紧地注视着她，犹豫了很久，这个脸上满是沧桑的中年女人才伸出手去轻轻触碰刘佳仪的脸，语气哽咽："怎么这么瘦啊，才这么一点点大，果果八岁的时候，都有两个你那么大了……"

　　刘福的眼眶也发红，他嗓音沙哑："回去好好儿养，养胖点，多喂点红烧肉骨头汤，一会儿就长大了。"

　　"和果果一样多吃点，长得可快了，没看两眼就要是个大姑娘了。"

　　刘佳仪似乎不知道该说什么，她沉默着。

　　白柳看她一眼："我给你找的一定会是最适合你生存的地方，你不用想这么多，该做什么做什么，今晚我会进游戏，你想进就

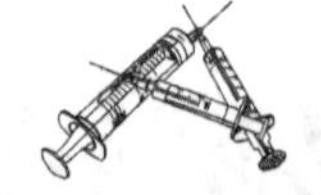

跟着进来吧，不想进也没事，等刘福和向春华收养你之后你会方便很多，不用像之前一样什么都躲着来了。"

静了很久，刘佳仪才轻声地"嗯"了一声，表示她知道了。

走出了医院的门，刘福不知道该说什么地用力握了一下白柳的手臂，白柳看过去，就看到向春华和刘福都眼中含泪地看着他。

"谢谢了，白柳，真的谢谢了。"刘福擤了下鼻涕，他也不知道该说什么，只好干巴巴地谈正事，"晚上要进游戏是吧？我们也要进吧？"

他们已经做好死的准备了，从没想过自己死前还能得到一个小姑娘当女儿，他们最痛苦的时候也不是没有动过收养孩子的念头，但在进入游戏之后根本不敢生出这种念头，和人接触的时候都很小心，生怕把谁影响进游戏了。

"嗯，你们也要进，我会让牧四诚继续带你们，可能是二级游戏了，你们没问题吧？"白柳问。

刘福和向春华斩钉截铁地摇了摇头："没问题。"

处理完了刘佳仪的事情之后，白柳回了自己的小出租屋。

看时间还早，精神状态很疲惫的白柳准备在进入下一场游戏之前休息一会儿，他调好闹钟穿上睡衣躺在床上，合上了双眼。

白柳是个睡眠一向很好的人，很少做梦。

但这次不知道是因为体力精神消耗太多，还是太累，白柳做了一个很奇怪的梦，他感觉自己的躯体从指尖开始蒙上一层白霜，无法反抗地被冻僵，身上出现一具冰冷的尸体沉甸甸地压在他心口，白柳觉得自己好像梦到鬼压床了。

就是这个鬼长得还挺好看。

塔维尔撑在他的身上，俯视着他，浅色的瞳孔里毫无人类的情绪："你的厄运要到来了。"

白柳能感受到塔维尔的小臂撑在他耳边，是一种质地很冰凉的触感。

他半梦半醒地抬头看着塔维尔，很想说他好像从来没有过好运，倒是对厄运很习惯了。

但白柳的嗓子就像是被一块黏糊糊的不干胶粘住，始终无法很好地发声，只能发出一些听起来有点奇异的，黏腻的短音，配合上这个体位……白柳明智地停住了尝试发音的动作，用眼神示意塔维尔继续说下去。

而塔维尔俯身从白柳的脖颈上用手指勾起他挂在胸前的十字架，低头亲吻一下十字架，又放在了白柳的眉心，用食指轻轻点摁着。

"在墙上的挂钟走到九点一刻时，从此处之外的时间线里裹挟着恨意而来的复仇者，会带着命运注定的死亡降临在你身上，于是神明显身，于此地启示于你、赐福于你、庇护于你。"

塔维尔垂眸看着在梦魇中皱眉挣扎的白柳，语调有种说不出的，来自神明的漠然和庄重。

他说："我的邪恶的信徒，记住，要躲开猎人自杀的子弹，不要用右边的眼睛去盛放欲望。在真正的死亡到来之前，你身上的时间唯一且不可逆转。"

塔维尔用手盖在白柳的眼睛上，他低头亲吻白柳的额心上放着的那个逆十字架，然后用和十字架一般冰凉神圣的口吻说："一切的关键在女巫的手里，毒药或是解药是你选择的关键。"

"神明永在，灵魂永存。"

塔维尔把十字架放回白柳的衣服里，他凝视着白柳，瞳孔里却映着一枝枝叶逐渐舒展绽放的浅粉色玫瑰："小心玫瑰。"

话音刚落，他就化成一堆艳丽的玫瑰花瓣散落在了白柳的身上，一股浓郁到让白柳不适的刺鼻的玫瑰香气从玫瑰花瓣里散出，然后这些花瓣顷刻就碎成了一阵粉红色的轻灵烟雾，这烟雾在白柳的被子上空迷恋地盘旋，最后像是燃烧过后的灰烬般落在了他的床下，被风一吹，消散不见。

白柳猛地睁开了眼睛。

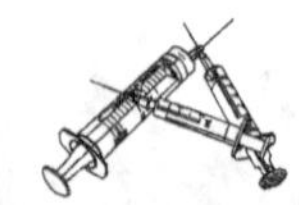

　　什么玫瑰，什么花瓣，什么塔维尔都没有，他在他高不到三米的廉租屋里，睡在一张床脚弹簧蹦出的旧床上，白柳坐了起来，他从自己的脖颈里掏出那个十字架。

　　他一直贴身放着的十字架却很奇怪的是冰凉的触感，白柳把十字架凑在鼻尖嗅闻了一下。

　　十字架上残留着一种让他不适的玫瑰香气。

　　"厄运和死亡都即将降临在我身上……"白柳摩挲着自己手上的十字架，眯了眯眼，"要小心猎人和玫瑰。"

　　塔维尔是神，他因为十字架获得的身份是"塔维尔的信徒"，那么他刚刚从塔维尔那里得到的那些暗示性的信息用一种通俗的话来讲，就是"神谕"。

　　从古至今的"神谕"好像都似是而非不说人话，包括塔维尔给他的这个也是，很多东西都含糊不清。

　　如果是用之前的白柳的世界观的知识来解释这些含糊不清的"神谕"，白柳会说因为神不存在，这些"神谕"信徒神棍都是自己瞎编的，必须要说得含糊其词，对未发生的事情的预测才能有较大的容错率。

　　但是这次塔维尔的"神谕"给他一种很熟悉的感觉。

　　"有点像是我被屏蔽了之后说的话，因为有些东西不能直说、会被屏蔽，不得不拐弯抹角地用其他的说法来表达同一种意思……"白柳若有所思，"所以很有可能塔维尔也在被更高一级的存在屏蔽，不能直接告诉我要去规避什么，只能这样含蓄地暗示我，让我小心警惕。"

　　女巫倒是很好猜，指的是刘佳仪。

　　但是玫瑰和猎人暗示的什么呢？

　　白柳攥住那个浸满玫瑰香气的十字架，看着墙上那个破旧的挂钟上的时间，他眯了眯眼睛。

　　现在刚好九点一刻。

　　白柳听到了他家门前的走道里陆续地传来脚步声，这个出租屋的隔音不好，这让白柳能很清晰地听到外面断断续续的脚步声，不密集，而且都直接从门前走过往上走了，似乎都是这栋楼里的正常住户。

但在这种脚步声很有规律地第四次出现的时候，白柳放轻了呼吸，从床上下来穿好了衣服和鞋子，他打开窗户往外面看了一眼，合理评估了一下自己从五楼跳下去能存活的可能性有几分，最终选择了放弃。

他住的这栋楼从上到下都是廉租房，白柳住五楼，而五楼一共只有四个租客，这说明来的这些人不是这栋楼里的住户，而且这种训练有素的脚步声白柳很熟悉，他只在一个人身上听到过……

那就是陆驿站。

那些脚步声最终停在了白柳的门前，白柳背后的门被猛地踹开，一群人双手平举着枪，对他厉声喝道："警察！不准动！把双手举起来！"

白柳迅速地低头把挂在自己脖颈上的硬币取了下来，含入了自己嘴里压在舌下。

在窗户灌进来的夜风中，白柳缓缓转身，不紧不慢地举起双手。

风吹拂着他额前的发丝，虽然白柳什么都没做，但却有一种似乎早就料到了自己要被抓起来的平静感。他很顺从地让这些警察反拧着他的双手把他绑起来，什么都没有问，看起来也不怎么害怕。

虽然白柳还没有搞清楚自己为什么被抓，但这些警察对他却十分恐惧，这些在九点一刻闯入他房间的警察都全副武装，皮革手套防护服，还有一些白柳目测了一下可能有 2 ～ 3cm 厚度的，不知道是什么金属做的，但看起来就很结实的盾。

这些装备让这些警察看起来就像是即将要去拆除一颗爆炸威力极大的炸弹的防爆警察。

而不知道自己什么时候威胁力有炸弹那么大的白柳正坐在去

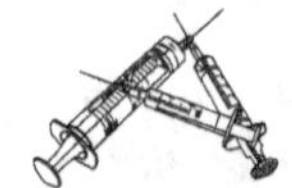

局里的车上打瞌睡。

　　白柳坐的这辆车也是特制的，前面和后面用一块厚厚的金属板隔开，只留了一个 15cm×15cm 的小窗口，透过窗口能看到有一个小警察一边紧张地咽口水一边用枪对准白柳，似乎害怕这个手脚都被铐起来的年轻人暴起。

　　路灯的光从前面那个小窗口里一晃而过地照进白柳所在的后车厢中，车壁上有一个红色的三角符号，上面画了一只章鱼正在狰狞地扭动着触手，旁边画了一个四肢摊开血流满地的简笔画小人，然后在章鱼上面打了一个大大的红色的叉。

　　标志下面注明着："此内为未知超自然危险物品，有伤人倾向！请保持警惕，保持距离！"

　　条状的灯光从白柳没有情绪的面孔上一闪而过，吓得从小窗口监视他的警察差点没有拿稳枪，旁边正在开车的警察也被这动静吓了一跳："它怎么了？！出现异变了吗！"

　　小警察带着哭腔说："它！它在呼吸！"

　　"冷静！"开车的警察深呼吸两下，"它是我们分局抓获的第一个人形异端怪物，会呼吸很正常，不要一惊一乍的。"

Embrace You till the End of the Game

壶鱼辣椒 著

第一卷④·爱心福利院

- 完 -

www.ingramcontent.com/pod-product-compliance
Lightning Source LLC
Chambersburg PA
CBHW071429200726
48294CB00002B/574